在阅读中展开，人生的可能

CONTENT
肯特文化

春日漫漫，我很想你

I miss you so much

云上 /作品

图书在版编目（CIP）数据

春日漫漫，我很想你 / 云上著 . -- 南京 : 江苏凤凰文艺出版社，2018.4
ISBN 978-7-5594-1193-8
Ⅰ . ①春… Ⅱ . ①云… Ⅲ . ①长篇小说－中国－当代
Ⅳ . ① I247.5
中国版本图书馆 CIP 数据核字 (2017) 第 248037 号

书　　名　春日漫漫，我很想你

著　　者　云　上　　出 版 人　黄小初
选题策划　肯特文化　　特约监制　准拟佳期
出版统筹　柯利明　林苑中　　特约编辑　千雪栖眉
责任编辑　牟盛洁　李　黎　　营销统筹　刘　源
特约校对　邓　旭　　责任印制　法成海
营销推广　刘　源　　版式制作　赛那沙　吴　倩
封面设计　Takashi　　封面绘制　高梦雪
出版发行　江苏凤凰文艺出版社
出版社地址　南京市中央路 165 号，邮编：210009
出版社网址　http://www.jswenyi.com
印　　刷　三河市华东印刷有限公司
开　　本　145mm × 210mm　1/32
印　　张　9　　字　　数　216千
版　　次　2018 年 5 月第 1 版　2021 年 7 月第 2 次印刷
标准书号　ISBN 978-7-5594-1193-8
定　　价　49.80 元

目录
contents

目录
contents

·第一章·

如果天黑之前来得及，我要忘了你的眼睛

向葵觉得自己喜欢上他了，在她第二次见到他。他从她男朋友的豪华跑车底下钻出来，她想，木匠居然也会修豪车。

那张硬朗的脸上有分明的五官，有机油的污渍，有岁月的痕迹，那双眼睛微微低垂着，里面仿佛有一座令人无法企及的孤岛。

他是一个三十岁还没钱的男人，是她曾经最讨厌的类型。

她和他第一次遇见是在几天前的夜晚。

不过七八点的模样，充其量刚刚入夜，可安城棚户区已经安静得连偶尔走过的路人都下意识放轻了脚步声。

向葵躺在床上，耳郭里塞了耳机，刺耳狂放的嘈杂音乐不断刺激她的耳膜，她瞪着眼睛看天花板的一角。墙漆已经泛起黄色，还有星星点点的

霉斑。不知哪里来的蜘蛛居然织就了一张完整的网，上面有不小心撞上去的昆虫，蜘蛛却不知道去了哪里。

一层、两层、三层、四层……

她终于忍不住坐了起来，左耳的耳机从耳郭掉落，比耳机里更加刺耳的女人娇媚的唱歌声便瞬间充斥了她的耳朵。

她呼出一口气来，干脆将另一只耳朵里的耳机也扯掉，踩上了一张木椅，徒手将蜘蛛网搅乱。随后她忍不住畅快地笑出声来，笑得上气不接下气，差点从椅子上摔下来。

隔壁房间女人的笑声还在继续，她的笑容终于缓缓收敛，忍不住抬手在墙上拍两下：“吵死了！”

隔壁房间的歌声有刹那的停止，随后丝毫不受影响地继续。

她嗤笑一声，也是，那人什么时候考虑过已经高三的她就睡在隔壁房间?

向葵不堪其扰，打开阳台的窗户往外看去。快要入冬，夜晚的风带着刺骨的凉意，她只穿了件单薄的白色 T 恤，不禁微微一颤。

她抱着胸，看向周围。大多数人家已经灭了灯在休息，偶有几盏灯还亮着。她抬眸，安城中心处的高楼大厦灯光分明，那么令人向往，却又遥不可及。

向葵勾了勾唇角，收回眼神，却被家门口那个小小的黑影夺去了视线。她愣一下，陡然笑起来，带着满满的兴味。

嘿，瞧她发现了什么，居然有小偷找上门来。

那小偷似乎一点经验都没有，动作傻傻慢慢的，悄悄地推开门进来。

小偷仰头看过来，她往后退一步，想了想，干脆转身下楼。

她慢慢下去，从门缝里看到小偷慢悠悠地走过来，似乎是把这当成了自己的家，她就站在门口。小偷一开门，就看到了拿着长棍的她如门神一样守在门边，吓得往后退一步。

向葵往前一步："你是……"啊，她记起来了，这个小偷是住在巷子最里面的脑子有点不对劲的小傻子，是许多婆婆妈妈口中八卦的对象，她偶尔见过他几次，动作慢悠悠的，说话也慢悠悠的口齿不清。

"小傻子，"他的称号从小偷晋级为小傻子，向葵用长棍点点他的肩膀，"你大晚上来我家干什么？"

"我家……"小傻子话说不清楚，"妈妈，妈妈的衣服……"他指着阳台上她母亲向佩佩的旗袍，有些着急。

"她大概不会要一个小傻子当儿子，毕竟我这么聪明她也嫌弃我。"向葵自嘲地笑了笑，"出去！回你自己的家。"

小傻子不肯，磨磨蹭蹭地想要进来。

向葵当然没有让小傻子去楼上的想法，于是直接扯着他的衣领往外走，嘴里念念叨叨："我很久没有这么好心了，走，送你回去。"

小傻子不情不愿地被她扯着衣领，一步三回头地走了。

小傻子是前几年搬过来的，他巷子最深处的家，向葵从未去过，不知为何，明明是第一次走上的路，她却一点都不觉得陌生。巷子深处仿佛有一股声音，正在召唤着她进去。

越走近，那股声音便越发分明。

小傻子逐渐放松警戒，没有再回头，反而走得比她快了一些。

小傻子和她差不多个头，却比她壮实许多，拉着他走了一路已经够累，她终于放开他，顺便将手上的蜘蛛网蹭在他身上，而后拍拍手，跟在他身后往前走。

其实她并没有必要跟他过去，只不过，她想，这大概比回去要更有意义一些。

巷子最深处的房子比她家的房子还要破旧，也是两层的房子，可是很狭小，长长的一条。她跟着小傻子打开院子里的门进去，首先闻到一阵木头的味道，她侧头看了看。小小的院子里堆满了各种木料，长的短的，粗的细的。

她看向屋里，那个一直呼唤着她的声音越发明显，吱吱吱，一阵一阵的，她后来才知道，那应该是锯子锯木头的声音。

楼下的灯亮着，光线并不亮，是那种黄色的灯泡，风一吹就会晃悠一下，影子随着一起晃悠，向葵的视线从灯泡逐渐移到灯下那个微微弓着身的男人身上。

男人侧身对着她，穿着蓝色的工作服。她猜测衣服原本大概是深蓝色的，只是洗晒过许多次，所以有些泛白。

工作服上蒙着一层淡黄色的木屑，他一只脚踩在凳子上，裤腿绷起，显现出明显的肌肉痕迹。

他一只手按在木板上，另一只手则是握着一把锯刀，正一下又一下地动作着。明明那么冷的天气，他的袖子却挽到了肩膀以下一只手距离的位置。随着他的动作，手臂上的肌肉一下绷紧一下放松，让人有想要摸上去的欲望，想感受一下是不是真的那么硬。

小傻子冲上去站在他的面前仰起头，向葵看到他放下手里的工具，而后直起身低头看向小傻子。

他原来那么高，小傻子和她差不多高，却只到他的胸口位置。他头发剃得短短的，像是板刷。她想象了一下摸上去的手感，大概会是刺刺的、痒痒的。

黄色灯光下的他有些黑，长得很一般，方方正正的脸，分明的五官，还有紧抿着微微下垂的嘴角，怎么看都很一般。她撇撇嘴，刚想转身，忽然见他抬起头来，那双微垂的眼睛直直地望向她。

她的脚步顿住，像是有一支箭射中了她的心，她无法动弹。

明明是一双和别人一样的眼睛，隔着那么远，她却仿佛看到了他眼里的孤岛。

向葵原本想走，这会儿却站定下来。沉默两秒之后，她大步走进去，走进那个被昏黄灯光围绕着，空气中满是木屑的房子。

她站定在他的面前，发现自己果然只到他的胸口。大概是因为不会有人来，他工作服领口下的三颗扣子都解开了，露出小麦色的肌肤。从她的角度看，他的锁骨隐约露出，再往下是胸膛，微微隆起的弧度，让人忍不住去想，他的胸膛以下，会不会有完整完美的腹肌。

她神游了一会儿，回过神来的时候舔舔有些干涩的嘴唇，这才发现小傻子和这个男人都在看着自己，她轻咳一声：“他刚刚想要闯到我家去。”声音不知为何竟然很大，她绝对不会承认这是为了掩盖她刚刚幻想他衣服里面身材心虚的缘故。

男人没有说话，只是用那双仿佛能摄人心魂的眼睛淡淡地瞥向因为她的到来而站到他身侧的小傻子。

小傻子咬咬唇，居然看明白了他眼神里的意思：“对不起。”顿了顿，“姐姐。”

“我才十八岁。”向葵的重点从来都和别人不同，“不许叫我姐姐！”

小傻子的瞳孔晃动了一下，似乎有些不知道该怎么办，几秒的沉默之后小心翼翼地说：“妹妹？”

向葵抚额，她居然和这个脑子不清楚的小傻子计较，她又怎么能期待从他嘴里听到什么好话。

只是，这个男人为什么不说话？

她的视线重新转回来，仰头看向男人，正好看到他下巴处的胡须。他应该有两天都没有剃胡子，如果他把胡子剃了大概会好看一些？或许留了胡子会更性感？

她居然又神游了，向葵懊恼地暗暗扭了一下自己手背的肉。他明明长得一般，她却不知道为什么总在他面前走神，这并不是一个好现象，她想。

“你是哑巴吗？不会说话？那你听得到吗？”她说了之后想起刚刚她说完话之后他的反应，哦，他应该听得到。

可他并没有说话的意思，或者说是直接将她当成了透明人，径直转身继续做自己的事情。

空气中好不容易才消失的木屑再度飞扬，向葵因为正好张嘴，吃了满口木屑，顿时捂着嘴咳嗽个不停。

向葵呸了好几声，也没能把男人的注意力吸引过来。

嗯，他听力大概没问题，只是不能说话，她想。一个哑巴男人带着一个傻子儿子，真是一个奇怪又让人好奇的组合。

也或许觉得好奇的人只有她一个，可那又有什么关系呢？

回去还要听向佩佩看莫名其妙电视剧发出的笑声，她决定再在这里待上一会儿。她四处看了下，并没有可以坐的椅子，只有一张看起来还算干净的八仙桌，虽然也有些老旧。

她站在桌子前，手撑住，用力，踩着白色运动鞋的双脚便从地面离开。她坐上了桌子，摊开手看，居然有一层灰，她对着掌心吹一口气，想了想还是没有下去。她也不是那么计较的人，住在棚户区，还能计较什么脏不脏的。

从她这个角度，看到的是男人的背影。他弓着背，臀部向着她这边。唔，居然有点性感？她眨眨眼睛，移开眼神。

他似乎一点都不在意屋子里多了一个陌生的入侵者，也可能他觉得她丝毫不会对他造成威胁？

向葵在心里轻哼一声，叫：“小傻子！”

住在巷子里的人都这么叫他，所以小傻子瞬间抬起头来看她，一脸的茫然。

她踢踢脚：“帮我倒杯水！”

小傻子还算听得懂人话，转身跑进屋里倒了杯水出来，递到她面前，动作迅速熟练到让她怀疑其实他并不傻吧。

向葵看着小傻子手里捧着的杯子，那是十分普通的白色陶瓷杯，洗得很干净，里面装了一半的水，她不由得想，这个杯子是那个男人的，还是小傻子的？

不过向葵也没在意，端过来喝了一口，冰得她口腔最里面的龋齿一阵酸疼，她捂着脸懊恼：“怎么这么冰！”

小傻子听出她语气不好，便自觉做错了什么事情，一脸惶惶不安地看着她。

她暗叹一声：“没事儿。”

屋子里除了男人锯木头的声音之外没有别的声音，向葵有些无聊，甩着腿找小傻子搭话：“你叫什么名字？”

小傻子愣了一会儿才反应过来向葵是在和他说话，磕磕巴巴地说：“章，章达。”

“噢，还是小傻子好听。”她捂着唇笑了两声，见他满脸茫然，不觉收了笑，“好吧，我也觉得不好笑，小达达。”

大概是听到她的声音，那个一直认真工作的男人也略微顿了顿，只不过大概就停顿了两秒吧，向葵觉得。

向葵肆无忌惮地看男人的身体，看男人的动作，顺便还想象一下他衣服下面可能会有的好身材，没想到他会忽然回头，她那赤裸裸的眼神一僵，内心涌起有些难以言喻的难堪。

她吐吐舌头，做了个鬼脸。

他用沉静的眼神看看她，又看看门外。明明一句话都没说，她却发现自己明白了他想要说什么，这可真是稀奇，难道是心灵感应？

“我还不想回去，而且我帮你把小达达送回来，你就这么对待客人吗？”她努努嘴，指的是自己捧着的冷水。

小达达……

他的眉尾似乎轻轻一跳，而后他放下手里的东西，走到她面前。

他一言不发，她莫名有了某种无法言说的期待，眼神无法在他的脸上停留，只能顺着他的肩膀看向他身后。墙边放着一个架子，架子上放着各种各样的小东西，隔得不近，她没有看清楚上面都是些什么东西。

手臂忽然一疼，她呆了一下，这才意识到他满是木屑的手居然捏住了她的胳膊，而后他将她从桌子上拎了下来，她没在意白色 T 恤上的浅色污渍，只是仰起头看他。

他的大掌按在她的身后，力气那么大，她不得不顺着他力道的方向往外走去。可这会儿她的关注点居然是他的掌心好热好烫，她的背脊都快要烧起来了。

向葵想，自己大概是疯了吧，不然怎么会对一个长得不帅又没钱还有个那么大儿子的男人有了兴趣。

哦，有兴趣。

原来是她对这个男人有兴趣，怪不得她在他面前总会莫名其妙地神志不清，她还以为自己被小傻子传染了傻气。

向葵终于回过神来时，已经被男人推到了门口。她咬咬唇，往旁边一闪，又缩进了屋里。等他转身的时候，她已经站在他的架子面前。

架子上是些木头做的小玩意儿，或许可以称之为玩具，向葵觉得这应该是男人给小傻子，哦不，是小达达做的玩具。

居然有一整套的十二生肖，一个个刻得栩栩如生，向葵一眼看中其中一个，直接将那只小老虎捏在手心，随后转过身，朝男人摆摆手：“这个就当是谢礼啦！”

章达看到了向葵手里的小老虎，哭丧着一张脸：“那是我的小老虎……”

向葵笑得灿烂："不，现在是我的小老虎！再见啦，章叔叔！"说完她居然想到了某段广告词，一时笑得不能自抑。趁着章达鼓起勇气来抢小老虎之前，向葵闪身跑了出去，几步就消失在了夜色中，就像是个精灵，突然出现，又突然离开。

章达瘪瘪嘴，眼里还有些湿润："我的小老虎……"

男人走到他面前，摸摸他的脑袋，眼神落在向葵放在桌上的白色陶瓷杯上。杯口处有一个明显的唇印，粉粉嫩嫩的。

向葵揣着那只小老虎，想着走前章达脸上的表情便忍不住失笑。反正他的哑巴老爸肯定会再给他做一个，她一点也不觉得抱歉。

巷子里很黑，又没什么人，偶尔还有野猫发出喵呜的惨叫声经过，普通人经过总会有些害怕，向葵却一丁点都不怕。她在这里生活了十八年，这里的每个人都认识她，都知道她有个娇媚的母亲，都知道她有个有钱有势的男朋友，都知道她不好惹。

向葵快走到家门口的时候，忽然有个矮矮胖胖的男人从巷子里晃晃悠悠地走出来，他衣服凌乱，不知道怎么的，一下子就撞到了她。

她撇撇嘴，脸上的笑容瞬间收拢。

男人看到了她，眼睛亮了亮，不由得靠近："哎哟，这么漂亮的小姑娘，我怎么没见过？"说话的时候满嘴的酒味，让人作呕。

向葵并不打算搭理他，从他身边绕过去，他却偏偏不死心，抓着她的肩膀想要拦住她。

她吐出一口气，刚想动作，木门被打开，向佩佩瘦弱的身体从里面跑出来，随即她挡在向葵面前，娇笑着却又带着分明的尖利："这不是林老

板吗？”

“佩佩啊？”男人笑眯眯的。

向佩佩朝向葵示意一下，让她进去，自己则是挽着男人的胳膊往外走：“这边晚上治安可不大好……”

向葵冷笑一声，上楼梯的时候用了力。砰砰砰，楼梯仿佛都要被她踩塌，灰尘不断往下落。进了房间，她直接锁了门，而后将怀里的小老虎放在床边的矮柜上，盯着看了一会儿，又忍不住探手过去摸摸小老虎的脑袋，终于笑了笑。

木质的老楼梯又传来嘎吱的声响，向葵知道是向佩佩上来了，便将被子一盖，眼睛一闭。

向佩佩轻而易举地用钥匙开了向葵的门，而后扭着腰来到她的床边，坐下：“闹什么脾气？”

向葵不说话。

每次都这样，她要是不吭声，向佩佩便也会觉得无趣而离开。

可是向佩佩看到了床头那只小老虎，她拿过来看，笑：“哎，这小老虎哪里来的，挺好看！”

向葵便蓦地坐起身来，瞬间就将小老虎从她手里夺了回来，藏在身后，仿佛小孩子守护自己最心爱的玩具。

向佩佩也不生气，笑了两声，而后伸出手来，在她的唇上摸了两下：“卸了妆再睡觉，如果不想像我一样老得那么快。”

向葵撇嘴，心想你也知道你已经老了？

不过她没说出口，抓着小老虎就从她身边下床，去洗手间。

向葵卸了妆，洗了一把脸，脸上都是水渍，她没有擦脸，抬起来看着镜中的自己。

年轻真好，她想，脸上满满的都是胶原蛋白，不像向佩佩，笑一下眼角就有了皱纹，涂了那么多层的化妆品依旧遮不住。

她笑了一下，眼角光洁，或许跟向佩佩说的那样，再过二十年？或者再过十年，她的脸也会和她一样。

真丑。

她又低下头，将水扑在脸上。

再睁眼的时候她忽然想到了那个男人。

不知道年纪多大，脸上有皱纹，只是不如向佩佩那样深刻。

每一条皱纹都是他的人生。

向葵抿抿唇，发现自己一点都不讨厌那个男人脸上的皱纹。

这并不是一个好现象，她可不想让自己爱上那样的男人。

但这个时候向葵不知道。

有时候，爱，不由自主。

向葵的现任男朋友是安城有名的富二代花花公子刘其祥。

她有过几任男朋友，唯一的共同点就是有钱，噢，还有一个共同点是都两个月就以分手结束。

刘其祥已经和她交往了两个月，她正在思考是不是要提出分手，可目前她还没有厌倦他，抑或是她没有厌倦他给她带来的一切。

难得的周末，手机响起来的时候，她正窝在家里发呆，小老虎放在手心里，空了就摸摸它的脑袋。要不去找小达达玩玩？她想。不过她马上就否决，小老虎还在她这里，万一小达达向她要怎么办？

是刘其祥打来的电话：“兜风，去不去？”

“好啊。”她站起来，“你来接我。”

出去之前她对着镜子细细地化了妆，将白嫩的脸掩盖在层层粉底之下，用亮红色的唇膏在粉嘟嘟的唇上划上重重的一道。

化完妆，向葵几乎认不出镜子里的那个自己来。

这样真好。

她拿了包要走，向佩佩却叫住她：“别玩得太过头，早点回来。”

“哦。”她回一个字，随后将包甩在肩膀后，踩着她的高跟鞋跑了下去。高跟鞋在木质楼梯上一级一级走过，发出嗒嗒嗒的尖利声响。

向葵家在巷子最外面，出了门，走上不远的一段路她就看到了路口的那辆豪华跑车，据说这个颜色这个牌子整个安城仅此一辆。

这是刘其祥自己说的，带着炫耀的语气：“是我哥的，我好不容易才把它开出来玩玩。我爸说等我生日也买一辆独一无二的车给我，到时候再带你出来兜风。”说着，他看向身边的向葵。

向葵黑色的皮衣里是薄薄的白色 T 恤，T 恤不厚，几乎能看到里面内衣的形状，修长纤细的双腿包裹在黑色的紧身裤里，脚踝细得仿佛一只手就能圈住，她的脚在黑色高跟鞋的映衬之下更加嫩白。

刘其祥居然咽了咽口水，忍不住将手探过去，试探性地放在她的大腿上，发现她没有抗拒之后心头一喜，手缓缓往上，朝着他还未接触过的那个禁地而去。

还没碰到，手已经被人紧紧捏住。

也不知道向葵哪里来那么大的力气，不过一捏，他的手就像要骨折，疼得他惨叫。

向葵这才松手，红唇里吐出一句："好好开车，我可不想被撞死。"

刘其祥讪讪一笑，眼里满满都是没有得到的懊恼和失落。

他知道向葵有过好几个男朋友，也知道那几个男朋友都在两个月的时候被她甩掉，有几个他也认识，问起原因，却没有一个和他说，只给了他一个神秘莫测的眼神。

该死，搞得他更想知道了！

刘其祥又忍不住看了向葵一眼，这次看的是她的脸。她的脸惨白惨白的，衬得那殷红的唇更加红，明明知道是她化妆化得太过，他却依旧觉得这样的她美艳无比。

他觉得自己大概是完了，要是被他爸他哥知道他居然和一个人尽可夫的女人的女儿谈恋爱，他大概会死得很惨……

可是向葵身上仿佛有魔力，又或者她给他吃了毒药？不然他怎么就离不开她了呢？

刘其祥带向葵去海边吹风，向葵被冻得差点流鼻涕，没一会儿就要回去。

刘其祥替她开车门，随后转到自己这边，结果发现车子启动不了了。

向葵有些不耐烦："你是想要我被冻死？"

"车子……好像坏掉了……"刘其祥也觉得有点不可思议，这么好的车子，莫名其妙就坏了，怎么说得通？

"那叫拖车！"

可是还有更严重的："不能让我哥知道我把他的车开坏了。"

“所以？”向葵皱了皱眉。

“找人来修修吧，应该不是什么大问题。”

向葵忍住了怒火，打给巷子里的修车匠。谈好了价格之后，对方说马上过来。她被冻得打喷嚏，不打算陪着刘其祥在这里发疯。附近有咖啡馆，向葵便先一步去那边要了杯热烫的咖啡驱驱寒。

等到咖啡喝完，向葵透过窗户看向刘其祥所在的地方。修车匠应该已经来了，见刘其祥正朝她招手，她终于起身，慢悠悠地走过去。

“好了吗？”她懒洋洋地问，好不容易暖和起来的身体被海风一吹，又有些颤抖。

刘其祥点头：“马上就好了。”

向葵低头看一眼，车底下的修车匠一双结实有力的长腿在车身外面，不知为何她竟觉得有些熟悉，她想了一会儿没想出什么结果，修车匠却慢慢从车底挪出来。

他的腰腹，他的胸膛，还有他的脸……

向葵觉得自己的心一点一点被揪紧，直到看到那张蹭到机油污渍的平凡却又不平常的脸，她的心仿佛唰的一下被捏爆，血液溅得到处都是，每一次呼吸都带着快意的疼。

这是她出生以来，第一次有这种感受。

她想，她大概是动了心，尽管她还不怎么明白动心究竟是怎么回事。

原来木匠居然还会修豪车，这可真让人觉得稀奇。

男人从地上站起来，他依旧穿着那身洗得发白的蓝色工作服，这次扣子只解开了两个。看不到他胸膛的弧度，向葵居然觉得有点可惜。

刘其祥去车里试了一下，车子已经可以启动，便从车窗里探出脑袋：“向葵，上来，我们回去了。”

向葵望过去，从车窗玻璃看到自己的倒影，惨白的脸，恶俗的红唇，真是丑极了，她想。

她抬起手来想用手背蹭一蹭，只是在碰到唇之前她又顿住，她怕把唇膏蹭得到处都是，那应该会更丑，于是她放下了双手。

男人蹲下身子在收拾东西，厚实的背脊让她心口一动，不顾一切地在他身边蹲下，说：“等我一下。”而后不管他有没有听到，跑到驾驶座的车门边，双手扶住车窗，对满脸笑容的刘其祥说：“我们分手。再见。”

刘其祥愣住，甚至忘记去拉她的手留住她。

谁管刘其祥怎么样，向葵迅速转身去找男人的身影。但男人并没有等她，已经坐上了摩托车，正打算开车离开。

她暗骂一声，踩着高跟鞋跑上去，拦在他摩托车的车头面前：“为什么不等我？”

男人那张半隐在头盔里的脸似乎有些诧异。

“你不会不记得我了吧？”她似乎有些懊恼，“小老虎，不记得了吗？小老虎？”

男人仿佛若有所思，她便来到他身边，伸手抓住他的手臂。碰到的一瞬间，向葵觉得已经爆裂的心又爆裂了一次，果然如她所想，他的手臂硬得捏都捏不动。

她咽咽口水，好不容易才找回自己的声音：“我被我男朋友甩了，你顺便把我带回去吧？”说着不管他有什么反应，她直接坐在他摩托车的后面。

见他不动，她将脑袋靠在他的肩膀上："不走吗？"

男人终于有了反应，他的脚依旧踩在地上，只是抬手将头上的头盔取下来，递给身后的向葵。

向葵一愣，咧开嘴笑起来，笑得十分灿烂，可惜男人没有看到。

她接过，戴上去，眼见着刘其祥已经反应过来，打开车门要往这里走，她连忙拍男人的后背："快走，章叔叔！"

男人终于发动车子，车子倏地冲出去，只留给刘其祥满鼻子的尾气。

摩托车有些老旧，声音很大很刺耳，尾气很臭，坐垫也有些破，硌屁股，她却丝毫不在意，脸上是满满的笑容。

"啊……"她叫，张开手臂感受海边带着咸味又冰冷的风。

向葵看向身前的这个男人，肩膀宽大厚实，后脑就在她的面前，两只冻得通红的耳朵在脸边，在风里颤抖着，短短的头发让她想去触碰，可她还是忍住了，不知道为什么要忍，可她就是忍住了。

风透过她薄薄的T恤钻进去，她终于觉得有些凉，拢起衣服还是冷，她便小心翼翼地靠上了身前这个结实的后背，瘦弱的两条手臂从他的腰间穿过，轻轻放在他的小腹上。

他身上有木头的味道，有机油的刺激味道，可一点都不让人觉得讨厌。她将脸贴在他的背脊，隔着他的工作服感受到他后背遒劲的肌肉，觉得心脏跳得不像话，这是和那些男朋友在一起时从来都不会有的刺激感觉。

仿佛整个人都快要燃烧起来一样。

向葵感觉到被她抱着的那个人浑身一僵，唇边忍不住泛起笑意。原本试探着的手臂逐渐收紧，她用力地抱住他，用尽了全身的力气。

她的手臂穿过他的腰间，手掌就这样贴在他的小腹上。他腰腹没有一点赘肉，硬硬的有肌肉的形状。

她很想摸一摸，好不容易才忍住这大概会让他吓到的欲望。

向葵觉得有些奇怪，以前她那些男朋友的身材也不差，怎么从来就不会让她产生这种欲望呢?

她深深吸了一口气，脸上的笑意无论如何都掩饰不住。笑容好像有自己的意识，根本不受她的控制。

这条路要是再长一点就好了，她可以永远在他的车上。

永远这样抱着他，就好了。

只是总会有人煞风景。

刘其祥的跑车很快就追了上来，他车窗开着，大声嚷嚷，公鸭一样的嗓子让人觉得恶心："向葵！停车！你下来！"

向葵都不愿意侧过脸去看他，兴奋地拍拍男人的小腹，叫："能再开快点吗？"

男人仿佛根本没有听到向葵的声音，依旧以他惯常的速度开着。她撇撇嘴，没再管。刘其祥因为开车不专心，不小心和别人的车蹭了下，这会儿停下来处理问题了。

向葵想到刘其祥开着那辆被蹭到的豪车回去，被他哥训的样子就忍不住笑。

"啊……"她又叫一声，浑身舒畅。

这条路太短，男人逐渐放慢速度，将车停在了修车铺边。

向葵恋恋不舍地松开环抱他结实腰腹的手，恋恋不舍地摘下头盔跳下来。鞋跟太高，不小心扭了脚，她轻呼一声，抓住他的胳膊满脸委屈。

男人却仿佛没有看到，冻得有些发红的眼睛从她脸上瞥过，接过她手里的头盔放在车头，随后拎着工具箱走进了修车铺。

向葵扶着摩托车，哼一声。

修车铺就在巷子外的路边，往常也总是能经过，这却是向葵第一次仔细地看这里。里面有些昏暗，隐约可见各式各样的工具和一些废旧的自行车摩托车。她站着的地上也不干净，乌黑乌黑的一片片，有些小零件散落在地上，若不小心踩上就能摔跤。

她将视线从那个打气筒上挪开，移到走出来的男人身上。

她仿佛成了透明人，他直接从她身边走过，朝巷子里走去。

向葵莫名觉得委屈，叫他："章叔叔！"

这会儿他又成了聋子，她的声音是耳旁风，根本不进他的耳朵。

她咬咬牙，一瘸一拐地追上去，双手一起握住他结实的手臂，终于让他停住了步伐。

他回过头来，眼睛还是微微低垂着，仿佛在看着她，又仿佛是在看着未知的地方，他似乎很不解她此时此刻的动作。

这一次，向葵没有放手，依旧紧紧地抓着他的手臂，泛着青紫的手背有些青筋露出："我脚扭了。"真是奇怪，她居然下意识地放轻了语气，好像在示弱，也好像是怕吓到他。

男人没有说话，嘴唇紧紧地抿着，唇角微微下垂。他的唇瓣有些干裂蜕皮，向葵看到，居然有种欲望，想亲亲他的唇角，替他舔走唇上的干燥。

可她下一秒又想到了自己唇上涂得厚厚的一层伪装，那股突如其来的欲望便瞬间消退，整个人显得有些颓唐。

向葵有几秒都没有说话，男人似乎还有别的事情，便想从她双手的禁锢中脱困而出，她终于察觉，连忙说："你背我！我脚扭了，你背我！"

男人脸上终于有了除平静以外的表情，他很诧异，似乎不明白这个女孩子为什么会有这样的要求。

向葵也觉得自己太突然，又放轻了声音，带了些哀求的意味："我之前还把小达达送回去了，你难道不应该把我送回去吗？"

说话的时候向葵忍不住想到那天晚上她拎着章达衣领的样子，她不管，反正她就是把他送回去了。

"章叔叔……"她压低了声音，叫他。

他似乎是长长地叹了一口气，她以为他会拒绝，可他最后却还是在她面前蹲了下去。

原本她踮起脚来都摸不到的脑袋现在近在眼前，他头顶有一个月牙形状的疤，附近没有头发，她很想伸手去摸摸他灼热的头皮，不过她没有。

她只是抑制不住唇边的笑容，张开手臂，将自己所有的重量全都放在了他宽阔的背脊上。

她的高跟鞋有些大，她的腿微微一晃，一只鞋子便落在了地上，发出清脆的响声。男人将那只鞋子捏在手里，而后将她另一只还没落下来却也摇摇欲坠的鞋子也拿了下来。一手拿着一双黑色高跟鞋，另一只手握成拳贴在她的腿弯处，他很轻松地站了起来。

她的双脚被解放，忍不住踢了踢。然后，她笑着将脸颊往他颈窝蹭了蹭，只是下一秒她就看到他衣领处蹭到了她脸上的粉底和唇膏。她咬咬唇，稍稍离开了一些距离。

她没有发觉，当她的脸离开他的颈窝之后，他一直僵硬的脖颈终于有一瞬的放松。

向葵头一次觉得自己家太近，男人的长腿没走几步就已经到了她家木门外，她视而不见，说谎话不打草稿："还在前面呢！"

他却没有再走，站定在木门外，他居然知道这就是她家。

她有些懊恼，也忘了想他是怎么知道这就是她家的，不情不愿松开抱着他脖子的手，推开门。

木门打开，发出刺耳的嘎吱声。向佩佩似乎不在家，又或者是在补眠，屋子里没有半点声响，这样安静，所以他有力的脚步声才这么分明。

向葵倒是想让他把自己送到楼上，可他显然十分守礼，进了屋之后便将她放在了长板凳上坐下，而后蹲下身，将她那双黑色高跟鞋在她脚边放好。

向葵低头，看到自己白嫩的脚，看到那双黑得发亮的高跟鞋，也看到了他那只带着风霜的手。他手背上蹭到一些黑色的机油还没洗干净，手掌很大，指甲修得整整齐齐的。只是说不上哪里不对劲，有一个念头刚在脑海中生出，他却将手收回。她呼出一口气来，心下有些痒痒的。

他还是没有说话，缓缓起身，目不斜视，转身就走。

向葵下意识地叫他："章叔叔……"他不停顿，她急，"喂……"

他停下步伐，只是没有回头看她。

她舔舔自己也开始有些干燥的唇瓣，想象自己舔的是他的下唇："谢谢你。"

他似乎低低应了一声，她没有听清楚，那个声音好像是从他的胸腔发出，低沉沙哑，带着震颤，瞬间就击中她的心脏。

她扶住了长板凳，才没有从长凳上翻下去。她抬头望着他走开的背影，他那么高，背却挺得笔直，布料被洗软的工作服贴着他的身体，她仿佛能透过他的衣服看到他的全部，看到坚实的双肩，满是遒劲肌肉的肩胛骨，纤腰窄臀，倒三角的身材那么完美……

她觉得自己不只是喜欢上他了，是对他着了迷，或者说，对他的身体着了迷。

拜向佩佩所赐，向葵一直不认为男人是什么美好的存在，再怎样的好身材，都令人作呕。

她一直觉得这是一种病，而且无药可医，可是现在，她好像已经找到那剂良药了。

向葵望着空荡荡的院子，依旧没有收回眼神，甚至连向佩佩下楼的嘈杂声她都没有听到。

“看什么？刚刚那个男人是谁？”向佩佩就站在她的身后。

向葵瞬间收回视线，而后将双脚踩进高跟鞋，稳稳地站住：“和你无关。”

“看起来不像是有钱人。”向佩佩穿着墨绿色的旗袍，大概有些冷，她拢了拢深灰色的披肩，披肩末端的流苏有几缕贴在她的手背上，她一一掠开，而后继续说，“你找男人的条件变了？”

“说了，和你无关。”向葵可不想他也被向佩佩染指，撇撇嘴，径直从她身边走开，一步一步稳稳地往楼上走。

向佩佩还在说话：“没钱的男人玩玩也就算了，你可别走我的老路。”

向葵的步子一顿，恨恨地说：“我不会和你一样，我才不会和你一样！”说罢，她快步冲了上去。

向佩佩转头看了一眼她消失在楼梯转角的身影，忍不住轻轻笑一声，摇摇头。

向葵原本的好心情此刻消失得无影无踪，她扑进床里，眼睛正好对上那只放在床头的小老虎。

她又伸手去摸摸：“小老虎……”她低声，耳边忽然又响起向佩佩的声音，她恼怒，把它拿起来，坐起身来，不管不顾地一把把它扔向了角落。

小老虎滚了几个圈，掉进了老旧的橱柜下面。那是死角，她从未打扫过，里面肯定积了厚厚的灰尘，或许会有不小心滚进去的点心，或许还会有老鼠蟑螂……

她想，就让那只小老虎和老鼠蟑螂做伴吧，不过就是一只小老虎，几块钱就能买一只的不好看的小老虎！

她一把将被子扯起来，蒙在脸上。

向葵，快点忘记那只不好看又不值钱的小老虎！

向葵知道刘其祥对她还有兴趣，所以他傍晚给她打电话她一点不意外。

“向葵，你出来，我们聊聊。”

“聊什么，我们分手了。”向葵躺在床上，有气无力地说，眼睛忍不住瞪向天花板的角落。那个被她拿手搅乱的蜘蛛网不知道什么时候又出现了，和前几天一模一样。

刘其祥有些不情愿，也有些恼怒：“这是你单方面说的，不作数！我们还是得聊聊！”

“又不是离婚，分个手有什么好聊的！”向葵到底还是坐了起来，一只手拿着手机，另一只手拿过椅子，站上去，又徒手搅乱了蜘蛛网，心情不知为何好了许多。

“向葵，我做错了什么吗？就不能再给我一个机会？”刘其祥哀求。

向葵心情好了些，也没那么不好说话了：“好吧，你要聊聊就聊聊，你在哪里？”

刘其祥的声音里一下子透出了喜意：“我就在你家巷子外的路口，老地方，我等你！”

刘其祥果然换了一辆车，是他以前开的那辆。向葵脑补了一下他被他哥训的场面，居然在坐进车里之后笑了一下。

见她笑了，刘其祥一直紧绷的情绪也轻松了不少，抱怨：“你怎么就能和一个修车工人走了！”

向葵有点不开心，想反驳：什么修车工人，人家分明就是个木匠，能做桌子柜子，能做漂亮小老虎的木匠！

可她仔细想了想，修车工人和木匠好像也没什么太大的差别。

算了，和刘其祥这个没脑子的能说得通个鬼。

向葵决定不浪费口水，不和他讨论男人究竟是个修车工人还是木匠。

见向葵的表情又有些沉寂，刘其祥心又抽了下：“到底怎么了？向葵，为什么要分手，我们不是挺好的吗？要不我带你去买衣服？还是买包包？买鞋子？”

以前刘其祥就是这么哄她的，她也没觉得有什么不对，可这会儿她却觉得浑身不对劲，她难道是因为他没给她买衣服包包鞋子才分手的？

“你让我冻感冒了，所以分手。”她好不容易想了一个稍微好一点的理由。

不过显然，这个理由在刘其祥听来依旧十分差劲，因为他露出了“你耍我玩”的表情，而后迅速换上一脸的关切：“真的感冒了？要不要去医院？药呢？吃了没？”

向葵只觉得聒噪，不愿意再听他啰唆，直接开门出去：“分手分手，没什么好说的了。”

结果她一开门就看到了正从巷子里走出来的男人，不知道他是只有那一件衣服还是所有的衣服都一个样，身上依旧是那件洗得发白的深蓝色工作服，手里提着一个麻料布袋，大概是一些工具。

他微微垂着眼睛的样子，就是一个十分普通的男人。

可偏偏，向葵在看到他的第一眼，就感觉到了心脏异样的跳动。

怎么是他？为什么偏偏就是他？他没有一点符合她的条件，没有一点能让她动心，可偏偏啊，就是他，而且只有他。

向葵知道他没有看到自己，可依旧蓦地转过身背对着他。

刘其祥也从车里下来，绕过车头走到她那边，没注意到她异样的表情，继续说：“向葵，那你说，你想要什么，我都……”

他话还没说完，向葵忽然抬起眼来，瞳孔里是满满的坚定和不容退却：“抱我。”

“哈？”刘其祥莫名其妙。

“抱我。”向葵重复了一遍。

刘其祥不明白向葵在搞什么鬼，可平常她就是个贞洁烈女，有时候连牵个手都会被她骂个狗血淋头，她居然主动让他抱她，他会错过才有鬼。

还以为她已经放弃分手的念头，他张开手臂，一把将她抱在怀里，用他觉得最为男人的方式。

刘其祥和她相同年纪，已经长得算高，也不过一米七八左右，她穿着平底鞋到他的下巴，被他抱在怀里的感觉一丁点都不舒服，他太瘦，骨头硌得她浑身难受，味道也不对，他喷了什么香水？快要把她熏死。

不对不对，一切都不对。

不应该是这个样子的。

那个怀抱应该是有力的、结实的、温暖的，她应该到他的胸口，脸颊正好抵着他的胸肌，硬硬的感觉很好，他身上不会有香水味，可能会有些残余的机油的刺鼻味道，没关系，木头的味道很好闻，很香，让她整个人都软下来。

可她明明没有被他抱过。

她一把将刘其祥推开，难以掩饰眼里的嫌恶。

刘其祥越发莫名其妙："向葵，你发什么……"疯字还没出口，他的唇角陡然扬起来。

因为向葵对他说："吻我。"

简直不需要任何的思考时间，刘其祥瞬间就凑上去，噘起那张保养得很好的唇，眼看着就要贴上她殷红的双唇。

从胃里泛起恶心，还没碰到，向葵已经侧过身，捂着胸口干呕起来。什么都没吐出来，可胸口翻腾得厉害。

刘其祥长长吐出一口气，双手叉了腰，刚刚的窃喜如今全都转化成羞恼："向葵，你什么意思？给你脸不要脸？"

向葵根本不在意刘其祥的恼怒，只是缓缓直起身子："嗯，我不要脸，所以分手。"说罢看都不看他一眼，径直转身离开。

刘其祥也有自尊，跑来挽回她一次已经够下面子，无论如何也做不出再追上去的事情。他啐了一声，吐了一口痰在脚边，而后恨恨地坐进车里，猛地将车门关上，故意贴着向葵极快地开过去，差点就将她带倒在地。

但他还是忍不住从后视镜看去，向葵依旧那副什么都不在意的脸，甚至没朝他的车看一眼。他踩下油门，什么都不管了。

向葵站在原地，男人已经从她身边走过，她想他或许是要去路口的那家修车铺，那又和她有什么关系。

他是个没钱的男人。

她才十八岁。

他长得那么普通，好吧，除了那一双眼睛。

她长得那么漂亮。

他一点都不好，她甚至都不了解他。

可是她还是喜欢他。

向葵有些颓然地低下了头，用尽全身力气往前走。她得回家，她得离开这个普通平凡的男人。可是她的双脚像是有自己的意识，转了个弯，跟在男人身后，一步一步地跟上去。

她觉得自己完蛋了，可是她的思想和动作都不听她的控制。

男人仿佛察觉到身后有人跟随，停下脚步。她也停下来，站在原地看他。

他陡然间转身，抬起眼看她。睫毛低垂着，却遮不住那双诱人的眼睛，向葵听到了自己咽口水的声音。

巷子里的路灯忽然亮了起来，昏黄的灯光洒在他身上，连他的瞳孔里都有光点闪现，向葵明明一直盯着他的眼睛，却似乎看到了天边的夕阳落下，看到了浅淡的弯月从云后钻出来，看到了满天繁星点点……

她往他那边走了一步，想要说话，他却已然收回视线，转身继续走。

她懊恼，肩膀垮下来，吐一口气，自暴自弃地跟了上去。

男人果然是去修车铺，修车铺的老板三十几岁，是个瘦弱的男人，他姓朱，大家都叫他老猪。向葵听人说过老猪的八卦，据说他前几年结了婚，只是老婆没几个月就跑了，还带走了他的所有积蓄。他原本想用那些积蓄换个好点的店面，现在只能继续守在这里。

不知道为什么，向葵觉得他可能还在等他老婆，不是为了钱，只是在等，仅此而已。

她觉得他真蠢，为什么要等一个不会回来的人？

可她后来才知道，有些人，尽管知道他永远都不会回来了，她的身体、她的思想已经习惯了等他。

等待是一场修行，是永远都无法结束的试炼。

老猪和男人很熟，见他过来便笑着招呼："阿敬，你来啦？就是这个柜子，用太久了，今天塌掉了，你看看还能不能修，要是不能修，你就帮我再做一个吧。"

阿敬……

原来他叫章敬，向葵想，连名字都普普通通，真是见了鬼了。

男人没有说话，点点头，将工具包放在地上，去看柜子。

老猪移开视线，正好看到了立在门口的向葵。

向葵依旧穿着白日里的黑色皮衣皮裤，身材修长瘦弱，和修车铺一点都不搭，和整个棚户区也一点都不搭。老猪怎么会不认得向葵，尽管平日里不打交道：“这不是向葵？有什么事吗？”

向葵对老猪并不反感，大概是因为老猪从未上过她家二楼，对和向佩佩没有关系的男人，她总是会多一点耐心：“我……”她能有什么事？她是来看那个男人的。

她的眼珠子转了转，忽然咧嘴一笑：“我想看你这边有没有二手车卖！”

修车铺一般都会有二手车，通常是车子坏了之后卖给修车铺的，老猪把车子修修，能用的就继续转卖出去，不能用的，就当成废铁卖出去。

好不容易有生意，老猪自然热情招呼，把她领到屋子里去看那些车：“你要摩托车还是自行车？你一个女孩子还是别骑摩托车了，太危险，这辆自行车怎么样？”

老猪在说什么，向葵根本没听清楚，她耳朵里充斥着的只有一个声音，那就是男人敲打木板的声音，仿佛魔音入耳，挥之不去。

见她不回话，老猪忍不住问：“怎么了？有看中的吗？”

向葵刚想说话，那边的声响已经停止，男人走过来，朝着老猪点点头。

老猪看一眼柜子，一块烂掉的木板被他换了一块新的上去，看起来结实不少。不用再做一个，省了钱，老猪自然开心：“你等下，我拿钱给你。”

可没等老猪拿钱，男人已经拎了他的工具包走了，老猪连忙追上去，可到底没能把钱给出去。

他再回到修车铺，刚刚还在这里的向葵也消失了。他四处看了看，这才发现了跟在男人身后亦步亦趋的向葵。他笑了笑，只当是小姑娘闹着玩，回去拿钥匙打开抽屉，将那张纸币和别的一起妥帖放好，再拿本子压住。

向葵跟在男人身后，她现在也不知道自己要干什么，只是想靠近他一些。

男人肯定知道她在身后，或许还会以为她和章达一样脑子不正常，可是她也没办法，她忍不住自己想要靠近他一点的欲望。

巷子里的路灯并不怎么亮，有一盏灯还发出吱吱的响声，一闪一闪的，仿佛马上就要爆破，她顾不得那些，一路跟着他来到了他家院子门口。

他终于停下步子，转头看她。

看到他的脸，向葵仿佛于黑暗中终于得见阳光，唇角不由自主地扬起，在他说话之前率先出声：“小达达在吧？我想找他玩。”

显而易见，和一个小傻子并没有什么好玩的，只是这会儿向葵被所谓的爱情冲昏了头脑，说话根本就没经过大脑。

而且章达一丁点都不欢迎她，大概是因为她抢了他的小老虎。

章达像是一只小兽，站在门口瞪着她，眼里快要冒出火来，真像是一只小喷火龙。

她装作看不到他的情绪，抬手打招呼：“嘿，小达达！”

章达努努嘴，转身跑进去了。

向葵有些莫名其妙，不过她也跟了进去，得逞之后她还有空回身看一眼，男人正在小心翼翼地关门，将巷子里的灯光关在屋外。

她看着他，他头顶的光亮随着门缝的合拢逐渐消失，她忍不住露出一个笑容，而后又转身走进屋子。

章达站在架子面前，正在把那些男人给他做的小玩意儿都拿下来藏在怀里。他手太小，不少东西都落在了地上，他便急急忙忙地捡，生怕被她看到又要抢走。

向葵笑个不停，过去帮他把东西一一放回架子：“我只要那只小老虎，别的东西才不抢你的呢！”

章达有些不信她，可见她满脸认真地替他收拾着东西，小心地问她：“真的吗？”

向葵点头：“我从来不说谎话的！”

男人站在门口看两人说话，眉心微微蹙着，似乎在想要怎么将向葵送走，可他最终只是长长地吐出一口气，而后转身走进了后面。

向葵虽然帮着章达理东西，却不忘关注男人的动向，她猜测他去的地方应该是厨房，上次章达也是从那里给她倒水出来的。

她没空再和章达玩，放下东西就偷偷跑过去。

后面的确是厨房，和前面一样，顶上是黄色的灯泡，不怎么亮，却很温暖。

男人站在桌边，右手搭在桌子上，左手拿着杯子，仰着头喝水。

他站得笔挺，脖子微微仰起，脖颈修长，凉水从他的咽喉到胃里，喉结滚动，有水从他的嘴角滑下来，由脖颈往下，滑入他的领口，意外地性感。

向葵舔舔嘴唇，她觉得自己也渴了。

男人喝完水，将杯子放在桌上。向葵看清楚了，是那天她喝过的白色陶瓷杯子，不知为何便有些欣喜，视线从杯子来到他的手上，神色一怔。

她终于明白，为什么那天看到他的手会觉得有些奇怪。

因为他少了一根手指。

他的左手少了小拇指，自第二个指节的地方凭空消失，只有短短的一截，仿佛被截断的韭菜，空空的。

她想她应该觉得害怕，可事实上她一点都不觉得，反而觉得有些心疼。十指连心，应该会很疼吧？

男人终于发现她就站在这边，他看到了她的视线，下意识地将左手握成了拳，掩住了缺陷。

向葵笑了笑，笑得那么天真无邪：“我饿了。”

男人不解地看着她，没有说话，可向葵觉得他应该是在说：“你为什么不回家吃饭？”

她依旧笑着，用别人口中那个最让人无法拒绝的笑容：“她才不会做饭给我吃，而且我没带钱。”那样无赖，可她是个小姑娘，而且是个漂亮的小姑娘。

男人没有赶她走，也没有和她说话，甚至没有再看她一眼，只是转身从冰箱里拿出几个塑料袋，有红色的，有蓝色的，还有白色的。

她多看了一眼那个冰箱，浅绿色的，已经有十几个年头，边角处铁皮有些生锈，泛着红棕色的脏污，上面居然还贴了两个娃娃，向葵想那应该是章达贴的，他才不会那没么品位。

门框上有些倒刺，向葵也不在意，靠在上面探出头去看。红色袋子里的是蔬菜，蓝色袋子里的是鸡蛋，白色袋子里的是肉。她忍不住靠近一些，拉过一个凳子坐下来，双手托着下巴，津津有味地看着他做菜。

他做事很干脆利落，先淘米，从柜子里的米袋挖了两勺，顿了顿又挖了半勺，淘米，煮饭，而后洗菜切菜，打鸡蛋……

她闭上了眼睛。

水流哗哗的声音，不怎么锋利的菜刀切在木质菜板上的沉闷声音，筷子打鸡蛋的时候碰触碗壁的声音，油锅逐渐烧热的刺刺声，还有菜倒入油锅之后哗的声响……

向葵从来都不知道，原来做一顿简单的饭菜，竟是这么美妙的事情。

向佩佩不会下厨，她家的厨房从来都没有开过伙，有记忆以来，她就没有在家里吃过向佩佩煮的东西，哪怕只是一个鸡蛋。

附近的每一家餐馆都认识向葵，因为她是常客，今天去这家，明天去那家，来来回回就这么几家，这家的菜太咸，那家的饭太硬，她如数家珍，而且早就吃厌。

向葵睁开眼睛，弯弯眉眼，笑得很开心。

男人回过身的时候正好看到了她的笑容，有一阵的恍惚，不明白有什么可笑的，能让她笑得这么开心，这么，真诚。

向葵的眼睛亮了，仿佛夜空中最亮的星星：“好了吗？可以吃了吗？我快要饿死了！”说着摸摸肚子，她很瘦，小腹没有赘肉，这会儿更是快要凹进去。

男人并不回答她，先将菜一盘一盘端到桌上。简单的两菜一汤，烧青菜，韭黄炒肉和番茄鸡蛋汤，他又将碗筷拿出来，冲过水之后将筷子在碗的边缘轻敲。

立刻传来脚步声，章达跑进来，就像是一只闻香而来的小狗。

章达乖乖地坐下来，就差把舌头吐出来了。男人替他盛了饭放在他面前，他却没有动。

男人盛的第二碗饭是给她的，小小的一个白瓷碗，里面的白米饭冒了尖，她食量其实很小，但她却和章达一样，乖乖地接过来，放在面前。

男人的碗大一些，满满一碗饭，向葵想他工作那么辛苦，那么点饭会不会不够吃？她想将自己碗里的饭给他添过去，但最终居然不舍得。

男人拿起筷子吃了一口，章达这才笑着将筷子拿起来。向葵学着他们的样子，嘴里塞了一口饭，不软不硬，热乎乎的很好吃。她的眼眶都要湿润，她觉得这是十八年以来她吃过的最好吃的饭。

男人和章达吃饭吃得很快，她不过吃了一半，他们就已经解决，面前的两菜一汤也已经见了底。

章达还想把剩下的青菜往碗里捋，捋到一半似乎才意识到桌上多了一个人，而且她的饭还没吃完，于是不舍地把盘子往她那边递："给你。"

向葵愣了愣，而后笑起来，才不管章达舍不舍得，说了句"谢谢小达达"之后就把剩下的青菜全都放到了碗里，而后就着饭大口地塞进了嘴里，含糊不清地说："很好吃。"

男人淡淡看她一眼，并没有多话，当然他本来就不怎么说话。

向葵还没吃完，男人已经在收拾锅子，她倒是很自觉，吃完之后将空了的碗盘全都收起来，端过去放进水池。

她不喜欢洗碗，讨厌手里那股油腻的感觉，不过这会儿还是试探地问了一句："我来洗吧？"

男人只是将她手里的碗盘全都接过去，站在水池前，用行动说明了一切。

向葵吐吐舌头，笑得很得意。

她靠在一旁的冰箱上看他洗碗，水龙头里出来的水应该是冰凉的，浇在碗盘上，浇在他有些厚茧的手上，碗盘上有洗洁精的泡沫，他的手上也有，他缺失的小拇指被泡沫掩盖。

向葵有点想去摸他的手，在洗洁精的泡沫里，他粗糙的手会不会比较滑一些，她想象了一下，而后扑哧一声笑出来。

不过她没有去摸，因为怕他以为她精神不正常。

但是他大概已经这样以为了，因为在她笑出声来之后看了她一眼，用那双藏着孤岛的眼睛，十分诧异地看了她一眼。

她收了笑，故作正经，转过身去，又笑得眼睛成了一条细缝。

有什么可笑的呢？

其实她也不知道，大概是因为他就在身边，所以无论是什么小事，都能让她笑出来吧。

男人很忙，收拾好厨房之后又去了外面的屋子，他应该是在做一个衣柜，已经有基本的形状，只是还剩下两扇柜门没有做。

向葵在一旁细细地看，他的手艺很好，已经做好的柜子主体打磨得很光滑，就算不上漆都不会扎到手。

他已经在工作，她没有打扰他，像是上次来这里一样，双手撑在桌子边缘，一用力就坐了上去，晃了晃脚，她叫：“小达达，帮我倒杯水呗。”

章达正在玩木头积木，应该是男人给他做的，被她打扰，他有些不开心，不过他很听话，乖乖起身去里面厨房给她倒水。

水杯送到她手里，向葵看了一眼，果然是男人的那个白色陶瓷杯子，她记得刚刚男人喝过之后直接放在了那里，章达大概也不会洗……

她将杯子拿起来，回忆了一下之前男人喝水的模样，从右手换到左手，试探着，双唇碰触杯沿，微微仰头，冰凉的水就这样从杯子来到她的口腔，经过她的喉咙，刺激她敏感的胃。

向葵放下杯子，看到杯沿上一个明显的红唇印记，一脸满足。

·第二章·

穷极一生，做不完一场梦

章达明显有自己明确的作息时间，八点的时候他准时站起来，乖乖地从一旁的楼梯走了上去。

男人家里的楼梯和她家的差不多，走一步便有很大的声响。向葵眼巴巴地看着章达消失在转弯处，笑得眯起了眼睛。

她撑在桌上的手拿起来，这次干干净净的，没什么灰尘，只有一丁点木屑，她有些意外，倒也没有多想。

向葵拿了杯子，从男人身边绕过去，走到厨房里，他很省电，厨房里早就灭了灯。

她找了许久都没有找到开关，正打算摸黑进厨房，一个散发着热气的高大身体忽然靠近。她浑身僵硬，感觉到他伸出手臂，从她的肩膀上方探过去，她整个人几乎都被拢在他的怀里。

向葵仿佛被人点了穴，一动都不能动，她只是深深地吸了一口气。他身上没什么机油味道，都是木头的味道，有点香香的，她从来都不觉得木头的味道原来这么好闻。

啪的一声，厨房灯刹那间亮起来。她刚想闭眼睛，有些尴尬，抿抿唇，想要伸手抓住他的衣襟。

可他比她更快一步，已经往后退了退，用眼神询问她想干什么。

向葵默默地收回手，拿着杯子去倒了一杯水出来，站在他面前，眨着自己那双似乎无害的眼睛看着他："我想给你倒杯水。"

她故意把自己唇印的方向对着他，唇角隐约是狡黠的笑。

男人的表情没什么变化，就像是根本没有看到那个殷红的唇印，他把水杯接过去，而后将厨房的灯按灭，率先一步出去。

她连忙小步跟着他。

他站在那些木料边，拿起杯子喝了一口水，只是这次拿杯子的是右手，她的唇印对着她，有些狼狈的荒唐。

她咬咬唇，从他手里接过杯子，用手指一点一点拭去唇印，仿佛在擦去以前那个浓妆艳抹的自己。

男人看着她，似乎是在说："章达已经去睡觉了，你也可以回家了。"

向葵其实还想和他再待一会儿，可她也明白，之前是因为章达也在，她才能待在这，这会儿孤男寡女，他肯定不会同意。她深知欲速则不达的道理，所以只能努起嘴，给自己争取了福利："你送我回去。"

看到他怀疑的神情，她忍不住提高了声音辩驳："之前我一个人回家就遇到坏人了，你但凡有点责任心就该把我送回家！"

向葵在心里暗骂自己真无赖。

男人回头看一眼他的工作，最终还是没能拒绝一个年轻女孩的要求，拍了拍手里的灰，比她先一步出去。

巷子狭小，只够两个人并排在一起走。向葵走在他的身边，肩膀蹭到他的手臂，能感觉到他手臂的肌肉。他明明什么都没做，她却像是吃了蜜糖，从嘴里甜到了心里。

她想去挽他的手臂，想用掌心去感受他手臂偾张的肌肉，可抬起手来，最终只是抓住了他衣袖的一角，小心翼翼的。

他马上感觉到，脚步有一瞬间的凝滞，或许还有眼角的余光扫向她捏着他衣袖的手。向葵不知道，她只知道，他没有甩开她，他任由她抓住了他的衣袖。

他陪她来到她家的木门外，站定在一边并没有陪她进去的意思。

向葵并不觉得失落，只是有些舍不得地放开他衣袖一角。她迈着细碎的步子站在门口，这边正好没有路灯，有些黑，隔着这么点距离，她只能看到他结实有力的身形，看不到他的表情。

她还是笑了笑，不管他能不能看到："谢谢，嗯，晚安。"

他似乎是点了点头，她并没有看清楚，她只是看到他背过身，快步走向巷子深处，不一会儿便成了一个黑点。

向葵轻轻叹一声，推开门进去。

今晚二楼并没有声音传来，向葵松了一口气，轻手轻脚地开门回到卧室。

她心情很好，转了个圈才扑进了床里，而后在床上翻来翻去，咬着被子哧哧地笑，等她笑够，看向床头，却发现小老虎不见了。

她愣一下，第一反应是被向佩佩顺走了。

她刚想去隔壁敲门，但白日里的记忆回到了脑海，明明就是她自己把小老虎给扔掉啦！

她叹了一声，乖乖下床，走到柜子前趴下，往里面看。黑漆漆的什么都看不到，她找了一个棍子伸进去扫了两遍，扫出来废弃的电池和蟑螂的尸体。

她有些无奈，去楼下拿了个手电筒，仔仔细细地找，终于在柜子角旁边看到那只已经蒙了灰尘的小老虎。她一喜，刚把棍子伸进去，就听到背后传来声响："你在干什么？"

她动作一僵，是向佩佩来了。

向葵自然地站起来，顺便还拍了拍沾了灰尘的手和膝盖："没什么，有东西掉进去了。"

"什么东西，要不要帮你？"

"不用！"说完她才觉得自己拒绝得太快太彻底，轻咳一声："你不是最怕脏？"

向佩佩哦一声："也是，那就算了吧，你自己慢慢找。"

她转身要走，向葵弯了膝盖，还没跪到地上，向佩佩的声音又传来："对了，你晚饭吃了吗？我在楼下给你留了两个鸡蛋。你不是说要减肥，应该够了吧？"

"那可真是谢谢你了。"

向佩佩终于离开她的房间，顺便还替她带上了房门。向葵呼出一口气来，再度趴在地上，认真地将那只小老虎给拯救了出来。

小老虎有点脏，她用袖子替它擦了擦。

真可爱，她亲了亲小老虎，笑。

之后的一周，向葵都没有见到那个男人。

尽管她平时懒惰，可她到底是高三的学生，平日里她都是住校的，也就周末才会回到巷子。

以前的向葵最喜欢在学校的日子，可这次不一样，还没离开家里，她已经开始想念。

向葵在学校里没什么朋友，应该说只有一个朋友，和她一样一起住在巷子里的王安惠，两人时常约好一起坐公交车去学校，这次也不例外。

这次之前，向葵已经有两个月没和王安惠一起去学校了，所以在公交车站看到向葵的时候，王安惠有些惊讶：“你怎么来了？”

过去两个月都是刘其祥来接她去学校的。

向葵耸耸肩：“和刘其祥分手了呗。”

王安惠张开的嘴有几秒都没合拢：“又分了啊？”

“是啊。”

王安惠转头看向葵，她看起来一点都不难过，反而很开心。夕阳的余晖映照在她脸上，她的脸颊看起来红扑扑的，没了之前的浓妆艳抹，这样的她很漂亮，漂亮得让女人都要心动。

毕竟她是向佩佩的女儿，向佩佩在棚户区是出了名的漂亮。

王安惠想起离家前母亲对自己说的话：“别再和那个向葵混在一起，人家有资本到处玩，成绩还是那么好，男朋友换了一个又一个，一身身的衣服也不便宜，说不定和她妈干一样的事儿。你说你，成绩怎么就上不去，还说想考大学？反正你要是考个三本，我们可没钱让你去读。”

她咬咬唇，回过神来，看到向葵修长的手指在她面前晃，她应一声：“怎么了？”

向葵笑：“我才是要问你，你怎么了？”

王安惠轻声说：“没什么，车子来了，我们上去吧。”

刘其祥和向葵不是一个班，所以不用时时刻刻看到他，这让向葵庆幸自己没找班里的男生谈恋爱。

刘其祥大概也有他的尊严，那之后他没有再来找过她，即使路上偶然相遇，他也是像是只孔雀一样骄傲地扭过头，当作没有看到她。

真是幼稚。

向葵懒得理他，他不纠缠她反倒是轻松。

这周有月考，向葵成绩一向不错，不过也得临时抱抱佛脚。

向佩佩一直觉得向葵遗传了她，所以才这么聪明，可向葵不以为然，向佩佩连初中都没毕业，她的脑袋估计是遗传了那个不知道是谁的爹吧。

她最期待的就是高考，因为她一直以来的愿望只有一个——那就是离开安城，去到一个没有人认识她的地方，那里没有向佩佩，也没有半夜会咯吱咯吱响起来的床。

月考是周四周五两天，向葵发挥稳定，觉得自己应该不会掉下年级前五，心情格外美丽，想到回去就能见到男人她就更加开心，收拾衣物时都忍不住笑。

王安惠和向葵一个寝室，闷着一张脸也在收拾衣服。她还惦记着自己数学最后一个大题没有做出来，语文考试写的作文好像离题了。

她把衣服一扔，坐在床沿，眼里有些湿热。斜对面的向葵心情那么好，嘴里还哼着不知名的歌，她想向葵大概考得很不错。

向葵一向成绩好，一直都在年级前三左右徘徊，所以尽管她颓懒荒唐，老师也不过睁一只眼闭一只眼。

为什么就这么不公平？

凭什么就这么不公平？

向葵收好东西，回身见王安惠垮着脸坐在那里不动，也收了笑："怎么了？觉得没考好？"

王安惠轻轻应一声："我怕我上不了大学……"

"不会的。"向葵也不知道怎么安慰她，只能轻轻拍拍她的肩膀，"别担心，我不是早和你说过了，你有什么不懂的就来问我呗。"

王安惠想说你一直到处玩，我从来都找不到你，可她只是笑着点点头，然后说："谢谢你，向葵。"

"我们是朋友啊。"

向葵一双眼睛那么明亮，王安惠不敢看，她自惭形秽。

向葵是一个人回家的，临走前王安惠颓唐地说她这周不敢回家，因为怕她母亲问起月考的事情。

向葵不以为意，公交车在巷子口不远处的站牌停下，她正好经过修车铺。修车铺门外用蓝绿色的塑料板做了车棚，车棚下停了一些摩托车。那些摩托车大多都是巷子里人家的，因为巷子狭小，摩托车不方便开进去，老猪人又好，所以将车棚一角给他们停车。里面有一辆摩托车是男人的，在那一堆车里一点都不起眼，就和他这个人一样。

屋子里面没有客人，老猪正坐在地上鼓捣一辆破旧的摩托车。向葵都已经走过去了，想想又退了回来，走进阴暗潮湿的修车铺。

老猪抬起头来，看到向葵的一瞬间有些恍惚。

她外面套了件藏青色的呢子外套，里面是学校的校服，能看到一件雪白的棉质衬衫。天气那么冷，她却穿着不到膝盖的短裙，大腿光裸，一双黑色的毛线袜子只到膝盖处。

她就这样站在门口，一动不动，她的身后仿佛有光晕，整个人都在闪闪发光。

正是大好的年纪。

老猪站起来，下意识地将手心在满是污渍的衣服上蹭了蹭，只是有些脏污早就日积月累地渗入了皮肤，钻进了指甲缝里，怎么擦都擦不干净。

他尴尬地笑了笑：“怎么？又来看车吗？”

向葵点点头，他屋里放了几辆自行车，有一辆看上去有七成新，其余的都和废铁差不了多少，老猪领着她去看那辆车：“这是前两天有人刚卖过来的，没什么问题，就是那人要搬家不想把车子带走才贱卖了，你看怎么样？”

老猪有些话没有说，看到这辆车的刹那，他就想到了向葵。他觉得她大概就是想要买这样一辆车，所以这两天有人看中了要买，他也全都推拒了。

向葵和向佩佩的传言他不是不清楚，甚至还曾经有街坊偷偷和他说：“那个向佩佩是真不错，价钱便宜，身子像一条水蛇一样软得不行，你老婆也走了这么几年，你就不想？”

他是个男人，怎么会不想？只是他从未推开过那扇木门。

他觉得，向葵是个挺好的小姑娘。闲言碎语那么多，其实有大多数都只是传言而已。

可是向葵的视线并没有落在这辆七成新的蓝色自行车上，她直勾勾地盯着那辆最破的自行车，像是下定了决心，伸出手来指着：“我要那辆！”

老猪顺着她的视线看过去，呼吸一窒。那辆车他已经打算当废铁卖了，只是还没来得及，他试图让她打消念头：“那辆已经快要散架，是绝对没法骑的，你买回去也没用，那辆好的我便宜点给你……”

向葵却有自己的执着：“我就要那辆了，多少钱？”

老猪有些不明白这个年轻小姑娘的想法，也没办法，只能说：“那辆车能值多少钱，你要的话就直接拿走吧。”

“五十够了吗？”向葵并不领他的情。

老猪叹一声：“你就给个二十块钱吧。”

向葵从口袋里摸出钱包，从里面数了三张十块钱出来放在一旁的桌子上：“三十，朱叔叔，你帮我把车子推到外面去吧。”

因为是打算卖掉的，所以那辆车蒙了一层厚厚的灰。老猪摸到车把手就感觉到了手心的粗糙，车子都生锈了，真不知道向葵买回去干什么。

在把车子推出去之前老猪先拿了块抹布擦了一通，擦过的自行车终于露出了它的本来面目。它锈得不成样子，看不出本来的颜色，轮胎是破的，车链也断了。

向葵觉得里面的机油味太重，先在外面等着，她有些无聊，便蹲在地上拿木棍玩蚂蚁。

等她玩了好一会儿依旧没听到老猪叫她，她回去一看，才发现老猪正在帮她新买的车换轮胎。

向葵哎地叫一声："没关系，不用换的。"

老猪抬起脸来，冲她笑了笑，一脸的朴实："马上就好了，你再等一下。"

向葵有些无奈，看着他熟练地换车胎，忽然就想到了男人，忍不住问："这里就你一个人看着吗？"

"是啊。"他手下利落地干活，嘴里应道，"就这么小的店铺，还用得上两个人？"

"那上次，我让你出去修个车，来的是……"

老猪愣了下，而后哦一声："你是说阿敬啊，他就是偶尔给我帮帮忙，他人好，有时候还不肯收钱。"

向葵本来也就是随口一提，想了一下，干脆找了个还算干净的小竹凳坐下："我以前都没见过他。"

"他搬来也没三四年的，木工活做得很好，平常也就窝在家里干活，难得出来的，和这里所有人都不熟，毕竟是外来的，我也是有次无意间发现他还会修车。"老猪叹一口气，"他还带着那么个孩子，也是不容易。"

应该是很不容易吧，向葵想，所以看起来那么沧桑，像是把世间所有的苦都吃尽了。

"那孩子没有妈妈吗？"向葵小心翼翼地试探。

"没见过。"老猪摇摇头，"阿敬也不会和我说这些，我只知道他没结婚。"

向葵的眼睛瞬间亮起来，还想说什么，眼见着他换好轮胎要去修车链，她连忙制止："好了，就这样吧，没事的，我还有事要急着走呢。"

老猪觉得不好意思：“车链条总是要修好的吧？”

“没关系的，真的没关系！”向葵把车推了，匆匆跑出去，生怕老猪跑上来要帮她修车链。

冬日的夜晚总是来得很早，向葵走进巷子的时候天色已经昏暗，她推着一辆破车，哐当哐当，声音刺耳。

她在自家木门外停了停，没进去，因为不想向佩佩缠着她问这辆破车是哪里来的，买来干什么。

想想就头痛。

向葵直接推着车子往巷子最深处走去，带着无法言说的悸动和兴奋。

院子里的门锁着，她将车子靠在墙边放稳，走到门边敲敲门。没有人来开门，她将耳朵贴在门上听，屋里没有熟悉的锯子锯木头的声音。

她不觉懊恼：他不在家。

向葵不想回去，想了一会儿，干脆坐在了台阶上。转过脸就能看到那辆破旧的自行车，她便忍不住笑了下。

天越来越黑，路灯已经亮起来，她头顶就有一个路灯，她仰头看一眼，觉得灯光有点刺眼。如果是夏天，灯泡旁边还会有无数小虫子飞来飞去，她很讨厌那些小虫子。

夜里的风太凉，她穿得不多，腿有些凉，她将裙子扯扯直，遮住光裸的腿，而后身子前倾，靠在腿上，头歪过来对着自行车，一时有些怔然。

她也不知道自己是什么时候睡过去的，她也挺佩服自己，这样的环境她居然也能睡得着。

可她真的恍惚着闭起了眼睛，光晕在眼前逐渐消散，风声也逐渐远去，她昏昏沉沉地睡了过去。

男人走路的时候一向习惯微微低垂着眼睛，只看自己眼前的路，所以到了近处，他才看到在他家门口台阶上坐着睡过去的向葵。

向葵这姿势应该不舒服，整个上半身都趴在腿上，手垂在身侧，指尖堪堪碰地，有蚂蚁轻轻碰她的指腹，企图爬上这个温暖又柔软的身体。

路灯就在她的头顶，昏黄的光线洒下来，星星点点，仿佛给她浑身都披上一条金色的披风，有些柔软，也有些惊艳。

他几乎是下意识地在心里暗叹一声，所有的话语全化作那一声叹息。他不过停顿那两秒，而后轻轻从她身边绕过去开门。

门打开，有吱嘎的声音响起。

向葵瞬间惊醒，几乎是跳了起来，蒙眬间便看到了男人高大的身影已经站在了门里，而且正准备阖上院门。

向葵顾不得考虑别的，急忙冲上去，一只手插进门缝里，微微仰头，依旧是那让人可怜的小鹿般的双眼："我等你到现在。"

她还想说："你怎么能这样，装作没有看到我？"可是她没有说，她想那些话他大概都已经从她的眼睛里看到了。

就像他从来不曾和她说过话，她却明白他想和她说的每一句话一样。

"你，回去吧。"他一直紧抿的唇轻轻开合，吐出简简单单的四个字，带着无奈。

向葵不知道自己的表情是怎么样的，或许是惊讶，或许是震惊，或许是难以置信。

她想象过许多次，如果他会说话，那会是怎么样的声音？

清俊的？如滴答落在石块上的泉水。

低沉的？如暗夜里扑上海滩的波涛。

干净的？如大雪后清澈无比的荒野。

可她从未想过是这样的。

那是嘶哑的，仿佛尖利的石子在地上慢慢地磨过，粗糙磨砺，又仿佛是手指抚过百年老树的树皮，沧桑粗嘎。

这是她听过的最难听的声音，也同样，是她听过的，这世界上最好听的声音。

每一个字都化作最为美妙的音符，飘进她悸动的心脏，尽管他说出口的这四个字那样不留情面。

“你会说话？”向葵下意识地问，随后又闭紧了双唇。

也对，只是没有人听到过他说话，这并不代表他不会说话。

男人没有再说话，仿佛说那四个字已经用尽了他所有的力气。

他只是静静地看着她，用那双眼睛看着她。他在让她走，他不想让她进去。

向葵看着他的眼睛，她不得不承认，有那么一个瞬间，她想要放弃自己坚持的一切，就这样转身离开，再也不踏进这个巷子的最深处。

可是她没有，她只是这样回望着他，甚至连插进门缝的手都没有缩回来。

她也曾问自己，为什么，为什么非他不可？

可是她说不出答案，她无法给自己一个明确的答案。她安慰自己，可能感情本来就是没有答案的，又不是做数学题，每一道题目都有一个正确答案。

她找不到，就不想找了。

她不知道别人有没有遇到过这样的爱情，这样突如其来，这样莫名其妙，这样无法抗拒。

可她遇到了，尽管这个他并不是那么好，尽管这个他甚至有点差，尽管这个他和她心中曾经设想的他相差十万八千里。

可是怎么办呢？

遇到他的时候她会心动，看到他的时候她会失魂。

她不确定自己的未来，也不知道自己和他的未来，她唯一确定的是现在，她想要跟着自己的心走，她想要他。

她想摸他的短寸头，想摸他少掉一截的小拇指，想被他紧紧地拥在怀里。

他们僵持着，没有一个人肯退却。夜风穿堂而过，越发寒冷，向葵轻轻地缩了缩脖子。

她知道他看到了。

因为他的眼眸微敛，似乎是在想什么。

忽然有脚步声，是从里面传来的。声音由远及近，向葵看到章达跑到了男人身边。

章达似乎无法理解他们在玩什么游戏，怔怔地看一眼男人，又看一眼向葵，他忽然笑了下，把门猛地一关。

向葵那只还在门缝里的手被狠狠地夹到，她闷哼一声。

尽管手已经冷得僵硬，几乎没有任何感觉，可还是疼，那股子疼从五指逐渐传到四肢百骸，她都快要站不住。

她还有力气去想别的，男人那截小拇指断掉的时候，是不是比这样疼上更多？

门在一秒钟后打开，门内是章达无知天真的脸，还有男人平静却隐约带了些担忧的脸。

向葵的眼珠微微转动，忽然就落下了眼泪："疼死了……"

美人落泪，没有什么比这更叫人手足无措的。

男人是想要赶她走的，可最终还是将她引了进来。

她得逞，跟在他身后慢慢地走，唇边是狡黠的笑容，不敢让他瞧见。

章达有些不明所以地跟在两人身边，时而看看这个，时而看看那个，显然还没搞清楚状况。

向葵跟着男人走进厨房，自然地拉开长凳坐下，而后看着男人将手里的塑料袋放到了水池里。

男人洗了洗手，回过身来。向葵一直盯着他的背影看，见他回身，瞬间皱了眉，挤出两滴眼泪在眼角。

男人似乎低叹一声，拉开她隔壁的长凳坐下。

她被夹的是右手，这会儿左手捂住了右手放在胸口处。

男人看了她一眼，她恍惚一阵，将自己的右手伸出去，放在桌上。她的手很小，修长白嫩，除却大拇指，四个手指上都有很明显的被夹伤的痕迹，有些红肿，白璧微瑕。

她以为男人会握住她的手，查看伤情不是就该这样吗？

可他没有，他只是看了一眼她放在桌面的手，随后转身，出去了一趟。

她有些莫名，可是没有跟过去。

他不知道从哪里回来，手里是一块崭新的毛巾。他打开冰箱冷冻室，拿出冰块包在毛巾里，而后放在了她的手指上，轻轻揉了揉然后看她一眼。

向葵摇头："要怎么弄？我不会。"

男人根本拿她没办法，只得坐下来，粗糙的手拿着包了冰块的毛巾，轻轻地在她的伤处揉着，眼皮微垂，视线只看着她的伤处。

冰块那么凉，向葵却觉得浑身都热起来。

她出声，有着哭过后的沙哑："你会说话，为什么不说话？"

他并不回答。

她也不气馁："因为觉得声音不好听吗？"

他依旧不回答，甚至没有看她一眼。

她忽然叫一声："疼。"

他终于缓缓抬起眼，可是双眼那样清澈，仿佛是看透了她的一切想法。

她鼓起脸颊，不说话，恨恨地侧过脸去。

"会吓到别人。"在她以为他绝对不会再开口说一句话的时候，他忽然出声，依旧是那粗嘎嘶哑的声音。

向葵抿抿唇，或许他每次说话都用尽了浑身的勇气，她是不是太坏？

她终于转过头去看他，双眼平视，正好看到他的脖子。

她以前没有那么近距离地看过他的脖子，所以一直都没有发现，他脖子上居然有一道伤疤，不怎么明显，靠近了才看得到。

她忽然想，他身上怎么那么多伤痕，他以前过的到底是怎样的日子？

向葵下意识地抬起手，想去触碰。

他蓦地起身，和她保持距离。他转过身去，将毛巾里的冰块倒进水池，发出哗啦啦的声响。

向葵伸出去的手有些尴尬，只得默默地缩回去。

她手指上的伤已经好了许多，男人便用眼神示意她可以回去。她假装看不懂，不肯和他的眼神碰到：“你不是要做晚饭了吗？小达达应该也饿了。”她也饿了。

她没有看他，可还是能感觉到他的视线，他的视线落在她的身上，不会让人觉得不舒服，相反，她想让他一直这样看着自己。

可他很快就移开了视线，伴随着几不可闻的轻叹声。

他果然还是做了晚饭，向葵不是第一次看他下厨，却依旧看得津津有味。

厨房里的油烟机大概是坏掉了，烟气有些大，快要将他整个人都笼罩。向葵看着被烟雾萦绕着的他，忽然发现自己从没见他抽过烟，也从未在他身上闻到过香烟的味道。

他做菜一向很快，她还在恍惚，两菜一汤已经端上了桌，居然有条红烧鱼，她笑，而后又嫌弃：“你怎么放那么多葱。”

这已经不是第一次，可章达还是有点不习惯饭桌上多一个人，吃饭的时候有些闷闷不乐，还和向葵抢菜吃。

不过这次向葵有了经验，加快了速度，几乎和他们一起吃完，只是吃得太多，撑得她浑身难受，脸上还是露了笑：“真好吃。”

章达一脸埋怨地看着她，她笑嘻嘻的，摸摸他的脑袋，一点都不介意。

屋子里那个大木柜已经不见了，大概是他已经完工送走，所以狭隘的房子显得空旷不少。

向葵吃过饭就跑了出去，男人还以为她会乖乖回家，没想到她竟是将一辆破旧的自行车费劲地搬了进来。

他方才没有留意，这会儿细想，才隐约记起墙边似乎的确靠了一辆废旧自行车，他以为是旁人扔在那里，没想到是她的。

向葵艰难地给车子找了个地方靠好："我的车子坏掉了，帮我修修。"

男人满脸的怀疑，似乎是在问她为什么不去找修车铺的老猪。

她一丁点都没觉得不好意思，歪着头笑着看他："我想让你修啊。"

男人站在原地停顿了一会儿，到底还是走了过来，蹲下来看了一眼车子的状况，而后将自行车整个倒了过来，他去里面拿了工具箱。

向葵随手找了块木料，将它横过来，拍拍上面的灰尘，而后坐下，双手托腮看着他一脸认真地替她修车。

他做事的时候总是抿着唇，看起来格外严肃，少了一截手指的手又格外灵活，工具仿佛和他的手融为一体，那样和谐又自然。

地上有木料的影子，有树的影子，有他的影子，也有她的影子，风吹过，一晃神里所有的影子仿佛融为了一体。

什么都没有做，向葵却觉得此时这样的安逸就很好。

她忽然起身去了里面，男人听到了声响，并没有转头看她，继续修车。

向葵看到章达在用积木搭字玩，格外认真，也就没和他搭话，自己去找了刚刚那条毛巾，用冷水打湿挤干，而后又转身出去。

男人已经把车子修好，他的手捏在脚踏板上，摇了两下。后轮倏地转了好几圈，而后慢悠悠地停下来。

他站起身，将车子重新翻回来。脚撑也被他修好，车子可以不靠着墙自己站起来。他拍了拍满是脏污的手，刚想回去洗手。

一转身，却发现向葵就站在他的身后。

他一时间并没能反应过来，她便趁着他恍惚的瞬间，小心翼翼地握住了他的手。如她所想的那般，他的手很粗糙很大也很热烫，掌心有茧，糙糙的，她觉得自己浑身都在颤抖。

好不容易才竭力抑制住，然后用那条白得发亮的毛巾捂住了他的手，她一个手指一个手指地替他擦过去。指腹停留在他的掌心，她一顿，忽然起了坏心眼，用微微尖利的指甲轻轻挠了挠。

她能感觉到他浑身一僵，而后猛地甩开了她的手。那条白色的毛巾轻飘飘落在地上，已经不够白，上面沾染了他手上的脏污，也沾染了地上的灰尘。

他不知为何一直盯着那条白色的毛巾看，许久之后才收回眼神，眼中有些难得的动摇。

“以后别再来了。”这是男人今天和她说的第三句话。

第一句话四个字，第二句话五个字，第三句话六个字。

向葵觉着，她的新目标大概就是让他说超过六个字的话，想必有点难度，不过她喜欢挑战高难度。

他就站在门口，并没有送她的意思，她推着车，不肯走：“你不送我吗？”瘪瘪嘴。

她知道怎么让他心软。

瞧，他真的心软了，他关了门，走到了光下。她便笑出声来，而后将车头的位置让出来：“你推车。”

他不吭声，单手握住了车把手，也不等向葵，就慢慢地往前走。

向葵快走几步，走到他身侧，她依旧伸出手去，捏着他的一片袖角，可是不知道为什么，今天却有些不满足，犹豫了下，她松开了他的衣袖，缓缓地挽住他的手臂。

他的手臂上有肌肉，柔韧而有力，不过是轻轻挽着，便让她格外有安全感。

男人的步子顿住，侧头看向她。

她便装作不懂，装作什么都不知道，用懵懵懂懂的眼神回望他。

她又看到他轻轻叹了一口气，而后伸手捏住她的手腕，将她的手从他的胳膊上移开。

她不管不顾，又把手挽上去：“我害怕！”说得理直气壮。

偏偏他拿她的理直气壮没有任何办法，是啊他能拿她怎么办？打她骂她？他只是握紧了拳，手背上暴起青紫的血管。

她很高兴，和他絮叨：“前两天月考了，你一定不会相信，我成绩其实很好的，到时候把考卷给你看好不好？我高二的期末考还考了年级第一呢！”她笑得眯了眼睛，“可是向佩佩从来都不在意，她不知道我考多少分，不知道我考第几名，甚至不知道我现在高几，不过没有关系，我也从来都不在意她的不在意。”

小女生的声音通常都是娇俏的，尖细的，可向葵的声音不是，她的声音有些喑哑，有些沙沙的，尾音会微微往上扬，仿佛结冰的河面下涌动的激流。

她说完话，他没有任何反应，她拍了拍他的胳膊，叫他：“你听到了吗？”

他轻应一声，表示自己听到了。

她便笑笑，也没有再说话。

向葵觉得这条路太短，这么快就到了她家门口。他将车脚撑放下，微微侧身，面对着向葵，似乎是在犹豫着什么。

向葵便仰起头来看他，眨眨眼睛。

他缓缓抬起手，双手踌躇着按在她的肩膀上。明明很轻，她却觉得很重。

他似乎在烦恼应该怎么说，许久都没有出声，向葵以为他最后什么都不会说，可他到底出声了，依旧是那沧桑粗嘎的声音：“不要再来，你，好好学习。”

她忽然笑起来，眼睛弯得像是月牙：“你知道吗？你今天和我说了四句话了，一句比一句长！”

她这样避重就轻，男人很无奈，可他无计可施。

他收回手，她动作那么快，一把抓住了他的左手，紧紧地握住，不让他有挣脱开的机会：“我知道，我会好好学习，就像我说的那样，我的成绩一向很好的。”

她知道他想挣脱开，也知道他力气很大，可她更知道，他不会伤害她，不会因为想把手抽回去而甩开她，所以她死死地抓他的手，正好感受到他缺失的小拇指。

那种触感有点奇怪，她却并不觉得害怕，只是握着。指腹蹭到他的掌心，触到许多伤口的痕迹，她心疼，可什么心疼的话都说不出来。她最终低下头，看着两人握着的手。

这么不搭调。

她的手柔嫩细滑，手背上甚至有圆乎乎的小凹点。而他的手粗糙沧桑，有深刻的皱纹，还有许许多多的伤痕，有愈合的，也有没愈合的，可是他的手很干净，指甲剪得很短，不像老猪的手，有洗不掉的脏污。

她想要低头去亲吻他的手背，以真心，以虔诚。

可她知道，他会被吓到，所以她忍住了亲吻上去的欲望，但她忍不住眼中的湿润，好不容易才扯起唇："怎么会有这么多伤口？"

话音刚落，她的眼泪便落下来，落在他的手背上，晕开一小块湿漉漉的痕迹。仿佛被火灼烧，从手背到心脏，他的手一颤。

他终于如愿以偿地收回手，背在身后，不再和向葵说一句话，转身大步离开。

她看着他的背影，他几乎是仓皇地逃跑的背影，她觉得有些好笑，也有些心疼，可是她没有追上去，只是看着他消失在黑暗中，之后她才握住了车把手，用脚踢开车脚撑，推开木门，用力将车子给搬了进去。

向葵将自行车停在院子的角落，转身走了两步，顿住脚步，而后又回身，将那辆自行车推到了屋檐下，这才进屋。

第二天一早，向葵是被向佩佩的惨叫声给惊醒的。

她有些懊恼，抓着头发坐起来。

她失眠到三四点才睡，结果一睡着就梦到了男人。

梦里的男人一点都不冷漠，他会对她说许多话，会对她笑，会紧紧地拥抱她。

她一颗一颗地解开他那件蓝色工作服的扣子，他的身体一点点展露在她的面前，她马上就能脱去他的上衣，结果向佩佩的尖叫声把什么都给毁了！

她穿着有无数只小熊的棉质睡衣睡裤，趿踏着拖鞋走到阳台，不满：“你一大早叫什么呢？”

向佩佩抬起头来看她：“那辆破车是怎么回事？”

“我带回来的！”

“你带回来的？你不要告诉我是你买的！”

“对，是我买的，还有别的事吗？我要睡觉了。”

向佩佩叫住她：“你买这么一辆破车干什么？”

“还能干什么？骑呗！”她不再理向佩佩，转身回到房间，继续将被子一盖，睡了过去。

向葵睡到了下午都没能再梦到男人，只能满心怨气地爬了起来。

向葵睡了大半天，什么都没吃，这会儿饿得受不了，楼下桌上有向佩佩叫的外卖，她也不管冷热，拿过一份吃了起来。

向佩佩不知道去了哪里，这会儿推门进来，见她已经起床，说：“我刚在巷子里遇到了一个傻子，和你差不多大，傻兮兮的，长得倒是挺可爱。”

她吃东西的手一顿，哦一声，继续吃，然后忍不住想，男人会不会也在章达身边？不知道向佩佩有没有看到。

“我以前都没见过那个小傻子，听说他搬来也有好几年了，居然都没见过。”

她不知道为什么心里有些烦躁，放下筷子说：“不就是一个小傻子，有什么可说的？”

向佩佩也不介意她的高声说话，继续道：“关键这傻子拉着我叫我妈妈呢，也不知道我哪里像他妈妈了。”

向葵心里像是被刀给刮了，钝钝地难受，不知道是不是因为“妈妈”这两个字。

她叫男人爸爸，叫向佩佩妈妈?

一想到这个她便浑身不舒服，火气直往头上冲。

她刚要发作，向佩佩忽然说：“你该不会是看上修车铺的那个老猪了吧？”随后一脸担忧，“那人虽然挺专情的，可年纪大了，长得实在不怎么样。你眼光不至于这么差吧？”

向葵心头的所有火气像是被一盆冷水浇下来，刺刺地冒着烟，她哭笑不得：“你在说什么呢？”

“你昨天晚上不是带了一辆破自行车回来，也不好骑，你说你拿回来干什么？我们这边就一个修车铺，我看那边好几辆车子呢，你要不是对他有意思，拿辆破车干什么？”

要不怎么说向葵是向佩佩生的，把她的想法猜了个八成，只不过把人给搞错了而已。

她不免有些心虚：“怎么可能，追我的人能从巷子头排到巷子尾，我会看上那种人？”

说完之后她在心里暗叹一声，是啊，追她的人那么多，她就是犯贱，看上了他。

向佩佩噢一声：“我说也是，那你拿辆破车回来干什么？”

“我不是说了？骑啊，破车便宜。反正能骑不就行了？”

向佩佩算是勉强接受了她的这番说辞，没有再追根究底。

向葵松了一口气，向佩佩有时候简直比她还要执着。

向葵吃了两次男人做的饭菜，便觉得外卖实在是食之无味，没吃几口就放下了筷子，幸而她胃口小，这么点能够填饱肚子。

她周末一向会出去玩，这个周末倒是无处可去，有心想去找他，可又怕欲速则不达，干脆在家窝了一整天，看了一整天的书。

向佩佩觉得稀奇：“要期末考了？”

向葵嗤一声：“下个月期中考。”

“噢。”向佩佩嘿一声，“那你看什么书？”

“我认真还不行？”

向佩佩居然难得地想和她聊聊天：“你明年是不是高三了？想考到哪里去？安城大学也不错啊。”

向葵在她看不到的地方翻了个白眼：“向佩佩，我已经高三了，再过半年就要高考。”

“噢。”向佩佩语气里似乎是有点愧疚。

向葵好心多回了一句：“我不会留在安城，绝对不会。”

话说出口，她的眼前不知为何出现了男人的脸，那张脸带着时光的沧桑，她心口一窒，竟在那个瞬间有些不知所措。

这次月考，向葵果然没有掉下年级前五，甚至超出了她的预料，考了年级第一。

向葵在学校没什么朋友的原因大概和这个也有关系，女生都不怎么喜欢她，她长得漂亮喜欢玩却偏偏成绩好，经常谈恋爱也没有老师管。

而且不知道从谁那里传开了向佩佩的事情，女生们便更加不待见她。

好在向葵也并不在意。

有什么好值得在意的呢？嘴巴长在别人身上，她又管不了，她还没那个闲工夫和那些人一一斗过。

她不闲，可是总有那么些人十分闲。

当周五傍晚，她被人关进还在重新装修的图书馆二楼的时候，她终于知道有些人真是闲得很。

她知道是谁做的，是刘其祥的新女友，今天刚在她面前耀武扬威过，可被她冷冷一句话下了面子。因而那个高二的小学妹咽不下这口气，找人来报复她了，也是她自己太糊涂，所以才让她们用王安惠的名义轻而易举地将她骗了过来。

王安惠这次的确考得不好，名次又下降了，这几天情绪不稳定，向葵一直担心她出事，好在她不在这里，她没事。

向葵归心似箭，可同样知道二楼因为在装修的关系，没有人会上来，窗户也靠着没有人会经过的小树林，而她的手机在书包里，连求救电话都打不了。

向葵试探着去按灯的开关，希望会有光亮，但线路大概是还没修好，灯泡一点动静都没有。

她长长地呼出一口气，觉得这次实在是蠢的。

向葵绕着二楼走了一圈，二楼正在做书架，角落堆着木料，还有一些机器工具和半成品放在中间，地上是厚厚的一层浅黄色木屑。

大概是因为那个男人的关系，向葵现在对木头很有好感，甚至深深吸一口气，唇边还泛起了笑意。

她模仿着男人的动作玩了一会儿，忍不住笑出声。她又去拿锯刀，觉得挺重，可男人提起来好像格外轻松。她撇撇嘴，果然男人和女人的力量不能比。一旁的木头上挂着一件外套，黑色的夹克，挺干净的，大概是工人落在这里的。

她玩了一圈，天更黑了，原本还有光线从玻璃窗透进来，这会儿屋子里暗暗沉沉，有些可怕。

向葵并不怕黑，只是有些冷。她没带外套，穿的是校服，她又爱漂亮，腿上依旧只套了到膝盖的黑色长袜，短款的呢料校服外套也挡不了多少寒气，她打了个冷战，眼睛便盯上了那件黑色夹克衫。

她不知道那件夹克衫的主人是谁，或许是一个年纪有些大的秃顶男人，或许是一个满脸胡楂的年轻男人。她摇摇头，背靠着墙坐下来，眼睛盯着那一地柔软的木屑，一动不动。

真冷，要是他能把她紧紧地抱在怀里就好了。

她想，她大概就是他遗失的那根肋骨，不然她怎么会这么迫不及待地想被他拥入怀中。

现在的他在哪里？

大概在家里吧？可能在做晚饭，今天他会做什么菜？如果她没有被关在这里，这会儿应该已经在他家蹭饭吃了。

他应该会很无奈，可又没办法将她赶走，那张平静的脸上会出现类似不知所措的表情。

想到这里，向葵忍不住笑了一下，她想他了。

向葵没有手机，没有手表，不知道时间究竟过去了多久，她只觉得每一秒都那么漫长，漫长得她的呼吸都放缓了。

她用手捂住了嘴巴，吐出一口气，将冰凉的掌心微微哈热。可不过几秒，她又觉得双手冰凉彻骨，指尖都不能正常弯曲，僵硬到无法动弹。

她似是放弃抵抗般叹了一声，明天应该会有工人过来，她总归能出去的。

向葵觉得有些困了，尽管和自己说了无数次不能睡过去，她依旧缓缓地闭起了眼睛。一切声音仿佛都离她远去，她只想好好地睡一觉。

希望梦里能有温暖的被窝，能有他在身边。

似乎是许多钥匙碰到一起的清脆声响，向葵皱了皱眉头，一片死寂里听力格外敏感，她还听到有钥匙插进钥匙孔的声音，而后咔嚓一声，门被打开了。

这么快，天就亮了吗？

她艰难地睁开眼睛，蒙眬间看到一个熟悉的高大身影站在她的身边。她仰头，视线从他的双腿移到他的胸口，最后是那张看不清楚表情的脸。

“我做梦了啊……”她低声喃喃，又将眼睛眯起来，“不然怎么会看到你呢。”

她隐约能听到沉闷的脚步声响起，逐渐走远又逐渐靠近，她还没反应过来，肩上一阵暖意，是什么东西盖在了自己肩上。

向葵又努力睁开眼睛。

很暗，可暗夜里，有些东西可以看得更加分明。

她渐渐看清身前的那个人影，从轮廓到五官，那样平凡又熟悉，她终于笑了下，还带着些许的恍惚：“真的是你？”

他似是浅浅应一声，从喉咙里发出的声音暗哑低沉，好听得让她想去亲吻他的脖子。

他伸出手来，一双有力的大掌握住了她的肩膀，却并没有用很大的力气，大概是怕弄疼她。他想将她扶起来，可她腿上没有半点力气，站起来又软下去，像是一条蛇，柔软又纤细。

男人长长地吐出一口气，看着重新坐下去的向葵，有些不知道该怎么办。

向葵终于清醒了一些，她颤抖着伸出自己僵硬的双手：“冷。”她说。

男人垂在身侧的手骤然握紧，她等了许久都没有等到他有任何动作。

她便又说一声：“我冷……”

他的手握拳又松开，握拳又松开，最终缓缓抬起，两只大手小心翼翼地握住了她的一双小手，还带着几乎看不到的颤抖。

她的手那么冷，仿佛冬日里的雪，洁白柔软又冰凉。他的手是另一个极端，仿佛燃烧的火焰，能将一切冰雪融化。

寒冷逐渐退却，她慢慢感受到他粗糙的掌心，那么多的伤口和老茧，却让她觉得安心，她的视线从两人交握的手逐渐往上，看向他低垂着眉眼的脸。

他一脸的认真，像是他在做木工时候那般严肃。

她一直看着他，他终于发觉她的视线，缓缓抬眸，触到她满是期待和喜悦的眼神，他有显而易见的慌乱，而后倏地便松开了手，想要起身。

向葵的动作比他更快，在他起身之前就张开手臂扑进了他的怀里。柔软的手臂紧紧地抱住他紧窄有力的腰，披在身后的黑色夹克因为她的动作落在地上，有些灰尘飞扬起来。

她把整张脸都埋进他的怀里，感受他怀里热烫的温度，感受他身上熟悉的味道，她终于露出坦然轻松的笑。天知道她已经想了多久，能这样与他贴近，毫无距离。

男人有一瞬间的愣怔，怀里的身体那么小，那么柔软，他低头就能看到她乌黑的头顶，头发柔软，让人有抚上去的欲望。

他仓皇移开视线，双手握住她的肩膀，可是无法将她从他怀里推开。他无力，不管是声音还是心："松开。"

她用力摇头，死活都不松开，她闷声说："我冷。"

他单腿跪在地上，手臂微微张开，在一瞬间的凝滞之后，缓缓地放下来，垂在身侧。他用力地握紧了双拳，手臂上的肌肉蓄势待发。

向葵怎么都抱不够，他的怀抱仿佛为她而设，让她舍不得离开。

她微微地仰起头，他的脖子就在她的眼前，那道不怎么明显的伤疤也在她的眼前。

她想吻一下，很想吻一下，而她也真的这么做了，她的脖子伸长，干裂又冰凉的嘴唇就那样轻轻地碰触在他脖颈间的伤疤上。

仿佛是小虫轻轻爬过，酥痒又湿凉，从他的脖颈传到四肢百骸，他浑身僵硬，无法动弹。

他没有动，她便又鼓起勇气，伸出娇嫩的舌尖，轻轻点着他的伤疤，想要抹去他痛苦的过去。

他像是忽然脱力，往后一坐。她从他怀里脱离，和他一样跌坐在地上。他的视线有些慌乱，不敢看她。

她的表情是懵懂的，诱惑的，让人无法抗拒的。

向葵用碰触过他喉间伤疤的舌尖轻轻舔舐自己干裂的唇瓣，男人好不容易鼓起勇气抬头，看到的便是这样一幕，顿时再度移开眼神，不敢再多看一眼。

她不知道，她不自知的诱惑非常要人命。

他不动弹，她好不容易暖和起来的身体又开始冷，她不乐意："抱抱我，我冷。"

他怎么敢，怎么可以？

他终于找回自己的魂魄，手撑着地面起来，走到她身后，将那件带着他味道的黑色夹克重新覆在她的身上，而后半蹲着背对她："回去吧。"他的声音那样低，低得稍微远一些都听不到。

向葵更想他抱着她，可她知道这几乎不可能，于是认命，张开手臂抱住了他的脖子，将浑身的重量都靠在他的身上。

他有刹那的停滞，当感受到背上那个女孩柔软又温热的曲线时。

她很年轻，可身体已经长成一个女人，娇软温润，让人无法忽略。

·第三章·

他不再和人谈论相逢的孤岛

向葵知道自己一向敏感，很会察言观色，所以男人停滞的那短暂一秒，她感觉到了。

靠在他的肩膀上，向葵的唇角微微上扬，而后双臂用力，搂得更紧，特意将自己的上半身与他的背脊贴住，不留丝毫缝隙。

她想告诉他，她已经长大，她不再是一个小姑娘，胸前已经有柔软的鼓起。

他走得有些快，可是很稳。身前是他的背脊，身后是带着他味道的衣服，她看了一眼面前有些漆黑的路，缓缓闭上眼睛。她没有一丝恐惧，和他在一起，她什么都不担心，尽管那个将来是未知的。

所有的恐惧在她遇上他的时候，悄然消失殆尽。

男人的摩托车停在校门口，她被放上车子，他也坐上来，她自然而然地抱住他的腰，将脸颊贴上他的背脊。

他艰难地转身，她被迫松开他，有些不情愿。

他将皮手套和仅有的一个头盔递给她，她却不接：“你坐在前面，戴着不冷。”

他却格外固执而坚定，不管她情不情愿，直接将头盔戴上她的脑袋，而后将她的手拿起来，将手套替她套上。抬起头来，他发现只能看到她半张脸，那双含了怒意的眼倒是还能见到。

他不知为何觉得有些好笑，眼尾露了些许看不分明的笑意。他忍不住抬手拍了拍头盔，啪啪的声响，让她更加恼怒，眼睛都瞪成了一个圆。

他重新背对着她，将摩托车启动。随着嘈杂的声响，车子猛地开了出去。

向葵依旧紧紧地抱着他的腰，她比之前更加大胆，掌心径自贴着他的小腹，甚至还不满足地摸了摸，隔着衣服都能感觉到他小腹上的肌肉，多一分太过，少一分便不够，正正好。

她的手在作乱，甚至起了坏心思，逐渐往下挪，隔着衣服碰到他的裤腰带，还有隐约的拉链。她吐吐舌头，想要按上去，心跳狂烈，她头一次这样大胆。

可是她的掌心还未碰到，他的大掌已经一把握住了她的手，坚定有力地制止了她突如其来的坏心思。

他一只手握着她的手，一只手握着摩托车的车把手，车子依旧开得很稳。

她并没有再作怪的意思，倒是想一直被他这样抓着手，可惜她戴着他的皮手套，无法感受他掌心的热烫和粗糙。

她忽然神游，想象那双手抚在她的身上，抚过她天鹅般微仰的脖颈、她白嫩柔软的胸前，还有平坦的腰际时，粗糙的掌心能带来更多的刺激。她浑身颤了一下，将他搂得更紧。

他不知道什么时候松开了她的手，她乖乖地抱他的腰，并没有再乱动。

从市中心的安城中学到棚户区的巷子口，车越来越少，人越来越少，就连天仿佛也更黑了一些，星光也更暗沉了一些。

已经八点，老猪在半个小时前就关了店门回家休息。修车铺外的车棚外没有路灯，漆黑一片。

她从车子后座下来站稳，然后等着男人把车子停好，拔下钥匙。

男人回头，见她依旧戴着头盔，便抬手替她将头盔摘下。她柔软的头发起了静电，有许多根发丝在空中飞舞，有些滑稽。

他却没有笑，有心想替她理一下头发，到底还是放弃了这个念头，而是转身将头盔放在车把手上，他要走。

向葵有些好奇："就这样放在这里，不会被偷走吗？"

男人轻应一声，自顾自向前走。走了两步才发现身后没有人跟上来，回身一看，她依旧站在原地，手扶着墙，一脸哀怨地看他。

他只能重新走回去，看她，好像是在问怎么了。

她瘪着嘴巴："我走不动，腿软。"

他其实明白，她说的大抵是假话，他大可以将她放在这里自己回家，可是他没有，他只是长长叹一声，而后在她面前微微半蹲下身。

向葵便笑起来，轻轻一跳就跳上他的背，搂住他的脖子，感觉到他站起来。

她戴着他的皮手套，手已经暖和不少，手腕感受到他脖子的冰凉，想了想，她将手套摘下来，递给他：“你戴吧，我不冷了。”

他不接，她非要扔给他，他没办法，只好帮她一只手一只手戴上。

她暖和起来的手被风一吹又有些冷，她想了想，碰了碰他的耳朵，很凉，他缩了缩脖子，微微侧脸看她，脸上带着制止的神色。

她本来还想亲一下他的耳郭，这会儿只得放弃。

向葵又伸手去摸他的脸颊，他脸上没什么肉，皮肤不算好，略微有些粗糙，当然也同样冰凉，他皱了皱眉，将头歪了一下，躲开她的碰触。

她却不管不顾地又贴上去：“我只是帮你焐一下，谁让你刚刚不肯戴头盔！”

她像块狗皮膏药，他根本甩不开，他也知道自己可以将她放下，可想了想将她放下之后她可能会有的反应，他到底还是没有这么做。

向葵家已经到了，他站在她家院子的木门外，并没有说话，可意思显而易见。

向葵的声音有些沉闷：“我不想回家。”

他看她一眼，满脸的不同意。

她继续说，声音里带了乞求的柔软：“我很饿，可是家里不会有吃的，甚至连热水都不会有，向佩佩不会给我留的。”

这是在博取他的同情，也是真话。

向佩佩从来不会管她什么时候回家，有没有吃饭。

他没有说话，也没有动作，她像是已经放弃：“那你放我下来吧，反正也不是没有这样过，我都已经习惯了。”

男人没有松手，从她的角度，如果他不侧过脸，她看不到他的表情，她在等，等他的反应，也是在等一个可能。

他没有教她失望，下一秒，她就扬起了唇角，因为他向左转了九十度，而后迈开了沉重的步子，一步一步朝着巷子最里面走去。

她将脸在他的肩窝蹭了蹭，觉得暖和，她又将重新变得冰凉的手也覆了上去，甚至想从他的领口探下去，感受一下他的身体。

她的手还没来得及探进去，他已经用那粗嘎的声音制止：“你，停手。”

向葵闷闷地笑了两声，并没有再逗他。随着笑声扑出的热气全都喷在他光裸的肩窝处，和她手心的触感很像，都叫人浑身酥麻。

男人终于背着她来到他家，楼下的灯亮着，门一开，风也进去了，挂在房梁上的灯泡也随着风晃动了几下，屋子里的光线颤动。

章达不在楼下，向葵猜测他已经上楼休息，毕竟她见识过他精准的作息时间。

男人直接背着她走进厨房，拉开一张长凳，这才将她放下，让她坐下，转身给她倒了一杯水，用的依旧是那个白色的陶瓷杯，递给她。

她接过来，水温隔着陶瓷杯依旧很烫，她嘶一声，将杯子放在桌上，又觉得暖和，重新将手轻轻覆上去，而后吐出一口气。这会儿她才真的觉得整个人都暖和了起来，在他的家里。

他打开冰箱看了一眼，似乎没有找到什么吃的，背对着她的身体顿了顿，这才重新转身看她，问她：“面，吃吗？”

向葵用力点头。

她还以为是方便面，直到看到他从冰箱拿出番茄、鸡蛋和挂面之后才明白过来，见他还要拿葱，连忙叫："我不要葱！"

他的手顿了顿，把葱重新塞回冰箱。

他的动作依旧很利落，向葵觉得自己没等几分钟，一碗冒着热气的红白黄相间的番茄鸡蛋汤面就放到了她面前。

她用力闻了一下，香味从她的鼻尖到胸腔。她的胃咕噜叫一声，她这才真真切切地感觉到饿。

向葵也不觉得不好意思，拿过筷子就吃，不小心被烫到，便吐着舌头哈气，看到男人有些不自然地移开视线，便忍不住暗暗偷笑。

他煮得太多，平常盛汤的大碗满满的一碗，她趁热吃了半碗，实在是吃不下去，有些为难，一来觉得是他特意为她做的；二来认为他大概不喜欢别人浪费。

她深吸一口气，又挑起一筷子吃，然后小心翼翼看他。

他正好看她，看到她的表情就明白过来："吃不下？"

她用力点头，想了想又摇头："我休息一下，再吃，我能吃下的！"

他有些无奈，将碗筷都拿了过来，她以为他会拿去倒掉，没想到他居然拿筷子几口就将她剩下的面吃完了。

她有些目瞪口呆，当然还有些隐秘不宣的甜蜜喜悦。

他被她看得有些尴尬，似乎想说什么，她比他快一步说："我知道，不浪费！"随后露出一口白牙，笑得得意。

男人轻轻嗯了一声，转身去洗碗。

她看着他高大的背影，忍不住和他说话："我喜欢你说话。"

他动作一顿，她继续说："我不会被吓到，不会害怕，我喜欢你和我说话，我觉得你的声音很好听，特别好听。"生怕他不相信，她又说，"以前也有人说我的声音不像女生，说我的声音难听，你也觉得我的声音难听吗？”

他毫不犹豫，摇头。

“所以我也不觉得你的声音难听，反而很喜欢，没有人会有和你一样的声音。”向葵说，“所以你能和我多说点话吗？”

他似乎是低低应了一声，并不分明，可她已经足够开心。

话匣子打开便收不回来：“我叫向葵，你知道的吧？向葵，向日葵的向葵，少了一个日字。”她顿了顿，忽然掩唇笑起来。

男人似乎不明白她在笑什么，她也不想告诉她自己在笑什么，说：“你能叫我一声吗？”

他刚巧收拾好，回过头去，便看到她一脸认真。

“你能叫我一声吗？”

男人张了张嘴，却没有出声。

“向葵。”她说，起身，走到他面前，“叫我。”

“向，葵。”他终于出声，带着犹疑，嘴唇微张又合拢，明明这么简单的两个字，他也说得格外正经，她却听出了一丝旖旎的味道，大概心魔作祟。

她转眼珠：“星星。”

“星星？”他不解。

她笑：“嗯，星星，这是我的小名，我小时候向佩佩会这样叫我，现在，我只想让你这么叫。”

他并没有如她所愿，只是平静地移开了视线，而后从她的面前走开，来到外面。

向葵抿了抿唇，随后又露出一个笑，只是笑容不达眼底，她同样转身，跟着他一起出去。

“你在学校干活吗？”她问他，见他点头，她继续，“可是我居然从来都没见过你，你说是巧还是不巧？”

他终于出声：“这周才开始木工活。”

也就是说他这周才开始去学校工作，怪不得呢。

“那你今天怎么会去？不是应该结束了吗？”

他看一眼她肩上披着的黑色夹克：“衣服落了。”

向葵终于笑起来：“或许你的衣服知道我被困在那里了，如果你不来，我大概要被困到明天早上呢。”她耸耸肩，并不在意地说道，“也不知道那个时候我有没有被冻死。”

他没有说话，只是深深地看她一眼。

不知道为什么，她瞬间就明白了他的意思，她闭嘴，过一会儿才闷声说：“我就开个玩笑，才不至于被冻死呢。”

他似乎是轻哼一声，没有回她的话。

她觉得这样的他有些可爱，和平常那个面无表情的冷淡的他截然不同，心下有些欢喜地问他：“你明天去学校吗？”

他犹豫了一下，点头。

“我和你一块去！”她说，“我的书包手机还在教室，要去拿。”

他想拒绝，可不知为何，拒绝的话就在喉间，却一个字都吐不出来。

他已经许多年没有说过这么多话，一开始是因为别人会吓到，会嫌弃，后来是他发现不说话也有不说话的好处，也就渐渐习惯了被人暗地里叫哑巴。

如果不是她，他想，或许这辈子，他都不会再说话，然后渐渐地，他可能就真的不会说话了。

他不知道哪个于他而言才是更好的，他在自己那么清晰的人生道路上，头一次知道了什么叫作彷徨。

向葵并不想那么早回家，只是吃饱之后便有些犯困，看着男人工作了一会儿便歪了头。

她的脑袋晃来晃去，差点从凳子上摔下去。

男人回身看她，她刚好要栽下去，他下意识几步过去，伸手托住她的脑袋，她的头很小，他一只手就能捧住，她柔软的头发蹭在他的手腕上，有些痒痒的。

他低头看她一眼，似是有些无奈，到底伸手将她推醒。

她不情不愿地睁眼，还觉得困顿，脑袋一垂就靠在他的小腹处："干什么？"

她的额头就抵在他的小腹上，呼吸在小腹下的那块禁区，炙热来得突然，他握住她的肩膀将她推开，看着她迷糊的脸，说："我送你回去。"

她撒娇："我不想回去。"

这次，她撒娇也没用，他直接将她扶起来。

"我送你回去。"他又说一句。

他顺着她，可也有他自己的底线。

向葵想，她其实也是知道的。

所以撒娇一次没有结果之后她也就放弃了，顺着他的力道站起来，却依旧软软地靠在他身上：“你抱我回去啊？”

他的表情有些严肃：“向葵。”声音也很严肃。

她站直身体，努嘴：“开个玩笑嘛。”

男人依旧送她到家门口，她依旧站在门口的台阶上：“你明天几点去学校？”

“八点。”

“这么早？”她似乎有些烦恼，最终还是咬牙应下，“我八点在门口等你，你要是敢放我鸽子……”一脸威胁的表情。

男人应一声，没说等不等，可向葵知道，他既然应下来，就会遵守承诺，她觉得他应该就是这样的。

没什么话可说，他转身走开。她忽然叫他：“章叔叔。”

他没有反应，他又叫：“章敬。”

他好像才反应过来她在叫他，回头去看她，她的手指着夜空问：“那是什么？”

他疑惑，抬头去看，除却暗淡的星之外什么都没有。

“夜空里的，是什么？”她又问，引导着他。

他下意识：“星星……”

她笑起来，清脆地哎一声：“晚安！”说着如同一只兔子，钻进了木门后面再也没有声响。

他顿了下，眼尾微微上扬，而后回过身，慢慢往前走。

他忽然想到一件事，明天是不是应该和她说，他不姓章？

可是走了两步，他上扬的眼尾逐渐恢复正常，其实也没什么可说的。

他想，她不小心迷恋的那个人，大概是她心里的“章敬”，而不是他。

那么小的小孩子。

向葵拿过闹钟定时，定在七点半，而后盖上被子，闭上眼睛，她逐渐睡过去。

好像是延续了之前的梦境，向葵在梦中终于将男人的衣衫缓缓褪去，她看到他的身体，比例很好，有肌肉，却又不夸张，很协调。

她忍不住张开手臂拥抱他，脸颊在他的胸口轻蹭，鼻间满满都是他身上散发出来的浓郁的男性荷尔蒙气息。

她喘息，仰头，将他的脖子拉下来，吻上他的唇角，用自己的舌尖一点点浸润他干裂的双唇，喉间溢出一丝呻吟，她倒退几步，被他压在床上。

他的手臂撑在她的脸边，她抬眼去看，蒙眬中看到他原先清冽的目光里也燃烧着欲望的火焰。

他的唇和她的相碰，却不亲吻她。他们呼吸交缠，浑身都热得发烫。

他唇边似乎有笑，那样迷人。她仰头亲他的唇角，他鼻尖抵着她的。

她大口地呼吸，感觉自己快要缺氧而死，可又觉得这样死了也值得，她仰头又想去吻他，却发现他倏然消失，仿佛他从未出现过。

她蓦地睁开眼睛，清醒又迷茫的眼神盯着房顶，一动不动。

她有些分不清楚那是梦境还是真实，一切都清晰得仿佛身临其境。她眨眨眼睛，居然一点都不觉得羞耻，反而因为醒来而失落。

有光线从窗帘透进来，已经天亮，向葵侧头看一眼闹钟，才七点，可她已经没有半点睡意，心跳还有余韵。

她掀开被子坐起身，低头，一眼就看到了床单上的一块不规则的暗红色血迹。居然来例假了，察觉到小腹正隐隐作痛，她忍不住苦笑。

尽管身体有些不舒服，向葵还是起床了。洗脸刷牙，她往脸上扑了化妆水和乳液，拿起粉底液，她的手一顿，又重新放回去，只找出一管透明的润唇膏，往嘴唇上轻轻地抹上一层。

她的确不需要化妆品，她的年纪就是她最好的化妆品。

皮肤水润白皙有光泽，眉目清冽如画，鼻梁高挺，还有不涂口红依旧泛着粉色的唇，她对着镜子做了一个亲吻的动作，忍不住笑起来。

回到房间打开衣橱，她的衣服不少，一水的黑白灰，还有那两身校服。

向葵头一次不知道该穿什么衣服才好，一件一件试过去，嫌这套太沉闷，嫌那套太休闲，嫌这套太成熟，嫌那套太幼稚，最后居然一套衣服都挑不出来。

她坐在床上，叹了一声，最后还是选了那套比较成熟的。白色的衬衫配黑色的紧身裤，外面套一件宽松的灰色大衣，短靴有三四厘米的高度，让她看起来身材比例更好。

等她准备好的时候不过七点半，她站起来，肚子有些隐约的疼，她并没有在意，直接下楼，准备去他家门口等着。

他家门虚虚掩着，她探头进去，没想到正好看到他背对着她站在院子里。

这么冷的天气，他光裸着上半身，只着了一条宽松的运动裤，背后蒙着一层并不清晰的隐约光亮，湿涔涔的，似是汗珠。他弯腰，从面前的水桶里舀起一勺水，直接从肩膀处浇下去。

水流顺着他小麦色的背脊逐渐滑下，滑过有力的肩胛骨，滑过紧窄的腰，最终没入那片无法得见的领域。

他又浇一勺水，裤子也湿透，贴在腿上，显现出他有力的肌肉，还有挺翘的臀。

向葵觉得口中有些干涩，咽了咽口水，扶着门的手一顿，却不小心往里冲了一下，没等她反应过来，木门已然发出吱呀的声音。

男人听到了，动作顿住，而后回身，看过来。

她被发现，于是站直身体，仿佛刚刚什么都没做，十分坦然："你在冲澡啊？"

他见是她，重新回过头，放下水勺，径直往屋里走去。他经过的地方，是一条湿湿的痕迹，蜿蜒一路。

刚刚不觉得尴尬，现在反而有一些窘迫，她忍不住摸摸鼻子，回身将门掩住，想了想，干脆拿门闩闩住院门。

她经过那桶水，桶里还剩一些水，她下意识地弯腰试了试温度，冰凉彻骨，她哆嗦了一下，格外讶异，他不冷吗？

她走进屋子，男人不在楼下，她看到了那条水渍，往楼上而去。

向葵来过这里好几次，却从未上过二层，他不会邀请，她也没有那么急迫。

只是这会儿那条蜿蜒的水路仿佛是无声的邀请，她着了魔，缓缓地，一步一步往上走。

老房子的楼梯都差不多，就像是走在自家的楼梯上一样，可又有点不一样，因为她有点紧张，有点忐忑，有点激动。

走到转弯处，二楼传来声响，她仰头，看到他出现在二楼的楼梯顶，正低头望着她。

他们不过隔了十级的楼梯，那么近又那么远。阳光从窗户那照进来，能看到灰尘在空中飞舞。时间好像静止在这一刻，她没有上前，他没有下来。明明什么都没有发生，可空气中交会的视线却仿佛带着三十毫安的电流，让人浑身战栗无法启唇。

也没有可以说的，不管说什么都不对。

向葵忽然笑起来，眉眼弯弯像是一弯月，嘴角扬起，雪白的牙齿露出来，她那么年轻，那么漂亮，仿佛天使。

他的唇抿得更紧，一直挺拔的背脊竟似乎有微微的弯曲。

她深吸一口气，笑容还在脸上，缓缓而又坚定地向上迈出一级楼梯。楼梯上的灰尘随着她的动作而在她的短靴周围飞舞，最终又落定下来。

她一步又一步地往上走，一级、两级……

她终于站在他面前，因为比他低一级台阶的关系，她的脸在他的胸部下方，她依旧需要仰头，才能看清楚阳光下他的表情。

她不知道该如何形容他此刻的表情，因为什么都没有，淡淡的，只有粗粗的眉毛有些许的皱起。

她的笑容逐渐收拢，却没有消失，终于出声："我还没吃早饭。"

他从她脸上收回视线，从她身边经过，径直下楼。她连忙跟上去，来到厨房，桌上有油条榨菜，他从锅里替她盛出一碗白粥，不多，浅浅的一碗，他已经清楚她大概的食量。

她端过来，粥热热烫烫的，入口的温度却正好，她喝了一口，胃里舒服许多，含糊着问：“你不吃吗？”

“我吃过了。”他说。原本不想说话的，不知为何想到她昨夜说的话，身体快过意识，已经出声。

她哦一声，吃得快了些，最后拿了一根油条在嘴里，站起身：“走吧！”

他却没有动，顿了顿，说：“你先吃，不急。”

她抿抿唇，唇角是扬起的，她甜甜地说了一句好，又坐下来，一口一口慢慢嚼着油条，手托着腮看他洗她喝过粥的碗。

她想了想，飞快将最后一口油条塞到嘴里，跑到他身边，把手放到他的手下，笑眯眯的：“我的手也油了，帮我洗洗！”

他瞥她一眼，当她孩子气，转身走了。

她哼一声，回头瞪他，不情不愿地自己拧开了水龙头洗手。水冰冰凉凉的，她打了个哆嗦，肚子疼疼的。

巷子里的人都早出晚归，这个时间路上没什么人，她跟在他的身后往巷子外走，偶尔遇到一个人，看到他们走在一起有些好奇，不过也只是多看了一眼。

她不喜欢那些眼神，想要和他走得再近一些，可是她没有，因为她明白，那些眼神看的都是他，她习惯了被鄙视被嘲笑，可是他不行，她不想他也被卷入那些乱七八糟的闲话里。

她咬着下唇，小心翼翼地和他隔开了几步距离。

她抬眼看他，他走得不快，其实他不是这样的，他一向走得很快，她总是跟不上他，可是他走得这么慢，他是在配合她的脚步，他在等她。

她的眼眶有些热，侧过脸掩去所有的情绪，继续扬起了唇。

老猪的修车铺已经开门了，看到向葵跟在男人身后一起过来，有些诧异。

向葵笑着说："我搭章叔叔的车去学校，东西落在教室了。"

"哦对，阿敬的确接了安高图书馆的木工活。"顿了顿，老猪想到了什么，莫名，"章叔叔？"

向葵指了指男人。

老猪忽然笑："谁和你说阿敬姓章？"

向葵张着嘴，有些不明所以，难以置信地望望男人，又望望老猪。

"阿敬姓贺，加贝贺。"老猪说，"敢情你连他的名字还没弄清楚呢。"

向葵终于闭上一直微张的嘴巴，有些埋怨地瞪了章敬，哦不，是贺敬一眼，明明不姓章，为什么从来都不和她解释，还听着她叫了他这么多次的章叔叔？！

贺敬似乎有些心虚，并没有看她。

她在心里暗哼一声，怪不得叫他章叔叔他总是反应迟钝，她还以为他耳朵也不好使，没想到会是这么让人哭笑不得的原因。

向葵隐忍不发，问老猪："你这边有头盔吗？"

老猪点头，带她去看，只有几个，倒是全新的，她选了一个全黑的，和贺敬的头盔很像，正要掏钱，身后伸过来一只手，将钱递给了老猪。

老猪收下，下意识地看了两人一眼。

向葵抱着头盔追上去："这是我的头盔，你干吗帮我付钱？"

他不说话。

她便笑，随后又抿了唇，恨声："晚点和你算账！"

所以说女人都是善变的。

老猪看着向葵熟练地坐到贺敬的身后，将头盔戴上。贺敬转身要将皮手套递给她，她不收，推回去，他看了她两眼，到底自己戴上了。

贺敬的摩托车开远了，老猪还没收回视线，总觉得两人之间的感觉有些不一样。他有了一种猜测，随后笑着摇头，怎么可能?

向葵没有要贺敬的皮手套，她光明正大地将手伸进了他的衣服口袋里。

他的口袋隔着一层工作服贴着他的身体，也带着温热，她的手在里面握拳又张开，笑着拿头盔在他背脊上蹭了蹭。

贺敬依旧将车停在校外，进去的时候他给保安看了工作证。向葵落后几步，等进了校园才冲上去，追在他的身后，不依不饶地问："为什么不告诉我姓贺不姓章？"

"你不是知道了吗？"他沉声说。

她不满意："要是老猪不说，你是不是打算一直都不告诉我？"

他并没有回答她，只是大步向前走。

或许这就是命运，就算他不说，总有人会告诉她真相，他昨天晚上的犹豫显得如此可笑。

向葵有些生气，快跑几步走到他面前，将他的去路拦住，拧着一双秀气的眉瞪他，嘴里脆声叫他的名字："贺敬！"

他的步伐停住，静静地看着她漂亮又孩子气的脸庞，连叹气都有些叹不出来。

“你知道了，然后呢？”他说，“有什么改变吗？”

向葵咬着牙，眼里有些酸酸的：“是，有，比起老猪和我说，我更想听你和我说，说你不姓章，说我一直搞错，说你的名字是贺敬！”

“向葵，那又怎么样？”

向葵明白他话里的意思，可她不想明白，也不肯去明白，只是仰着头，一脸的倔强：“我不管。”

她不管，什么都不管，很早以前，她就什么都管不了了。

贺敬看她的眼神像是在看一个闹脾气的小孩子：“别闹。”

向葵心里头气闷，他总是把她当孩子，可他的眼睛难道瞎了吗？他看不出来她早就已经长大了吗？

她哼一声，不想再看到他，转身往教室去了。

贺敬松一口气，站在原地看着她的身影消失在视线里，这才迈出沉重的步伐，一步一步地往图书馆走去。

他们在同一个校园里，她是年轻有活力的学生，而他却是满手木屑的工人。

她被迷了眼睛，这样的差距她看不到，可他看得到，看得一清二楚。

因为是周末，教室里一个人都没有，向葵原本打算拿了东西就走，可想到那个男人，她从胸腔发出一声闷哼，最后坐了下来。

不知道是不是生气的缘故，肚子疼得更厉害了，她趴在桌子上休息了一会儿，那股疼痛也一点都没缓解，反而愈演愈烈。

她刚来例假的时候是没这个毛病的，只是向佩佩对她疏于关心，从来没有和她说过来例假的时候不能吃冰的寒的，日积月累地到了现在，每个月就都要疼上一次。

往常疼的时候她都是窝在被窝里不动弹的，侧着身将自己抱成一团，暖和地睡上一觉也能逐渐好转。而现在教室里没开空调，冷风透过窗缝和门缝里吹进来，她穿得不少，还是浑身发抖。

她有些后悔今天跟着贺敬跑了出来，肚子痛不说还被他气到。

想着便觉得有些鼻酸，她从来不多愁善感，她把这莫名其妙的情绪归结于“姨妈”带来的异样。

疼痛感越发明显，教室里又太冷，她弓着腰像是一只被烫红的虾米，书包也不拿，只将手机揣在口袋里就往外走去。

阳光有些惨白惨白的，洒在身上没有暖和的感觉。风吹过路边光秃秃的枝条，带来阴冷的气息。有一两片还在秃枝上的枯叶飘下来，落在她的脚前，她踩过去，有咔嚓的脆响。

在图书馆的一楼，向葵就听到了二楼传来的熟悉声音。她以前并不觉得好听，可自从认识他之后，便觉得这刺耳的声音仿佛是世界上最美好的音乐。

她觉得自己大概没救了，明明前一刻还在怨他对自己太冷淡，这会儿却在想念他工作时候认真的模样。

门没有关上，有一道细缝，她便没有急着推门进去，而是靠在门框上，从门缝里望进去。

他侧身对着她，左脚踩在凳子上，裤腿绷紧，显现出肌肉的形状，背微微弓着，正认真地用手丈量着长度，那截短指便露在了阳光底下。

她心里一悸，眼神移到他的脸上。头发比她刚认识他的时候长了点，大概他这段时间都没有去理发，眉眼凝重，嘴唇紧抿，她能听到自己心脏咚咚咚的跳动声。

她真的是无药可医。

贺敬像是可以感觉到她灼热的视线，手里的动作微顿，下意识地朝着她在的方向看过来。

他的眼神淡淡的，一如以往，像是在看着什么，又像是什么都没在看，目光深沉厚重，令人无法抗拒。

向葵不知道为什么，在他看过来的那一瞬间，眼泪倏地落下来。

她不明白自己为什么哭，就仿佛所有的委屈都在他这一眼中全然爆发。

她咬着唇，眼泪从脸颊滚下去，一副楚楚可怜的样子。

她推开门，往里面走了一步，叫他："姓贺的。"表情那样脆弱，声音却依旧执拗。

他没有应声，看着她一步一步朝他走近，他的脚底在地面微蹭，带起一阵木屑飞扬，他想要后退，可他看到了她的眼睛，后退的步子就这样僵住了。

她终于走到他面前，然后没有任何预兆地埋进了他的怀里。

感受到他体温的瞬间，向葵觉得自己又活了过来，冰凉的身体逐渐暖和，连同着那颗心也变得灼热。

贺敬身上满满的木屑味道，她吸了一口气，却差点被呛到，可她不想松手。

贺敬的手抬起又放下："向葵……"

“我肚子疼。”她说，带着哭音，满满的委屈，“肚子疼死了，你又气我……”

他的那一声叹息从胸膛发出，到喉间便消散。她感觉到他胸腔的振动，抿抿唇：“姓贺的，我知道你不好，可是我也不够好。”她缓缓仰起头，用自己仅剩的勇气，看他的脸，启唇，“你要我吗？”

她这样直白坦然，那一双被泪水洗过的眼睛越发澄澈，他根本无法直视她的目光。

向葵的情意从来没有遮掩，他也一直知晓，可她不说，他便当作什么都不知道。他以为小女生的喜欢都来得快去得快，不过是一时的迷失，可是她突如其来的坦白斩断了他们所有的退路。

他想说话，可是什么话都说不出来，喉咙仿佛被堵住，一个字都吐不出来。

说什么都不对，说什么都是错。

“向葵……”他好不容易才找回自己的声音，艰难而干涩，“你还小，你只是一时……”

“我哪里小？”她说，唇被她咬得通红，“我已经成人，该懂的都懂，甚至懂得更多。”她毫不犹豫地拉住他垂在身侧的手，趁着他没反应过来，一把覆在自己的胸前隆起处，“小吗？姓贺的，你说我小不小？”

掌心仿佛烧起来，他想把手抽回来，可她不知道哪里来那么大的力气，竟然紧紧地握着他的手腕让他无法动弹。

“向葵！”他肃然。

向葵到底还是松开手，而后重新扑进他的怀里：“我不信你对我没有感觉，你在害怕什么？我都不害怕……”

他深吸一口气，刚刚碰到她胸前柔软的手还不自知地颤抖着，他克制，而后紧紧地握住她的肩膀，让她离开自己的怀抱。

他带着隐忍和劝导，慢慢地说：“向葵，你是那条白色的毛巾，不该把自己弄脏。”

白色的毛巾？向葵有些愣怔，想了很久才想起来他说的是什么，她艰难地露出笑容：“脏了又有什么关系？洗干净就好了啊。”

他摇摇头，有一句话没有说出口。有时候，有些脏，是洗不干净的。可她不明白，或者说她不想明白，但他明白，而且不能装作不明白。

“你说的对，我不好，我比你想象的更不好，所以向葵，不要再执迷不悟。”他像是一个长者，对她循循诱导，可他无法掩去眼中的动摇。

向葵怔怔地望着他，似乎不明白，什么才是执迷不悟？

他头一次和她说这么多话，却一个字一个字都在戳她的心口，都在剜她的血肉，她很想对他笑一下，可是她笑不出来。

“我只问你，你有没有一点喜欢我，就算是一点点？”她的唇有些颤抖，好不容易才将话说完整。

他没有看她的眼睛，移开了视线，双眼并没有焦点。

她以为他不会回答，可是他出声了，他说：“没有。你不要再纠缠。”

向葵觉得自己的心坠入了一个无底洞，她眨了眨眼睛，怎么都找不回自己的声音，张嘴想说话，却连简单的嗯啊声都发不出来。

她终于露出了一个笑容，却比哭还要难看。她仓皇地点头，背过身，好不容易才说了一个好字，而后佝偻着背慢慢走了出去。

贺敬的唇张了张，似乎在说什么，可是什么声音都没有发出来，到底他还是收回了视线，落在了面前的那一地木屑上，恍惚而没有焦点。

向葵缩在公交车的最后一排，不知不觉就坐到了终点站。直到售票员来叫她，她才恍恍惚惚仰起头，露出一张莫名的脸和红肿的眼睛。

她下车，又坐了车回去，终于记得在巷子外的站台下车。

小腹已经不像之前那样疼，可她依旧挺不直背脊，呆呆地往回走。

巷子口蹲着两个熟悉的身影，她终于找回了一些精气神，走过去蹲在他们身边："惠惠，你怎么和小傻子在一起？"她生气起来，也不想再叫他小达达。

王安惠有些讶异，大概是没想到向葵出现在这里："噢，我们……"

她话还没说完，章达已经先一步说："我们是朋友！坏人！"

章达还在惦记着她抢了他的小老虎，对她瞪着眼睛，王安惠一如既往地温柔："章达，她不是坏人，她是我的朋友。"

章达哼一声。

他一个人也能玩得很好，王安惠看向葵脸色不好，就帮她去巷口的小店要了杯热水，两人一起坐在小店外的小凳上看着章达在那边玩泥土。

王安惠头一次看到向葵这副表情，忍不住问："你没什么事吧？"

向葵摇摇头，好一会儿才说："你和他很熟吗？知道他是怎么回事吗？"她说的是章达。

"听说他是小时候遇到了什么事故，所以影响到了智力，他和我们一样大，可脑子发育却像个五岁的孩子。"王安惠对回头看她的章达笑了笑，继续说，"其实他比任何人都还要好。"

对这个说法，向葵不置可否：“他爸……”

“爸？”王安惠愣了一下，“你是说他叔叔吗？那个做木工的？”

“叔叔？”

·第四章·

因为心里早已荒无人烟

王安惠并没有注意到向葵的表情，只说：“章达叫那个哑巴叫叔叔。”

向葵下意识地反驳：“他不是哑巴！”

王安惠看她一眼，有些不解。

“他不是哑巴……”她放轻了声音又说一句。

“你认识他？”

向葵摇头：“我不认识他，我怎么会认识他！”话里带着浓郁到散不去的怨气。

王安惠有些不明白，倒也没有追问的意思，两人便都沉默不语了。

“惠惠！”不远处传来中年妇女的尖利叫声，王安惠瞬间站起来，有些惶惶。

中年妇女几步就来到她们面前，恨恨地将王安惠拉过去，扭着她的胳膊低声道:“成天就知道和傻子,婊……玩！都高三了还不知道好好学习！”

王安惠看了她们一眼，到底转身跟着她妈妈走了。

向葵忽然笑了一下，知道刚刚王安惠母亲没说完的那个词是什么。

婊子。

她居然一丁点都不觉得生气。

向葵起身，走到不知所以的章达身边，抬脚将他堆了许久的土堆踢散了。

章达瞪她：“坏人！”

“嗯，我是坏人。”

她这样一口应承下来，章达反倒是有些呆呆的反应不过来。

向葵忍不住问：“贺敬是你叔叔？”

他毫不犹豫地点头：“叔叔，叔叔。”

“你妈妈呢？”她又问。

他眨了眨眼睛，满脸的不知所措：“妈妈？妈妈……”

向葵觉得自己和他搭话就是一个错误，轻轻踢他的腿：“回去吧，等会儿你不在家里，你叔叔该着急了。”

章达懵懵懂懂的，却也像是听懂了向葵的话，乖乖站起来，跟着向葵往巷子深处走。

向葵将他送到家，看着他坐下来才转身走，走了两步又停下来，回头看他一眼：“你别乱跑，不然你叔叔……”她顿住，没有再说什么，离开之前替他掩上了门。

她褪去身上的衣物，换上睡衣钻进了被窝里。

被窝里早就凉透，许久都没能暖和起来，她打着寒战，睁着眼睛看着窗外，不知不觉天色暗沉了下来。

向葵艰难地转了个身，想闭眼睡一下，可才刚刚有了些睡意，就听到向佩佩的娇笑声从楼下传来，她的房门被撞了一下，而后便是男人低低的说话声，左右不过是那些乌七八糟的话。

他们终于进了房间，声音便越发明显，仿佛就在她的耳边，搅得她睡不着。

她蓦地坐起来，侧过脸便看到了她放在了床头柜上的小老虎。她拿过来，手高高扬起，想扔，最终紧紧地攥住，用力得手心都有些疼。

她像是忽然下定了决心，掀开被子，连衣服都没来得及换，直接穿了双运动鞋就跑了出去。

先前天气便不怎么好，阴阴沉沉的，这会儿更是飘起了小雨。冬日里的雨很冷，扑在脸上仿佛钢针。她抬手抹了抹，脚步更急，等站在贺敬家门口的时候，她微微喘息平复呼吸。

门没有锁住，有一条能让她进入的缝隙，她只需要轻轻一推就能进去，可不知为何，她竟有了些畏惧。

向葵闭眼睁眼，终于在这漫天细碎的小雨中，缓缓踏进一只脚。

这是她今天晚上最后的勇气。

屋里昏黄的灯光闪烁，灯下却没有她想见的那个人，看起来凄惨空旷。

她的视线四处游移，终于在院子的角落看到了他，不，应该说她先看到了那猩红闪烁的一点。

他在抽烟。

暗色里，向葵能看到他弓身坐着，双臂搭在腿上，头低垂，右手的食指和中指间是一支还在燃烧的烟。

他吸一口，火点便明明灭灭。

微微张嘴，烟雾从他口中吐出来，将他硬朗的侧脸笼罩在其中，朦胧又模糊。

她又往里走了一步，不小心踢到地上的木料，有咕噜的声音在寂静的院落中响起，他瞬间抬起头看过来。

他的眼中也像是蒙上一层烟雾，看不分明。

他看到是她，忽地站起来，下意识地将烟扔在地上，用脚踩灭。这动作却带倒他坐着的椅子，椅子倒下，又带倒一堆木料。他却没有回头看，像是被施了咒语，只能望着她。

向葵企图从他眼中看懂什么，可是她看不懂。

她只能朝他走去，而后终于站在他的面前，抬头，用颤抖的声音叫他："姓贺的，我再给你最后一次机会，你要不要我！"

她那样勇敢，一直抬眼看他。柔软的长发上、长长的睫毛上全都蒙上了一层细碎的水珠，眼睛轻轻一眨，便有水珠从她的睫毛上落下来，就像是她落下来的泪。

"贺敬……"她等不到他的答案，又叫他一声，声音仿佛刚出生的小猫，期待又惶恐。

他终于垂下眼睛看她，声音里也有几不可闻的颤抖："向葵，我说过……"

他的尾音被向葵吞没。

她踮起脚，双手搂住他的脖子拉他低下头，颤抖而冰凉的身子贴上他的，而后不管不顾地将唇送了上去。

她不小心撞到他的牙齿，下唇有些许腥甜的味道，她闭上眼睛，有水珠从眼角落下来，渗入两人贴着的唇，不知道是眼泪还是雨水。

她那样不顾一切的莽撞，唇齿间是刺鼻的烟味，他的嘴唇就如她所想，灼热又干裂。她用舌尖轻轻舔舐，像她一直想做的那样。

生平没有像现在这样确信过，她爱他，爱这个男人，爱这个一无所有的男人。

她感觉到他一直僵硬的双唇微动，她稍稍离开他的唇，声音从颤抖的喉间出来："你，要不要我……"

她搂着他脖子的手臂被他抓住，她用力，他也用了力，他的力道稍微过了些，她便站不稳，往后摔坐在了冰凉湿冷的地面上，尾椎骨一阵刺刺地疼。

向葵难以置信地抬眼去看他，可是她看不清楚他的神色，他所有的表情都湮没在这一场细碎又绵密的冬雨里。

他想上前一步，却忍住了："你回去吧。"

向葵垂下脸，看到她手心握着的小老虎此时在泥地里打了两个滚，已经看不出原本的颜色，她伸手拿过来，用尽所有的力气把它朝他扔过去："贺敬，你浑蛋！"

小老虎从他的额角蹭过，带出一丝血色。他却站在原地，一动不动，如一棵雪松。

她撑着地起来，伸手抹了抹湿透的脸，才后知后觉意识到手心全是泥浆，应该没有一刻比现在更加狼狈了，她居然哭不出来，也没有再多看他一眼，转身跑了开去，跌跌撞撞。

那身可爱的印满小熊的粉色睡衣就这样消失在贺敬的眼前，他微微启唇，嘴边还有她的味道，香甜湿润还带着一些鲜血的铁锈味。他缓缓合上双眼，将全部的情绪都藏在了心底。

他像是忽然想起什么，睁开眼睛四处找了找，那只小老虎滚落在凳子旁边，他蹲身捡起来，用衣摆擦干净，逐渐露出小老虎娇憨的模样。

和她那么像，可他以后再也见不到了。

雨不知道什么时候大了起来，打在地上都有啪啪的声响，天边还有隐约的闷雷。章达睡了一觉又醒来，听到雷声觉得害怕，顾不得穿鞋子就跑到隔壁贺敬的房间。

可是房间里安静冰凉，连呼吸声都没有。他忘了开灯，跑到床边摸了摸，不仅床铺上冰凉，被子都叠得整整齐齐的，都没有打开过。

章达有些恐惧，匆匆跑下楼。见楼下的灯还亮着，他松一口气，可是四处转头，却看不到贺敬的身影。

“叔叔……”他叫，没有人应声。

外面忽然一声响雷，他捂了耳朵闭着眼睛在原地站了一会儿，这才小心翼翼地往外面看去。

雨下得那么大，他探出头去，终于看到他的叔叔一动不动地站在雨里。豆大的雨点打在他的身上，浑身上下都已经湿透。他的眼睛一直看着门口的位置，可那边空空荡荡，什么都没有。

章达更害怕了，他甚至忘记贺敬和他说过，下雨是要撑伞的，匆匆跑了出去站到他身边，轻轻拉起了他的手。

贺敬的手仿佛冰砖，章达握到的时候打了个寒战。

贺敬的眼神却忽然有了些许的温度，蓦地转头看他。

章达不知道该如何形容这个眼神，他说不出来，他只觉得，他叔叔沉寂的双眼像是忽然亮了一下，可只是亮一下而已，在看到他的时候瞬间又暗了下去。

“叔叔……”章达颤抖着，叫他。

贺敬嗯一声，终于回神，拉着他走回屋里。

章达还知道去拿一条干毛巾给贺敬，贺敬想接过来，却发现手里握着那只已经被他擦干净的小老虎。

章达的眼睛一亮：“小老虎！”

他想去拿，贺敬却蓦地握拳。他有些不明所以，怔怔地望着贺敬。

贺敬抿抿唇，启唇：“我再给你做一个，这个，你不要拿。”

章达不明白，问：“为什么？我要。”

贺敬许久都没有说话，却依旧将那只小老虎握紧在手心，用另一只手摸摸他淋湿的头发：“去擦头发。”

章达还惦记着他手里的小老虎，总是忍不住去看。

贺敬看着他躺到床上，拍拍他的肩膀：“这个是别人的，睡吧，明天早上还要去医院。”

“小老虎是我的。”他不依不饶。

“可现在，它是别人的了。”贺敬说，不知道是在说小老虎，还是在说别的什么。

向葵跑回房间的时候，隔壁房间依旧没有停息，她觉得厌烦，猛地捶墙，一句话都说不出来，只是一遍又一遍地捶墙，用拳头，最后用额头。

隔壁的声响不知道什么时候停止的，她的额头抵着墙，眼泪缓缓滑落，在她沾满污泥的脸上划下一道清晰的痕迹。

她靠墙坐着，伸手胡乱地抹眼泪。眼前一遍一遍出现他冰冷的眼，她恨透了那双没有任何情绪的眼，可她不知道，爱有多深，恨就有多重。

房门被敲响，她不去理会，也不想理会。

向佩佩很轻易就开锁进来，听到声音的瞬间，向葵侧过脸，不想让她看到自己这般狼狈的模样。

向佩佩拢了拢身上的披肩，有些意外会看到这样颓废的向葵，一时之间竟然不知道是该走近还是出去：“向葵？”

她不作声。

向佩佩终究还是走到了她身前，一眼便看到了她一身湿透的睡衣和那张仿佛在泥地里打过滚的脸，她的头发湿漉漉地贴在头皮上，有几撮头发黏在脏污的脸上，额头上还有些白色的灰和红色血迹。

她仿佛被吸去了所有的精气神。

向佩佩的视线下移，看到了她的睡裤裤脚上的暗红血迹，惊了一下，马上蹲下身拉过她的手臂：“怎么了？你被谁欺负了吗？”

向葵恍恍惚惚回过神，顺着她的视线看向自己的裤脚，忽然明白了她在担心什么，尽管喉咙很痛，她依旧冷笑一声：“怕什么，不过是例假。”

向佩佩像是松一口气，却忍不住拍了一下她的胳膊：“吓死我了，怎么把自己弄成这个样子？来例假还去淋雨？疯了吧？还要不要命？”

向葵再也不想说话，疲倦地闭上眼。

向佩佩气她这副要死不活的样子，却还是要扯着她的手臂让她起来：“起来，去冲个热水澡，把衣服换了。”

她没有力气，到底是向佩佩把她扶到了卫生间。她懒得动弹，坐在瓷砖地上靠在墙角落。向佩佩暗骂一声，把她的衣服脱了，调了热水给她冲洗，还故意在她脸上冲了两下，见她咳嗽才移开，狠狠地拍一下她光裸洁白的背脊，见她不动弹又觉得没有意思。

帮向葵洗澡的次数屈指可数，向佩佩的动作一点都不熟练，等她身上的温度逐渐恢复正常她就关了水，拿浴巾给她擦，给她拿睡衣内裤，还不忘在内裤上贴上卫生巾，最后忍不住捏一把她已经长成熟的胸前柔软：“倒是随我。”

向葵终于抬起头：“我长大了，对吧？”

向佩佩愣了下：“嗯。”

她忽然苦笑一声，许久都没有说话。

向佩佩难得履行一个做母亲的责任，给她额头上的伤口贴了一片创可贴，还让她坐在床里自己替她吹头发。

耳边是吹风机嘈杂的嗡嗡声，记忆中这样的时刻似乎从没有出现过，向葵笑得像哭一样，忽然问：“我爸爸是怎么样的？”

向葵从未问过父亲，从有记忆以来，她便知道父亲在向佩佩这里是一个禁词，可是今天，她忍不住问。

向佩佩抚过她头发的手一顿，而后状似无意地说：“就那样而已。”

声音穿透吹风机的嘈杂，竟似乎有轻微的颤抖。

她说的是就那样，没有说不知道。

向葵一直以为或许连向佩佩都不知道她的父亲究竟是谁，现在看来并不是那样的。

“为什么。”她问，“为什么要做这种事情？”

向佩佩嗤笑一声：“养活自己，还能为什么？”

向葵便不言语了。

向佩佩关了吹风机，向葵的头发已经九成干，只有发梢还有丁点的潮湿，她拿了干毛巾过来擦了擦，觉得差不多便从向葵的身后转到身前。

向葵并不想看她，低垂着眼睛玩手指。大概是因为淋了冬雨的关系，小腹又有些隐隐作痛，真是自作自受。

向佩佩伸出手来，她的手保养得算好，可到底年纪在那里，她用指腹碰了碰向葵额头贴创可贴的地方，用了力气，然后看到向葵皱了眉头。

“疼吗？”

向葵不吭声。

“我知道你疼。”向佩佩说，指腹轻轻在她的伤处蹭了蹭，像是安抚，“既然疼了，那就不要去碰。”

向葵怔了怔，终于缓缓抬头，看入向佩佩的双眼。

那是一双美丽的眼睛，很多人都说她们母女的眼睛一样，眼尾勾起，笑的时候格外勾人，可现在向佩佩的眼尾已经有了令人无法忽视的眼纹。

“女人，最不能做的事情就是犯蠢。蠢了一次还会有第二次，不值得，为了任何人都不值得。”向佩佩忽然笑了下，眼尾的纹路便格外明显，“不早了，赶紧睡吧。”

向葵一直觉得向佩佩活得浑浑噩噩的，或许，她在她自己的世界里活得分外清楚。

向葵第二天有些许的低烧，睡到下午，出了一身汗便好了许多。她爬起来，楼下惯常不会有什么吃的，她昨天一天就没吃一丁点东西，这会儿已经饿得前胸贴后背。

她出去觅食，走出大门的时候便看到屋檐下的破自行车，她想了想，将自行车推到了院子里，要走，又走回去，把车子推着出了院子的木门。

走出门，她下意识地朝着巷子里望了望，而后蓦地转头，不再看一眼。

向葵将车子推进了老猪的修车铺，她精神不好，脸色惨白。

老猪问了一句："生病了？"

向葵扯了扯唇："没什么。"随后将车子停在他的车棚里，"这辆车，我不要了，放这里。"

老猪看一眼，断掉的车链条已经修好，不觉好奇，叫住她："等下，你花了三十块钱买的呢，既然不要了，就把钱拿回去！"

向葵已经走远，摆摆手："不用了。"

老猪还是冲了过去，把三十块钱服贴的纸币塞进她的手里："什么不用了？哪个的钱是凭空来的？好好拿着，病成这样，别忘了去医院瞧瞧。"

向葵低头看一眼，咬咬唇，收下来，轻轻说一句："谢谢。"

"谢什么。"老猪笑，有些不好意思。

向葵去附近的馄饨店点了一碗馄饨，她许久没有光顾，老板已经忘了她不吃葱，她也不在意。食不知味，勺子里有馄饨有汤还有葱，就这么张嘴吃了进去，没嚼几口就吞了，只为了填饱肚子。

吃完东西已经不早，她回家收拾了一下东西便要去学校，原本她想叫王安惠一起，但想起昨天她母亲避她如蛇蝎的态度，到底没有打电话，一个人提着一个没装什么的袋子，慢悠悠地走到了公交站台。

公交车上，她靠窗坐着，歪着头看向路边，隐约看到一个熟悉的坐在摩托车上的身影飞驰而过，她苦笑一声，移开视线。

她想要的，从来都要得到，可是感情不一样，根本勉强不来。她到现在才明白这个道理，晚了吗？

向葵刚走不久，贺敬的摩托车便停在了老猪的修车铺外。

他将钥匙拔走，刚要回去，就看到老猪正在推一辆熟悉的自行车，下意识盯着看，移不开视线。

老猪发现，笑了一声：“怎么了？你是问这辆车？”

贺敬点点头。

“就上次搭你车，以为你姓章的向葵，前段时间花了三十块钱买了这车。现在的孩子，根本猜不透人的心思，你说这车破得不行，她好的不要非要这辆。结果没几天吧，现在就又不要了，车链条也不知道是谁给修好的。”老猪拍拍坐凳，凳子上积了一层灰，一下子呛得他咳了两声。

贺敬犹豫一下，走上前去，示意自己想要这辆车。

老猪张口结舌：“你要这破车干什么？”

贺敬没有说话，只是眼神格外坚定。

老猪要这车也没用，随手递过去：“那你拿去。”

贺敬要给钱，老猪推拒：“你有时候帮我忙还不肯收钱，这点钱给什么给？”

贺敬摇摇头，将三十块钱塞进他手里，就跟他刚刚把钱塞在向葵手里的动作一样。

老猪知道贺敬的性子，只好把钱收了，抬眼看他，发现他脸色也不好，便说：“你也生病了？也是，这两天忽然降温了，生病的人应该不少，那小姑娘也感冒了，脸色那叫一个差……”

贺敬的眼睑不知何时已经垂下了，老猪便没有再说，摇摇头回去干活了。

贺敬感受着掌心里那辆自行车粗糙的车把手，眼前似乎出现她昨夜冷雨中的绝望的场景，原来她真的生病了……

他敛了眉眼，推着车一步一步往回走。

老猪忽然抬头看他一眼，总觉得这个一向站得笔直的男人，这会儿却像是被一块巨石压住了背脊。

老猪叹一声：大家都不容易。

向葵去教室上晚自习，时间还早，她靠在桌子上发呆。桌面忽然被轻敲，她缓缓抬眼，是王安惠。

“怎么了？”

王安惠指指教室外：“有人找你。”

向葵有些意外，看过去，居然是刘其祥。

她觉得很累，不想和他折腾，便又垂下了脑袋：“问他有什么事。”

王安惠还真的跑过去问了。

只是这次过来的是刘其祥自己，他一改之前的骄傲，先低了头：

“向葵……”

向葵嗯一声，连眼睛都没抬。

刘其祥弯下腰：“我们出去说？”

“我们还有什么可说的？”向葵有气无力，“我累得慌，不想动。”她大概猜到他为什么会来找她了。

果然，刘其祥干脆把坐在她前面座位的同学赶走，自己坐下来，而后低声问她：“你没事吗？要不要去医院？”见她不吭声，继续说，“我都知道了，是我不好，我已经和她分手了。”

向葵哦了一声，别的什么话都不想说。

“那天我打你电话了，可是你把我丢黑名单了。”刘其祥说，“我还来找你了，但你已经不在那了，要不我陪你去医院检查一下吧？说不定被冻坏饿坏了呢？”

向葵不胜其扰：“我没事，要是你再在我耳边烦我大概就有事了！”

刘其祥噤声了一会儿，又轻声：“那我先走了，我还有话和你说，等你好了再说。”

“哎！”向葵叫住他，他欣喜地转过脸，却看到面无表情的她，“如果你要说还是想和我在一起的话，我拒绝！”

刘其祥走之前留一句话：“我总要让你知道，我才是最喜欢你的。”

向葵根本就懒得理他。

如果向葵下定决心不再去找贺敬的话，他们几乎没有可能见到，就像贺敬来到巷子几年了，向葵今年才见到他。

她倒是见过章达几次，有一次是他又跑到她家来找妈妈。向佩佩也不知道哪里来的耐心，还留他下来喝了杯水，摸着他的脑袋说了好几句乖，才让向葵把他送回去。

那个时候已经入春了，高三的第二学期都开始了一个月，她好几个月都没见到过贺敬，当然不想功亏一篑。

她说不去，向佩佩便起身，扭着水蛇腰说："那我陪他去。"

向佩佩话音刚落，向葵瞬间起身，说："我去。"

向佩佩觉得她反反复复，瞪了她一眼。

向葵和章达保持着一个人的距离，慢慢跟在他身后。看着章达往巷子深处走，不知为何想起那个寒冷的冬夜，她正好觉得无聊，这个小傻子便闯入了她的视线。

她不知道自己那夜会遇到什么，揪着他的领子往自己的劫数里走，之后便越陷越深，无法自拔。

向葵忽然顿住脚步，发现他们已经来到他家院子外的门口。章达回头看她，不知道是不是要告别的意思。

她也不知道自己怎么了，居然和他说话："我已经把小老虎还给你了。"

章达瘪瘪嘴："没有。"

"我明明……"

"叔叔不给我！"他含着怨气。

向葵愣了一下，不确定章达这话是什么意思，而后忍不住失笑，和一个小傻子较什么真："我走了。"

"坏人。"她已经背过身，他忽然又这么叫她。

她回头看他。

他哼一声："让叔叔生病，坏人。"

向葵不明所以："什么意思？"

章达想说话，可屋里忽然传来声响。向葵原以为贺敬不在，才会停留这么久，这会儿听到声音完全措手不及，匆匆转身离开，不一会儿就消失在巷子里。

贺敬推门出来，看到章达站在门口，皱皱眉："你出去没有和我说。"

章达自知做错，低了头，哼："坏人。"

"嗯？"

章达摇头，没有再说话。

贺敬也没有再问，却总觉得空气中萦绕着一股格外熟悉的味道，他想分辨，一阵微暖的春风拂来，一切便都烟消云散。

"进去。"贺敬说，"明天我们去医院，你要做手术了。"

章达的智障不是先天性的，医生说可以通过手术治疗，手术后再住院进行心理治疗，虽然不可能恢复正常，但至少能像个正常人一样生活。

章达对手术很抗拒，一听到手术就惊叫："我不去，我不做手术！"

贺敬不明白章达对手术的恐惧从何而来，可他努力这么久，不可能现在半途而废："章达！"

章达瘪瘪嘴，像是要哭出来："我不要死。"

贺敬叹一声，有些无奈，大抵是谁和他说过做手术会死吧，他抬手摸摸章达毛茸茸的脑袋："不会死。"

章达忽然抬起头来，刚才的难过仿佛消失，话题转移得格外快："小老虎？"

贺敬表情一僵："我不是给你做了一个？"

“我要原来的。”

“不见了。”贺敬说。

章达哼一声，整张脸都皱起来，他推开贺敬跑进去。

章达不见了。

向葵是从王安惠那里知道这件事的。

是周六的傍晚，她把章达送回去不久，再出来找东西吃，正好遇到一脸焦急的王安惠。

她拉住王安惠，问：“怎么了？”

王安惠快要哭出来：“章达不见了，都怪我不好，我和他说做手术可能会死的，他就信了，他跑了，不知道去了哪里……”有点语无伦次。

向葵安抚似的抚抚她的后背：“别慌，你慢慢说。”

王安惠带着哭音把事情说清楚了。

向葵才知道原来章达的智障也可以治疗，只是王安惠无意间和他说起手术很可怕，章达听进去了，便不想做手术，因为明天就要去医院，章达害怕，就趁着贺敬不在的时候跑出去了。

章达一向不会跑很远，这次附近已经找遍了都没找到，王安惠这才急了，怕是因为自己的一句话让章达出了事。

王安惠小声地哭：“我不是故意的，要是，要是他真的出事儿了怎么办？”

向葵显然比她镇定：“别担心，有力气哭还不如多找找呢，总能找到的。”

来到安城之后，除却医院，章达几乎从没离开过巷子，所以根本无处可找。

向葵没有看到贺敬，他大概也到处去找章达了，她原本可以不用理会，可是到底还是拉着王安惠说："再去找找吧，你去那边，我去这边。"

安城临山傍海，向葵所在的棚户区另一边就是几座荒山，前几年在山里开了山洞修了铁路，她怕章达不小心跑到铁轨那边去。

一来是不过初春，二来是今日天气不好，隐约有下雨的迹象，这会儿天色已经很暗，只有西边天空有些许亮光，却也在逐渐消失不见。

初春的天气依旧很冷，向葵是打算出来觅食的，随意套了件毛衣外套而已。刺骨的冷风透过毛衣钻进去，她狠狠打了个哆嗦，脚步却没有停下来。

进山处有一座也是前几年刚建好的新桥，原本的旧桥桥头处断了一截，早就废弃不用，就在差不多五十米远的地方。

向葵走上新桥，却忽然停住步子，转身看向那座不远处的旧桥。

她折回去，要从荆棘从中走过去，但她看到了有人走过的痕迹，脚步就更快了些。

旧桥有几百年的历史，换在别的地方大概会被保护起来，可这里是棚户区，根本没有人管。在几年前一场大雨冲塌了桥头部位，再不能走人之后，政府便让人修了新桥，旧桥便湮没在枯草尘土之中。

正常人不会从那边经过，可章达是个小傻子。

向葵的手在拨开面前枯枝时似乎不小心被划了 一道，她隐约觉得刺痛，却没有时间抬手看一眼，继续大步往前走。

她站在桥头，看到桥下浅滩上坐着的章达时，终于松了一口气。

这边已经没有路可以下去，章达大概是没看清楚路，不小心掉下去的。向葵看了一眼，觉得桥不算高，章达看起来也不重，她应该可以试着将他拉上来。

她蹲下去，叫他：“小傻子。”

章达一直低着头，听到声音，蓦然抬头。脸上有两道污泥的痕迹，看上去可怜兮兮的。他的鞋子上沾满了污泥，另一旁的坡上全是鞋子蹭过的痕迹，他应该也曾经努力地想要爬上来。

向葵叹一声，伸出手：“来，抓住我的手，我拉你上来。”

章达并不喜欢她，可这会儿害怕得厉害，便颤抖着将手放进了她的手心。

向葵觉得自己力气不小，可她没想到章达看起来瘦瘦弱弱的，却格外重。她一个不留神，竟然直接被他拖了下去，双脚猛然着地，脚腕就扭了一下，疼得根本站不起来。

第二次见到贺敬的时候，她便假装脚腕扭伤让他背，原来真的有因果报应。

她坐在泥地上，伸手捏了一下脚腕，疼得她倒吸一口冷气，便忍不住瞪了章达一眼。

章达似乎发现自己做错事，低着头不敢看她。

向葵长长地吐出一口气，也是她自己大意了，不能怪他。只是方才出门的时候也没料到会发生这种事情，她连手机都没带，这里又难得有人经过，大声叫也一点用处都没。

向葵看了一眼坐在旁边的章达，抬手推一下他的肩膀：“以后别乱跑，你叔叔，他会着急的。”

章达默不作声，好一会儿才说：“我不要死。”

“做手术又不会死。”向葵说，“你会变聪明，难道你不想变聪明吗？”

章达抬头，眼睛亮亮的：“我要变聪明！”

“那不就行了，你叔叔是在帮你！”向葵哼一声，声音又软下来，“你得乖一点，你叔叔已经够辛苦了，别再让他担心你。”说完她便后悔，谁管他辛不辛苦。

章达咬咬唇，轻轻点头。

向葵想等自己的脚腕不疼一些再想办法上去，这会儿无事可做便只能和章达说话：“你之前说那个小老虎怎么了？”

说起小老虎，章达就一脸不开心：“你抢我的小老虎。”

“我都已经还给你……你叔叔了！”她也不让步。

章达瘪瘪嘴：“叔叔不给我，说不是我的，是别人的。”

向葵的声音一滞，好久才找回声音：“什么别人的？”

“我不知道，反正不给我。”章达闷声。

向葵不知为何眼中有些湿润，恨恨地拔起一棵枯草在手里揉来揉去。他口是心非，用那张没有表情的脸骗了自己骗了她，她当时信了他才是犯蠢！

提起他来，向葵那抑制许久的想念便全涌上了心头，想他节制的双眼，想他紧抿下垂的嘴角，想他认真的面容，想他粗糙又缺了一截手指的大手，想他热烫的温度，想他的一切……

有些东西你以为你能忘记，你也以为你已经忘记，可实际上依旧藏在你心底的最深处，表面的那一层膜被戳破了，所有的一切就都冲了出来。

如火烧后的原野，春风吹又生。

大概是被想念溢满了脑海，向葵居然觉得脚腕没有那么疼了。她试着站起来，还可以坚持，便一瘸一拐地走到章达身边：“起来，我推你上去。”

章达懵懵懂懂的。

两人没办法从断桥那边上去，向葵找了一个不算太斜的坡，觉得自己应该能把他推上去，便说：“你往上爬，我帮你撑着脚，知道不？上去之后你就拉我上去。”

章达似懂非懂地点头。

向葵也不和他说多，让他把手指戳进泥里，一步一步往上去。章达不聪明，力气还是有的，再加上向葵在下面扶着他的脚，没一会儿他脚一缩整个人就上去了。

向葵松一口气，朝他伸出胳膊：“你拉我一……”

章达低头对她说了一句坏人，直接跑远了。

向葵伸出的手有些僵硬，过了许久，她才讪讪地把手缩了回来，苦笑一声。大概是因为刚刚用了力气，脚腕越发疼，她有些站不住了，靠着土坡坐下来。倒也没有特别大的失落感，她总不能和傻子计较那么多。。

她只是有些冷，有些饿，脚腕有些冷……

天气不热，贺敬却已经跑出了一身的汗，蓝色的工作服背后有些洇湿，额头也渗出星星点点的汗，他在外面走了一圈，又怕章达自己跑回了家，便回家里看了看。

在屋里转了转，一点人烟都没，贺敬竟有些不知所措。章达其实一直都很乖，这种事情基本上没有出现过。

可他不能停下来，他又转身跑出去，跑了两步忽然停下，一眼就看到了正从巷子口慢悠悠晃进来的章达。他身上都是污泥，没有一处是干净的，脸上也乌黑一片，都快要看不清楚本来面目。

贺敬大步跑过去，想骂却发现自己什么话都说不出口，只得拉着他的胳膊快步往家里走。

等章达洗了一个热水澡出来，天已经完全暗下来，不知道什么时候下起了雨，寒意丝丝入骨。

贺敬替他换上衣服擦干头发，之后去厨房给他煮了一碗面放在他面前。

章达已经知道自己做错，低着头不敢吃。

贺敬把面往他面前挪挪："快吃。"

章达这才点点头，小口小口吃起来。

贺敬叹一声，终于开口："如果你不愿意，我们就先不做手术……"

"我，我做。"章达的筷子顿了顿，嘴里还含着几口面："我要变聪明！"

贺敬深深看他一眼，嗯一声，而后忽然又想起了什么："你去了哪里？"

章达支支吾吾地不出声，贺敬也就没问，等他吃完，给他收拾好碗筷便让他去睡觉。

雨不知何时下得更大，在屋里都能听到声响。贺敬给他掖好被子，转身要走。章达忽然伸手拉住他的手，一脸的惶惶，不让他走。

贺敬以为他害怕，便坐在床边想等他睡着再走。

章达不肯闭眼睛，许久，终于开口："坏人……"

"坏人？"

“小老虎，坏人……”章达似是有些不知道该如何说出口，“拿小老虎的坏人，在那里……”

老猪正好出去和朋友喝酒回来，看到一个身影从身边经过，那么熟悉，叫：“阿敬……”

贺敬却仿佛没有看到也没有听到，如一阵风，直接消失在他的视野里。

老猪耸耸肩，有些莫名其妙：“下这么大雨，怎么也不撑把伞？”

贺敬在初春的冷雨里越走越快，视线里终于出现了那座早就断了的桥。雨水顺着他的眼睛滑下来，他抬手捋了一把，眼前终于从朦胧变得清晰。

风那么大，雨那么大，可是贺敬听到了自己的心脏在跳动，紧张又恐惧。他大步跨过那些刺人的荆棘，然后一眼就看到了桥下缩成一团的人影。

心脏一阵收缩，有那么一个瞬间，他甚至不敢往前。

“向葵……”他的声音从喉间溢出，消散在漫天的雨水中。

向葵一向不信神佛，这会儿却在恍惚中想，等回去了她得去庙里拜拜，或者求个护身符，去去她的霉运。

她不记得自己在这里到底等了多久，原本还想自己爬上去，可脚腕上的疼让她根本动不了。下起雨来之后，她更一点办法都没有了。好不容易才挪到了桥下面，好歹能挡住大部分的雨水，虽然总也有些雨会飘到她身上，带来的寒意渗入她的骨髓。

不知道是不是心灵感应，她蒙蒙眬眬抬起眼，便看到身前站着一个人，就如同那夜在学校图书馆的二楼，她又冷又饿，抬起头来就看到了他，命中注定一般。

没有一刻比现在更加清醒，她笑着叫他：“姓贺的，你来啦，我就知道你会来的……”话刚说完，她便捂着嘴巴猛烈咳嗽着，是有冷风灌进去，她被呛到。

他站在她身前，替她挡去所有的风雨。

他的身后是寒的风，冷的雨，眼前却是她最温暖的笑。

一切的原则，一切的隐忍，一切的执着在这一场凄风冷雨中，仿佛都烟消云散，他的动作不受自己控制，缓缓蹲在了她的面前。

“真好。”向葵说话，脸色惨白，像是好不容易才撑起精神，“你来了，真好。”

贺敬就这样看着她，看她微笑的眉眼，看她苍白的脸颊，看她微扬的唇角，喉结微微一动。

向葵感觉到他的大掌放在她的颈后，她怔怔地望着他，还没反应过来，他已经猛地将她往他的方向一带。

他深深地吻住了她。

铺天盖地全是男性醇厚的气息，他唇齿间干净清冽，没有她以为的烟草气息，与她青涩的吻完全不一样，他根本不给她一丝喘息的机会。

他湿润却温热的左手不知何时已经抚上她的脸颊，小拇指的位置蹭着她的耳垂。

没有任何思考的时间。

向葵愣住，一双大眼睛直勾勾地睁着，似乎没反应过来究竟发生了什么。

他的唇忽然有一点撤离，原本抚在她脸颊的左手缓缓覆上她的双眼。她长翘的睫毛在他粗糙的掌心颤动，有些痒。

她在他的掌心下缓缓闭眼，他的唇不知道什么时候又贴了上来，温柔又强悍。

这样难以想象的亲密让她几乎快要落泪。

她不知道该如何回应，无处安放的双手轻轻地拉住了他衣服的下摆，像是一只随着海浪沉沦的小舟，依顺又亲昵。

贺敬解开衣衫拥住她，他终于感受到她身体冰凉的温度，放在她颈后的手掌移到她的脑后，让她整个人都贴住自己热烫的身体。

向葵有些恍惚，也有些开心，更觉这一切都像是一场梦。她依旧闭着眼睛不敢睁开，生怕一睁开，眼前的一切便都消失，无论是他温热的胸膛还是他灼烧般的吻。

贺敬没有时间思考刚刚所做的一切究竟是对是错，他拍她的肩，哑着嗓子道："我们要上去。"

他这时才有些后悔没有撑伞，只能将外套脱下来盖在她的头上，而后将她背在身后，让她紧紧搂住自己的脖子。

铺天盖地全是他的味道，向葵深吸一口气，唇角的笑意出现便无法消散。

她什么都看不到，只是听他的话，紧紧抱住他的脖子。他似乎是在爬坡，她更能感觉到他脖颈处暴起的青筋和背后蓄势待发的肌肉。

不过一会儿他的步伐便重新变得平稳，她知道他们已经从桥下上来，她在他的耳边轻声说："姓贺的，你抱我。"

贺敬的脚步一顿，继续快步往前走。

向葵有些无奈，低声说："是我手臂没有力气，快要抱不住你的脖子了。”

她早被冻得浑身僵硬，方才是她最后的力气，这会儿精神放松了，手臂仿佛要脱力，她怕从他背上掉下来。

贺敬终于有了反应，快走了两步，找了个能避雨的树下，才将她从背后转到胸前。她终于能看到他的脸，忍不住抬起头亲他的下巴。

“我很开心。”开心得眼泪都快掉下来。

贺敬似是有些尴尬，侧过脸，一把用外套遮住了她的脸，哑声：“我们回去。”

· 第五章 ·

他的心里再装不下一个家

贺敬停在向葵家门口的木门外，她小心翼翼地说：“我不回家。”

贺敬不理她，直接推门进去。

站在她家楼下的屋子里，向葵终于将盖在她头上的外套挪开：“贺敬，我不能跟你回去吗？”

贺敬的皮肤偏黑，灯光又不亮，向葵看不清楚他有没有脸红，可他不敢看她：“不要胡闹，我送你上去。”

向葵哼一声，将脸往他怀里蹭了蹭。她喜欢他身上的味道，不想躺到那张冰凉的床上，可她知道，贺敬那么有原则，怎么可能把她带回家？

她舔舔嘴唇，唇畔仿佛还有他残余的味道，忍不住嘴角轻勾，像是一只餍足的小狐狸。

大概是怕惹来向佩佩，贺敬一直沉重的步子放得很轻。正因为很轻，所以两人同时听到了二楼传来的歌声。

向佩佩在练歌，旁若无人，吵得人头疼。

向葵堂堂正正的：“你要是把我留在这里，我还要听很久，睡都睡不好，所以你真的，不把我带走吗？姓贺的，我想跟你回家……”说到最后，尾音有些旖旎。

贺敬实在是不放心把向葵留在这里，停滞的脚步终于有了动作，他转身，缓缓下楼。向葵低着头，脸上满是得逞的窃笑。

出去之前，她还不忘和贺敬说：“伞在门口的那个竹篮里，嗯，那把黑色的最大。”

有了伞，向葵便想将脸从贺敬的外套里露出来，他却一个眼神扫过来：“把衣服盖上。”

向葵有些不乐意，瞪着他。

他软了语气：“风吹过来会冷。”

他在心疼自己，她便笑起来，乖乖将衣服盖上头脸。黑漆漆的，什么都看不到。

向葵觉得贺敬的力气是真的大，把她从那么远的地方抱回来，气也不喘，一脸轻松，她也一点都不担心他把自己摔了，乖顺地靠在他的胸口，又不乖顺地用手指钩住他的衣襟，指头往里面探去，在他的胸膛轻轻地画。

他浑身一颤，却没有手可以制止她，只能出声：“向葵！”他想肃然，声音从喉咙里转几个弯出来，却又柔软了，就像她的身体一样柔软。

向葵闷闷地笑，最后摸了一把才将手缩了回来。

贺敬无奈，他所有的原则在她的面前似乎总能轻易分崩离析。

今晚的破格他从未想过，仿佛一场梦境，可他知道不是，他也知道即将到来的会是什么，但他早就没有了退路。

或许有那么一点后悔方才的冲动，可当她柔软的身体全心全意地靠在他的怀里，他的理智早就消失得无影无踪。

也有可能，人的一生之中，总要有那么一次，不顾一切。

他想，这就是他唯一的不顾一切。

以前没有过，以后也大概不会再有。

他将她抱得更紧一点，将他的未来抱得更紧了一点。

向葵第一次来到贺敬家的二楼，和她想象中的差不多，简单粗糙却很干净，就像贺敬这个人。

他所有的东西上都像是有他的印记，能让人一眼就看出那是他的。

贺敬锁门，想将她放到床上，她却叫：“我身上脏。”

他没有停顿，直接将她放上去：“我等下换床单。”

向葵便安稳地坐好，然后看着贺敬甚至不敢和她对视的害羞模样笑。

她咬着唇笑，看他忙碌，没有什么比美梦成真更叫人心生欢喜。

贺敬打开有些破旧的衣橱，里头果然没挂几件衣服，只有两三件简单的T恤，一件和他身上一样的工作服，还有几件裤子和外套，空空荡荡的，可是格外整洁。

她看他拿了一件白色T恤出来，然后走到她面前，放在一旁，依旧不敢和她对视：“你等一下，我去放水，水热了你先洗个澡。”

卫生间在他的房间，向葵一转头就能看到开着的门。

她点点头。

贺敬进了卫生间，将灯打开，他没关门，向葵能看到里面。

水池、抽水马桶和淋浴中间挂了一块防水布，他抬手将防水布拉开，才将热水开关打开，水还没热，没有雾气。他在里面等了一会儿，热气逐渐蒸腾，这才转身想叫向葵洗澡。

这一转身，他脚下不稳，手扶住了水池，却不小心弄倒了水池上放着的牙刷杯，一阵乒乒乓乓的声响，也不知道会不会吵醒隔壁的章达。

他不敢抬头，侧着脸哑着声音：“你把衣服穿上！”

向葵上身已经脱得只剩下贴身的内衣，皮肤白皙柔嫩，脖子修长如天鹅颈，双肩瘦弱，再往下是……

让人无法直视。

她咬着下唇笑：“不是要洗澡吗？穿着衣服怎么洗？”

她一点都没有穿衣服的意思。

贺敬没有办法，侧着脸走过来，将外套盖在她身上，明知道她是故意的，还是认真说道：“去卫生间再脱。”

她笑得眼泪都快出来，嘴里却乖乖应了一声哦。

向葵的脚腕这会儿已经肿起来，疼得没办法自己走路，只能是贺敬代劳，将她抱起来送进卫生间，让她坐在马桶盖上，眼神没办法往她那边瞟。

他将小木凳放进淋浴的区域，这才说：“你，你先洗个澡，我出去。”

她伸手，一把拉住他粗糙的大手：“你不洗吗？”

“等，等下。”

“我是说，你不和我一起洗吗？”

这次，向葵明显看到他黑黑的脸庞上升起两朵红云。

“别闹。”他说，小心将她的手放开，“快洗，别生病。”

向葵也没有坚持，看他关了门，这才将身上的衣服全都褪下，小心挪到水下，整个人都舒服地哼了一声，感觉僵硬的肌肉一点点恢复正常。

贺敬从橱柜里将干净的床单拿出来换上，又去楼下装了个热水袋放在被窝里。刚刚做完这一切，就听到浴室里传来扑通一声，而后就再也没有任何声响。

贺敬心头一跳，站在门口叫她：“向葵？”

没有人应他。

他握拳，终于推门进去。

热气已然弥漫整个卫生间，些许透明的防水布后有向葵的纤细身影，她似乎坐在地上。

贺敬又叫她一声，声音比平时更加喑哑。

依旧没有人回应。

他深吸一口气，终于将防水布轻轻拉开一条缝隙。

向葵靠在角落，过烫的热水打在她娇嫩的身体上，令她皮肤有些发红。

贺敬的喉间上下滚动，却不敢乱看，拿了一旁的毛巾将她遮住，这才蹲到她面前叫她。

“向葵……”最后一个音节还在喉间，向葵已经睁开双眼，满眼的清明，丝毫没有晕倒的迹象。

贺敬差点向后坐倒：“你……”

“嗯。”她应一声，身子微动，身上的毛巾便滑下来，瞬间毛巾被热水打湿，她展露自己最美妙的少女胴体给他看。

贺敬的眼睛紧紧盯着侧面，一动不动：“我，先出去，你慢慢洗。”

向葵怎么能让他跑，见他站起来，一把拉住他的手，用尽全身力气一扯。他脚下发滑，倒在她身边。

卫生间一共就这么点大，两人靠得那么近。

向葵翻身坐在他的身上，上身微微俯下，她伸出手，慢悠悠地解他的扣子，一颗、两颗、三颗……

他强悍有力的身体逐渐展现在她面前，她白嫩的手从他的胸肌往下摸到他的小腹，指腹下是微凸的触感，没她想象的那么硬，却充满力量。

贺敬的呼吸有些急促，伸手想抓住她作怪的小手，她却已然松开，而后上身整个贴住了他的身体。

柔软与坚硬，在这一刻体现得这样明确，却无法言说。

没有衣物阻挡，向葵更能感觉到他身上的温度和味道，她深深嗅一嗅：“贺敬，你要我了，对不对？”

贺敬脖子微仰，想与她保持距离，想让她冷静。他好不容易找回自己的力气，双手握住她的肩膀：“向葵，你确定你想好了吗？”眼中有红血丝，更有无法掩饰的真挚。

向葵的笑意逐渐褪去，透过雾气，她的眼神也变得真挚无比：“我早就想好了，想得一清二楚，我要你，而且我只要你……”

她的最后一个音节被他吞没，他如一尾缺水的鱼，那么快，仰起上身，含住她所有的声音……

热水从头顶而下，两人都要睁不开眼睛，一切都是朦胧而恍惚的。

他吻她湿漉漉的眉眼、湿漉漉的鼻尖和脸颊，最后在嘴唇上流连，也舍不得离开。

那是一切甜蜜的根源。

房间里没有空调，向葵身上还湿着，这会儿便有些冷，她往他身上贴了贴，他的身上总是灼热的。

他掀开被子将她放到床上，她忽然惊叫一声，差点没跳起来："烫死了！"

贺敬才发现她是碰到了他刚刚放在被窝里的热水袋，脸颊贴着她的肩窝，竟无声地笑了起来。

向葵一愣，用力地拍了下他的背脊，清脆的啪的一声，而后又忍不住笑："笑什么笑，有那么好笑吗？"

他抬起头，那一双总是没什么表情的眼里此时盛满了笑意，眼睛微微弯着。她骤然心动，什么话都说不出来，什么冷和热都感觉不到。

她抬起头吻了吻他的眼睛："我喜欢你的眼睛。"

又亲他的鼻尖："喜欢你的鼻子。"

亲他的脸颊："喜欢你一点都不肉乎乎的脸。"

亲他的唇角，顺带咬了咬他的下唇："喜欢你的嘴巴。"

他就这样，眼里含着温柔的笑意看着她。

她最后亲他脖颈上那条不明显的伤疤："好的、坏的，只要是你，我就都喜欢，贺敬，只要是你，我就喜欢。"她抬眸，眼中倒映着灯光，似乎藏了一整片星空。

他和她一样，亲她的额角，亲她的眉眼，亲她笑起来便出现的酒窝，亲她的锁骨上的凹陷，亲她的所有，连她白嫩的脚趾都没有错过。

可是他什么都没有说，他想她大概明白，明白他早就已经被她迷住，明白他也一样，只要是她，好的坏的，他都喜欢。

她摸他沧桑的脸，而后捧住。他顺势低下头来亲吻，她的手挪到他的背脊，他背后的肌肉强悍有力，她摸到他的肩胛骨，如猛虎弓起的背脊，坚硬热烫。

“我不是什么好人，比你想象的更坏。”

他从来都不是圣人，她的亲近和诱惑他也会难以抗拒，准备这些不过是有备无患，她还那么年轻，他不希望她受到不必要的伤害，更不希望那些伤害是因他而起。

她亲他的脖子：“嗯，我也坏，我们正好凑一对，不是很好吗？”

他回头，看她清澈的眸子，忽然有些害怕，想要伸手捂住。她一把抓住他的手腕，不让他捂，她要看着他，也让他看着自己：“贺敬，我只是一个女人，不要想别的什么，我是女人，你是男人，仅此而已，并没有你想的那么复杂。”

省略名词前面的无数形容词，她说的其实一丁点都没有错，只是人们大抵都会因为那些形容词画地为牢，而后克制，而后隐忍，而后错过。

她不想错过他，错过那么好也那么坏的他，所以她从来不克制，从来不隐忍，她只会展现自己满满的爱。

她的每一个眼神，每一个动作，每一句言语都在诉说：她爱他，那么爱他，没有任何缘由，只是爱他，爱他这个人，爱他躯壳里面的灵魂。

贺敬的眼神从恍惚到坚定，向葵看得分明，她又亲了亲他的肩膀，亲他肩膀上被她掐到的伤痕："我只是一个爱你的女人，无关任何。"

他回过神，回身将她拥在怀里，她灼热的身体又开始凉下来，他抱得用力了点："好。"顿了顿，又说，"我们，以后，我们一起走下去，只要你愿意。"只要你要我，像现在一样，需要我，不管是需要我的身体，还是需要我的灵魂。

他放弃抵抗，放弃原则，放弃一切他给自己界定好的条条框框。就那么一次，他想要和她在一起，想要拥抱她，亲吻她，牵着她的手，一直走下去，直到走到她不愿意再走下去。

她没有顾忌，那他也抛弃那些顾忌，不管前面是什么，他和她一起走。

向葵重新被他塞进被子里，将她抱在怀里，她在他的怀里蹭了蹭，找到一个合适的位置躺好。

他像是抱着一个赤条条的孩子，轻轻拍拍她柔嫩的肩膀，又亲亲她的发心，用她听不到的声音说："晚安，我的星星。"

向葵许久都没有睡得这样好，只是梦还没醒，便听到一阵似哭似笑的声音，那么响，被迫传入耳中。

她皱皱眉头，揉揉眼睛，原本打算不去理会，可那声音绵延不绝，她泄气似的坐起来，猛抓了一把头发。

她穿了贺敬的白色 T 恤，浑身都有些酸痛，抬起胳膊伸了个懒腰，这才觉得浑身舒畅了一些。

向葵将他放在一旁的外套扯过来套在自己身上，翻身下床，脚腕上的伤已经好得差不多，看来不是伤筋动骨。

她光着腿走到了窗户边，将窗帘扯开了一些，探头往下看去。

院子里王安惠正拉着章达在哭，而章达跺着脚，一脸的无措。

王安惠昨天找了章达一会儿就被她妈妈叫了回去，她担心了一整晚，今儿个一早就跑过来问，看到章达完整齐全地站在这里，眼泪一出来就再也收不住了。

“你吓死我了，我还以为你因为我，因为我……要是找不到你了怎么办？”王安惠呜咽。

章达想去擦她的眼泪，又有些不敢，嘴里哼着不知道什么话，只能侧头看向从屋子里出来的贺敬，招手让他过来，又指指哭个不停的王安惠。

贺敬在外人面前到底不喜欢说话，只轻轻拍了拍王安惠的肩膀，示意她不要再哭。

向葵看到，差点就从楼上冲下去，想了想还是不要吓到他们，这才忍了下来，哼一声转身趴到床上。被子松松垮垮地搭在她的腰腹以下，她用手肘撑着身体，打开了他的床头柜。

如她所想，里面果然放着一盒刚拆开的安全套，她捏着盒子，闷闷笑了两声，这才将它放回去。刚想把抽屉阖上，她的动作顿住，看到了放在最里面的那个木头小老虎。

她伸手，小心翼翼地将小老虎握在手里拿出来。

她翻过身来，将枕头叠好放在身后，安安稳稳靠在床头，这才将手心张开看。

小老虎和之前一个样子，那些在那个冬日雨夜的地上沾染的污泥已经被洗得一干二净，她用指腹在小老虎的脑袋上轻轻蹭了蹭。

她以为这辈子都不会再见到这个小老虎了，就像她以为这辈子都不会再和贺敬有任何瓜葛一样。

她将小老虎放在嘴边亲了亲，还没放下，就听到门被打开，她抬眸去看，除了贺敬还能是谁？

他今天倒是没穿那件蓝色的工作服，而是穿了一件黑色的长袖T恤。这么凉的早晨，也不穿外套。他走到床边，下意识将被子往上扯了扯，遮到她的脖子下："冷吗？"

她想摇头，动作顿住，瞬间改成了点头，语气可怜："冷，冷死了。"顿了顿，"你抱抱我就好了。"

向葵还在想要是他不同意，还得使点什么招数，他已经张开怀抱，将她紧紧搂在怀里。

她的胳膊还僵着，嘴巴微张，侧脸贴在他的胸膛上，耳边就是他咚咚咚的心跳，一切都那么像是在梦中。

她缓缓抓住他的衣摆，和他靠得更近一些，小声说："还有个办法，能让我更暖和。"她仰起脑袋，一双眼睛眨呀眨，仿佛是一只狡黠的狐狸，"你要不要试一试？"

"啊！"她的额头被他轻轻打了一下，她顿时不满地瞪他。

他唇边含着浅淡又宠溺的笑："脑子里都在想什么？"声音更哑。

她哼着："你在想什么，我就在想什么咯。难道我还不能想吗？"

他抬手握住她作乱的小手，紧紧地握了一下而后塞回被子里，沉默了许久才说："向葵，你才十八岁……"

她一怔，忽然有些心惊，惶惶不安，怕他又后悔，怕他又不要她了。

"我和你相差十二岁。"他每一个字都说得很慢。

向葵仰起脸看他，“贺敬，你还要继续骗你自己？”

他似是轻叹一声，将她搂住，有些话不知道该如何启唇，最后只给她一句：“只要你不后悔。”

“我不后悔，无论将来会发生什么，我都绝对不会后悔。”她说得坚定。

她不会后悔遇见他，不会后悔爱上他。

向葵想亲亲他的唇，可才抬起脑袋，就听到楼梯上有沉重的声音。她吓一跳，贺敬吓得比她更加厉害，瞬间用被子将她盖住。

当章达将门推开的时候，贺敬已经站在床边，静静地看着他。

“叔叔……”章达叫一声，想走过来。

贺敬步子迈得那么大，两步就走到章达面前，而后说：“我们下去。”

向葵偷偷从被子里露出一双眼睛，见屋子里没了人，这才松一口气。她自然不怕被章达撞见她在这里，只是不想让他看到自己衣衫不整的样子，虽然那只是个小傻子。

以往的周末，向葵都会赖床，可今日不同，尽管还不到八点，她已经没有半点睡意，想了想，干脆掀开被子下床。

她昨晚上弄脏淋湿的衣服已经被贺敬洗干净晾好，没有太阳，自然还没干，向葵没有衣服穿，只能打开贺敬的衣橱。

她找了条贺敬的裤子套上，仿佛是小孩子偷穿大人的衣服，她提着裤腰带笑个不停。好不容易才找到皮带系好，又弯腰将裤脚一层一层遮起来，配上她穿着的宽松白色 T 恤，倒还有模有样。

向葵终于能从房间出去，还在楼梯上就看到贺敬站在楼梯旁望上来。她眯着眼睛笑，朝着他张开手臂。

贺敬没有动作，向葵努努嘴，几步跑下去，一下子跳到他的身上，纤细修长的腿夹住他的腰，双手在他的脖子后面交叉，她笑：“让你不来抱我！”

他怕她摔下去，干燥灼热的大掌分别托住她的臀和后背：“这样跑脚腕不痛？快下来！”

“就不！”她扭了扭身子，往他身上凑了凑，结果一眼看到他身后一脸莫名的章达，她眨眨眼睛，张开右手掌：“嘿，小达达！”像是一点都不记得他昨天抛下她逃跑的事情。

章达大概还在消化自己看到的一切，讷讷出声：“叔叔……”

贺敬在章达面前到底要保持作为叔叔的尊严，他知道她太难哄，只能在她耳边轻声说了句乖，她果真乖乖从他身上下来。

向葵仿佛走在自己家里，自然而然地进了厨房。桌上果然有早餐，她自己盛来吃。贺敬看了一眼，忍不住失笑。

章达还有些不明所以，扯着贺敬的袖子叫：“叔叔，坏人她……”

贺敬眉心微皱，拉了他到一旁：“我早上和你说过，她不是坏人，她去救你，你把她一个人留在那里，你才是坏人。”

章达瘪瘪嘴巴，像是要哭。

贺敬也没有心软：“叫她……姐姐，说对不起。”

章达沉默了一会儿，终于转身去了厨房，站在向葵身后，伸出手指戳戳她的背：“姐姐……”

向葵嘴里塞满了包子，转头看他，鼓着嘴像个松鼠：“嗯？”

“对不起……”

向葵愣了愣，大嚼几口将嘴巴里的东西吞咽下去，又喝了一口豆浆，才说：“哦，没事儿，我又没生气。”她真的笑了笑，又道，“你别叫我姐姐。”

“妹……”章达还没说完，向葵已经开口：“阿姨，你叫我阿姨。”

“阿，阿姨？”章达歪了歪脑袋。

向葵却觉得这一声阿姨叫得她格外舒爽，闭着眼睛享受了一下，这才哎一声：“乖侄子，出去玩吧。”

贺敬站在厨房门口，将这一幕收入眼底，无奈又觉得好笑。

等章达出去玩了，他走进去，坐在她身边，抬手替她擦了擦嘴角的油渍：“等会儿我和章达去医院。”

向葵眼睛一亮：“我也去，我和你们一起去。”

贺敬看了一眼她的衣着：“你回去休息。”

她缠着他想去，可他下定决心的时候她实在无力撼动，最后只好闷闷地点头：“那你什么时候回来？”

“要观察几天才能手术……”他没有再说下去，可是向葵明白，她即将有一段时间见不到他，一时之间便什么话都不想说了。

她的情绪都表现在脸上，贺敬轻声叫她：“向葵……”

她哼一声，别过头，过了一会儿又对着他：“那你亲我一下。”说着噘起了嘴巴等着他。

贺敬知道她不达目的不罢休，有些尴尬，却还是凑过去在她唇上轻碰：“你乖。”像是在哄小孩子。

她明明心头欢喜，喜悦都溢满了眉眼，却还是嘴硬：“再亲一下。”

他没有动作，她忍不住，凑上去直接吻住了他。

他有微微的抗拒，最后还是放弃了抵抗，轻轻搂住她靠过来的腰，她的嘴里还有肉包子的味道，他也不嫌弃，直接反客为主。

她差点呼吸不过来，等分开的时候她轻轻抓着他的衣襟，微微喘着，眼眸抬起。

她能感觉到他呼吸得越发急促。

她笑起来，凑在他的耳边，咬着他的耳垂。

“向葵……”他深吸一口气，忍住心头涌动的欲望。

向葵便咯咯笑着靠进他的怀里。

贺敬抓住她的手腕，掌心热得快要烧起来，眼里也泛着炙热：“别闹，乖。”

她咬着下唇笑，凑上去亲了亲他的唇，这才放过他：“那你好好养精蓄锐。”

好不容易吃完早饭，贺敬勤快，马上就收拾好。向葵见他回身，便拿出放在口袋里的小老虎，在他面前晃晃：“我还以为你扔掉了呢。”

贺敬似是有些不好意思，并没有解释。

她又摸了摸小老虎：“我们都属老虎，你以后再给我刻几只老虎好不好？要更好的，只有一个的，不能给章达！”

他低低应了一声，那只娇憨的小老虎如今躺在娇憨的她的手心，他原以为再也见不到她，而现在，她却在他的身边，真实得仿若一场梦。

他想，推开她，这种事情一次就已经足够，他大概再没有勇气推开她第二次。

既然如此，那就沉沦吧，反正和她一起。

向葵送贺敬和章达到门口，还没分开已经想念，有心想抱抱他亲亲他，可章达瞪着一双眼睛天真无邪地看着他们，她实在是做不出来，只能摆摆手，有气无力：“路上小心点，要接我电话。”

方才向葵要了贺敬的手机输入了自己的号码，顺便备注“亲爱的”，还吐槽了一下他的老人机不灵便，之后威胁他：“你要是敢把备注改掉，哼哼！”

贺敬倒是想改，她这一威胁，也就只能放弃。他总是拿她没办法，像是宠了一个孩子，可他愿意宠，高兴宠着。

贺敬抬起手，在她睡得有些毛躁的头发上揉了揉：“你乖一点。”仿佛她是他养的宠物。

她便真的乖乖点头：“我乖乖的，你能早点回来吗？”

他无奈：“你不是住校？”

她“哦”一声，继续闷闷不乐。

他到底舍不得看她这副表情，还是上前一步，轻轻将她一搂，很快松开，随后便像是害羞了，拉着章达大步走开。

向葵看着他的背影，心里头甜滋滋的。他不会说甜言蜜语，不会主动亲吻她，可她明白，心里头很明白，他很喜欢她。

贺敬走了，向葵便又觉得困倦起来。时间还早，她想上楼睡一个回笼觉，没想到却在屋檐下的角落里看到了一辆熟悉的自行车。

她脚步一顿，走过去瞧仔细。

她没有看错，那辆自行车的确是她曾经买来的破自行车，居然在他这里。

将这辆车还给老猪之后，向葵有好几次经过修车铺，都下意识地去看一眼，可是从来没有见到过，心里还想过这样破的车除了她居然还有人要，真是天理难容，没想到要的人，居然就是贺敬。

她有些鼻酸又有些气恼，他分明早就喜欢她，分明就放不下她，却偏偏要一次一次地推开她。差一点点，就差一点点，他们就要成为陌生人。

想到自己差点错过他，向葵便忍不住冲着自行车踢了一脚，没想到这一下又扭到伤处，抽疼抽疼的，她后悔莫及，转身一瘸一拐地上楼休息。

躺在贺敬的床上，被子上仿佛还有他浓郁的男性气息，她将被子盖住脸，狠狠地吸一口气，满足地笑起来。

也不知道他有没有到医院。

说来也奇怪，他看起来那么穷，真的有钱给章达做手术吗？术后的护理和心理治疗应该也不是一个小数目，他哪里来的钱？

她算了算自己小金库里的钱，有些后悔没有再多存一点，往后用钱的地方恐怕还会很多。

向葵补眠，睡到了下午。起床之后她摸了摸自己的衣服，已经干得差不多，她便收下来换上，把贺敬的衣服叠好了放在床上，这才下楼离开。

出门之前，向葵还把那辆自行车推走了，没想到刚进家门就撞上了下楼的向佩佩。

向佩佩愣了两秒，随后走过来，满脸的难以置信：“你不是已经把这辆车扔掉了？”

向葵一脸坦然：“我又想要了，不是挺好的吗？”说着不再理她，将车子放在屋檐下就要进屋。

向佩佩跟在她身后：“你昨天晚上没回家？”

她脚步不停：“我只是出去得早。”

“你一大早去了哪里？”

向葵终于停住，转身看她：“你什么时候这么关心我？”

“我是怕你误入歧途。”

向葵冷笑一声：“放心，我是向葵，不是向佩佩。”她没心情在家里继续待下去，拿了准备好的东西和手机便要出门，“我去学校。”

巷子的石板路上还有一个个的小水潭，倒映着巷子头顶上那一片小小窄窄的天空。

向葵不小心踩到，有泥水溅到袜子上，留下黑色的斑点。

她在公交站台遇到王安惠，打个招呼：“你的眼睛怎么那么肿？”

王安惠有些不好意思：“昨天担心章达……对了，章达已经找到了，昨天后来下雨了，你没淋雨吧？”

向葵不喜欢淋雨，可昨夜那场雨不同。

她笑着摇头：“嗯，没有。”

王安惠点头：“那就好。我早上看到他叔叔带他去医院了，你说，他真的能治好吗？”

“怎么？要是治好了，你要嫁给他吗？”向葵眨着眼睛和她开玩笑。

王安惠的脸瞬间红透，推她的胳膊：“你说什么呢。”

向葵笑嘻嘻的："不是你说的吗？他比任何人都要好，该不会真的喜欢他吧？"

"嗯……"王安惠忽然红着脸低着头轻声说，"我是挺喜欢他的。"

"啊？"

王安惠抬头，脸上的红已经差不多褪去，她又笑了下，这次的笑容一闪而过："你也觉得我很奇怪对不对？喜欢一个小傻子……"

"不是，我……"向葵转着眼珠子想小傻子的好处，"嗯，他其实长得挺好的，人也挺，善良？"对她而言应该不算善良，毕竟昨夜是他将她扔在了桥下，不过想想最终的结果，她反倒是应该感谢他。

王安惠轻声应和："他真的很好啊。"

向葵想，这世界上的爱情大概真的是没有理由的，像她喜欢贺敬，像王安惠喜欢章达，有的只是那一颗单纯而炙热的心。

到了学校之后，向葵便给贺敬去了个电话，他接通，她的声音下意识就软了几分："怎么样了？"

他那边的背景声音从嘈杂到安静，随后说："暂时不能做手术，他感冒了，有些严重。"

"啊？"她叫了一声："那你们回家了吗？"

"要住院两天。"

"那好吧。"她闷闷地说，"你没生病吧？"他昨天也淋了雨，她怕他感冒。心里有了惦念的人，便希望那人连一点小病都不要生。

他低低"嗯"了一声："我没事。"

"我会乖乖地照顾好自己，你要记得多想想我。"她软着声音说，"每天要想我一百次！”

他不说话，她便等着，直到他轻轻地应了一声，才露出笑容：“我要去晚自习了，记得想我呀！”

她挂了电话，便看到王安惠满脸诧异地看着她，她嘿嘿一笑：“怎么了吗？”

“你又有新男朋友了吗？”王安惠小心翼翼地问。

向葵一丁点都不遮掩：“对呀，男朋友，他是我男朋友。”她第一次用男朋友这三个字来称呼贺敬，心里有难以言喻的甜，和以往的每一次都截然不同。

王安惠艰难地勾唇笑了笑，向葵找个男朋友总是这样容易，上一段感情根本不会给她留下任何痕迹，她那么羡慕向葵。

“这次又是哪个富家少爷？”王安惠知道她交男朋友的标准，忍不住多问了一句。

向葵冲她眨眨眼睛：“到时候介绍给你认识。”

高三第二学期的学习任务格外重，尽管向葵成绩一向好，可毕竟到了最后的关键时刻，她不想功亏一篑。

刘其祥和那个小女友分手，又来黏她，每天一朵玫瑰花送过来，连老师都惊动，虽说本人不受影响，却会影响到旁的学生，老师不敢去找刘其祥，只能找了向葵，拐着弯和她说。

班主任才说了两句，向葵已经明白彻底，点头应下：“我知道了，我会和他说清楚的。。”

班主任宽下心来：“老师知道你是个聪明的孩子，对了，你打算考什么学校？你这成绩，要是没有意外，去J大应该也是不成问题的。”

J大距离安城一千多公里，那原本是向葵梦寐以求的大学，她从高一入学之后便定下了这个目标，从来没有一天改变。

可现在，提起J大，向葵脑子里出现的第一个念头就是贺敬，她想远离安城一千多公里，却不愿意远离贺敬一千多公里。

她头一次觉得彷徨。

从这周开始，周六需要补课。向葵好不容易盼到了周五，一听到这个消息整个人都蔫蔫的，偏偏刘其祥还在这个时候凑上来，又送上一枝玫瑰花。

向葵简直想把玫瑰花塞进他嘴巴里，扔下一句“跟着”就率先走了出去。

刘其祥跟上去，还以为她终于要给他一个机会。

她终于停下来，他张嘴想叫她，她就真的把玫瑰花塞进他的嘴里，让他一个字都说不出来：“刘其祥，你的尊严去哪里了？”

刘其祥一嘴的花瓣，好不容易才吐出来，呸了几声：“尊严没有你重要。”

“我们已经分手了。”她看都不想多看他一眼，“我有男朋友了，你不要再纠缠我。”

·第六章·

你任何为人称道的美丽，不及他第一次遇见你

刘其祥愣了两秒，下意识往前走了两步，抓住她的肩膀：“男朋友？你骗我吧？这么快你哪里来的男朋友？我从来没有见过！”

“你没见过的多了去。”向葵抓住他的手腕，用了巧劲一捏，“放手！”

他倒吸一口气：“向葵，你……”

“你的未来早就已经定好，可我不是，还有两个多月就要高考，我没心思和你玩。”她顿了顿，“要是再敢送玫瑰花，你大概是想在全校面前让我给你一个过肩摔！”

她大步走开，刘其祥还在生闷气，叫嚷着：“要是让我知道你男朋友是谁，我肯定不会放过他！”

向葵当他放屁。

好不容易熬过了周六，向葵回家一趟后便跑去了医院。章达得了肺炎，有些严重，所以还没能出院。

章达住的是两人的病房，另外一张病床上还没有人，所以这些天都是贺敬在睡。

向葵到医院的时候贺敬还没来，他往常白日里都要去工作，晚饭时候才会过来，她来得早了点，只能见到病床上格外无聊的章达。

章达一周都在医院里，见到的除了医生护士之外只有贺敬，如今见到向葵都能亮了眼睛："姐姐……"

向葵眼睛一瞪，章达立马改口："阿姨……"

向葵笑眯眯的，去摸他的头发，刚想说一句乖，随后又嫌弃地收回手："你头发几天没洗了？"

章达还真掰着手指头数了数："五天。"

贺敬到医院的时候，向葵正在帮章达吹头发。

章达盘腿坐在床上，她跪在他的身后，手臂高高抬起，手指穿过他有些长的头发，吹风机温热的风吹过，章达享受似的眯了眼睛。

将吹风机关了，她摸摸他的头发，感觉已经干透，这才拍拍他的脑袋，笑："好了。舒服吧？"

章达用力点头，嘿嘿地笑，还乖乖地说："谢谢阿姨！"

"嗯，乖侄子。"她从床上下去，还没把吹风机放好，就眼尖地看到了站在病房门口的贺敬，她不管不顾地冲上去，搂住他的腰就仰起头："亲我！"

章达瞪大了眼睛看着，贺敬无论如何都做不出来，拍拍她的额头："别闹，快放手。”

她想念他太多，根本不想松开他，摇着头：“我不要放手，我要长在你身上！”

他有些无奈，只好扶着她移动到了病床旁。他将手里的保温桶放下，又将向葵手里的吹风机拿过来放开，而后摸摸她的脑袋：“你要让章达看你笑话？”

她不管不顾：“他要看笑话就看好了，反正我要抱着你。”

贺敬叹一口气，背对着章达亲了亲她的额角：“这样可以了吗？”

她有些不满足，不过还是乖乖放开他：“你不想我吗？”

他不作声，坐在一旁将保温桶打开。她从后面抱住他的脖子，用章达听不到的声音在他耳边说：“真的不想我？我每时每刻都想着你。”说到最后，她还轻轻在他耳朵里吹了一口气，酥酥痒痒。

他的身体僵了僵，在她发现之前恢复正常，只是耳郭却红透了，让人想不看到都难。

向葵闷声笑着咬了咬唇，不再闹他。

向葵早就和他说过要来医院，所以他带的晚饭也是两人份的，他看着向葵和章达都埋头吃得香，忍不住摸摸她的脑袋。

她鼓着腮帮子朝他一笑，哪里有长大了的样子。

大概是因为生病，章达睡得格外早。等他睡着，向葵更加不老实，拉着他的手说：“我今天也留在这里好不好？”

“我送你回去。”他不同意。

向葵哪里肯，想和他在一起多一秒都好，起身靠到他怀里撒娇：“我不要回去。”

贺敬的表情一怔，从口袋里拿出家里钥匙给她：“你睡我那里。”

“你不在，睡那里有什么意思。”向葵哼一声，“我不走好不好？我保证只是睡觉，小达达就在旁边，我想做什么也做不成啊。”

贺敬好一会儿才沉声说道：“好。”

向葵早就做好了留宿在医院的准备，连换洗的衣服和睡衣都带来了。

贺敬见过一次她的睡衣，在那个凄风冷雨的冬夜，白色的底，粉色的小熊，孩子气得很。

可向葵今天穿的睡衣和那个晚上的睡衣截然不同，等她洗好澡从卫生间出来，贺敬瞬间侧过头去。

黑色的真丝吊带，裙子太短，堪堪遮住她小小的臀，真丝格外贴身，她的乳她的腰，女人的曲线在裙子的衬托下格外明显。

他说：“你把外套穿上。”

她笑，也不发出声音，几步就走到他身边：“怎么？我买了很久了，可是一次都没有穿过，好看吧？”

他哪里说得出口，只是扯过外套盖住她：“小心感冒。”

他不解风情，她也不生气，其实是怕隔壁的章达醒过来，顺着他的意思乖乖躺到床上，然后推推他：“你快去洗，我一个人睡好冷。”

贺敬洗得比她快许多，她才刚刚从包里拿了东西重新回到床上，就见他穿得严严实实出来，她撇撇嘴，又无声地笑。

他在床边停顿了一下，这才掀开被子躺上去。她马上凑上来，在他脖颈边用力吸一口气，整个人这才算是安定下来。

她这样全身心地依赖，其实谁会不喜欢?

贺敬在她看不到的地方亲亲她的发顶，轻轻一笑。

下一秒，他便感觉到胸口有一个冰冰凉凉的盒子，向葵将它拿出来，在他面前打开。里面是整整齐齐的几沓纸币，数量不少，面值大多是一百和五十，小面额的没几张。

贺敬有些莫名，不解地看她。

向葵伸手抚过去："我这些年存的钱，也不怎么多，章达不是要做手术，你拿去……"

贺敬的表情瞬间凛然，抬手将那个铁盒子推回去："这是你的钱。"

"我的就是你的，你的就是我的嘛。"向葵笑得坦荡。

"你收好。"他说，"钱的事情我心里有数，不需要你担心。"

"可是他又要做手术，还要做后续的治疗，现在又是肺炎，你……"向葵是不想他太辛苦。

他吻她的额角，让她沉下心来："我知道。你不用管，钱是男人的事情，如果要你来帮忙，我……"

向葵明白，任何一个男人都有自尊心，尤其是在钱这方面。她咬咬唇，也没有强求，将铁盒子收好，点头："那你要是真的缺钱，你得和我说。"

贺敬将她抱得紧一些："我没有你想的那么没用。"

向葵亲了一下他的胸口，听到他说："你还要上大学，钱的事情不用你担心，你好好学习。"

听他说起大学，向葵心里头便又有些不自在，伸手搂住他的腰，隔着一层布料觉得不舒服，干脆探手进去，捏捏他窄劲的腰，然后低声说："贺敬，你说我考安大怎么样？”

贺敬上个学期在安高工作，曾经经过布告栏，上面有高三第一学期期末考试的排名，他的向葵排在第一个，硕大的两个字让他看到都骄傲。

他并不是很清楚具体的分数线，只是安高是安城最好的高中，他曾经听人说过，如果能在安高考前五名，国内最好的学校都是稳稳当当的，安大不算坏，但也不够好。

他不清楚向葵之前是怎么计划的，可听到她这样试探着问他，忽然明白了什么：“你想考什么学校？”

“我觉得安大挺不错的，还能拿奖学金。”她说。

贺敬难得肃然，捧住她的脸，让她抬起头来看着他：“向葵，你真的想考安大？”

他的视线这样灼热，向葵无法和他对视，最后还是说了：“我原本是想去J大，可是也说不准，万一我高考发挥失常，而且那边那么多聪明的人，说不定也拿不到奖学金。”声音越来越轻。

贺敬轻叹一声：“你不用考虑我，你去做你想做的事情，没有奖学金也没有关系，还有我在。”

向葵倏地抬头，怔怔地望着他，他的眼神从来没有这样坚定，她张了张嘴，发现什么话都说不出来，最后只是叫他的名字：“贺敬……”

“你想去J大，那就去，别的不要担心，你好好考试。”他说，像是在哄孩子。

向葵有些鼻酸：“我长得这么漂亮，万一有很多很多人喜欢我怎么办？万一我也喜欢别人了怎么办？你就不担心吗？”

贺敬轻轻嗯一声：“向葵，你是自由的。如果你有更好的选择，我不会拉着你不放。”

他这样说，向葵便要生气：“你是什么意思？是不是已经找好了下家？巴不得我马上离开？巴不得我有了别人，这样你就能和那个人在一起了对不对？”

她这样无理取闹，贺敬也不恼，抚了抚她有些凌乱的头发：“除了你，谁还要我？”

向葵想，这大概已经称得上是贺敬的表白，那样温柔又深情，她差点就要落泪。

她哼着：“你那么好，别人看不上你是她们没眼光，被我捡了个漏！不过你运气比我更好，你看我人见人爱，却只要你。”

贺敬想笑，却忍住了，顺着她的话点头：“对，是我运气好。”

“可是你之前还不想要我呢！”向葵和他翻旧账。

他便乖乖认错：“对，之前是我不好。”

向葵这才满意，抬手摸摸他粗糙的脸：“你的脸怎么这么干？等下，我把我的乳液拿来了，给你抹点。”

他根本来不及制止，她已经翻身下床从她包里掏出一个不大的化妆瓶，挤出一点在手背，然后用指腹一一点在他的脸上，还顺便帮他抹了一把，这才笑着亲亲他的脸：“这样就好啦！”

贺敬有些无奈，不过他并不讨厌脸上的香味，因为那和向葵脸上的味道如出一辙，清新柔软又不刺鼻。

他们都习惯一个人睡，可因为对方是那个人，所以拥抱着，即使不适应也觉得那样亲昵温暖，仿佛两个人生来就该这样，毫无距离。

向葵的睡相很好，习惯一个睡姿就不会再变，第二天醒来的时候也依旧蜷缩着身体。

贺敬正坐起来，看到向葵睁眼翻了个身，便抚掉她脸上的乱发："你继续睡。"

向葵哼了一声，伸个懒腰，声音还有些迷糊："你起来了，我也不睡了。"顿了顿，"你要去哪里？"

"有个床还没完工，今天要交货。"他说，"你睡吧，中午我来接你。"

"不要。我要和你在一起。"向葵坐起来，肩膀上细细的吊带落下来，挂在胳膊上，白腻的胸脯露在外面。他连忙拿被子捂住，顺便看了一下章达的方向。

向葵嘿嘿笑着："怕他看到呀？那把我也带走嘛，我和你一起去，我喜欢看你工作。"

贺敬一向都无法拒绝她，这次也是。

向葵再次坐在贺敬的摩托车上，仿若隔世，她摸了摸脑袋上那个和贺敬一样的头盔，笑："我还以为你会把它扔了呢！"

"我又不是你。"他话里难得带了一丝情绪。

向葵愣了愣，其实他说的一点都没错，她爱得猛烈，恨得也猛烈，他不要她，她就也不要他了，连带着与他相关的东西也全都不想要了，譬如那辆自行车，譬如那只小老虎……

她靠上他的背脊，轻声说："嗯，是啊，你不是我，真好。"

他不是她，所以他容忍她的脾气，容忍她的缺点，容忍她的一切，所以他们才有现在。

向葵从未想过，原来就静静地看一个人认真工作，也是一件这样幸福的事情。

她坐在一旁，双手托腮，看着他做一系列她看不懂的事情，只觉得没一会儿，几块木板就成了一张床。

贺敬将床搬出去放在院子里涂漆，油漆散发出些刺鼻的味道，向葵忍不住和他搭话：“你是什么时候搬到巷子里的？”

“四年前。”他说，手里的动作微微一顿而后重新继续，“那时候我刚刚来到安城。”

“那你之前都在哪里？老家吗？你老家是哪里的？”向葵这才发现自己对他了解太少。

“湖南，我老家在湖南。”

向葵哦了一声：“要是你不到安城来，我们就见不到了呢，所以才说是缘分，你说对不对？”

他的唇角微微一勾，并没有回话。

向葵总有问不完的问题：“你什么时候学木工活的啊？怎么还会修车子呢？”

他也不嫌烦，一个问题一个问题地回答：“我父亲以前是木工，我和他学的。修车子，是后来自己摸索出来的，也能多赚点钱。”

“可是老猪说你总是不收他的钱。”

贺敬便不说话。

“你的小拇指，也是因为做木工活吗？”向葵小心翼翼地问他，生怕自己碰触到他的禁地。

他倒像是丝毫不在意的样子："嗯，小时候和父亲学，一不小心就这样了。"忽然像是想到了什么，回身看她，"你，害怕吗？"

向葵愣了愣，连忙摇头："不怕啊，有什么可怕的。"说着她嫣然一笑，"我觉得可性感了。"

贺敬无奈地看她一眼。

她知道他不信，便走到他身边，双手虔诚地捧住他的左手。他的手因为做过粗活的关系有些粗糙，上面还有油漆难闻的味道，她却丝毫不在意，低头吻在他的小拇指上："你总是不相信我说的话。"她抬头，有些怨怪地看他。

他蓦地收回手不让她碰："我的手脏。"

她非要去摸："我觉得不脏就是不脏。"

他总是敌不过她，最终任由她将他的五个手指都亲了一遍："不管它是怎样的，是粗糙的还是残缺的，都是你的一部分，我喜欢你，所以也喜欢你的所有。"

她的情话说得这样真挚，让人心口炙热。

木床已经完工，她给他倒水喝。他仰起头来，喉结上下动了几下，满满的水杯就空空如也。

向葵看着他，忽然抬手触上他喉间的那道浅浅伤疤："这里，是怎么回事？"

"没什么。"他放下杯子，语气轻描淡写，"做过一个手术。"

"所以你的声音才会变成这样吗？所以你才不说话了？"

他嗯了一声，却并不想多说：“饿了吗？”

她瞪他：“午饭才吃了多久？你当我是猪啊？”

他忍不住勾唇一笑：“小猪很可爱。”

向葵的气来得快去得也快，这会儿已经抱住他的胳膊问：“所以你是在夸我可爱吗？”

贺敬拿她没办法，摸摸她的脑袋，嗯一声。

她尾巴能翘到天上去，得意扬扬：“我这么可爱，是谁当初瞎了眼睛不要呢？”

贺敬顺从地附和：“是我。”

“对啊，是你，是你这个傻子！大傻子！”向葵哼一声。

他也不恼，只是满眼笑意地看着她。

傍晚，贺敬照旧回家做晚饭。向葵想给他打下手，他嫌她给他帮倒忙，把她请到一边休息，她求之不得，便笑着看他忙碌。

有时候她觉得他真是辛苦，在他炒菜的时候，她起身走到他后面抱紧他的腰，将脸埋在他的背脊上。

贺敬的身体僵了僵：“怎么了？油会溅到你的手。”

“我就想抱着你。”她摇摇头说没关系，“你带着章达来这边，一开始很辛苦吧？”

贺敬怔了怔，嗯一声。

怎么会不辛苦？

他带着章达来到这里，人生地不熟，就只会那一门手艺。一开始的时候他跟着施工队，这样来钱快一些，可是章达无人照料，闯了不少祸，他只能待在家。后来是无意间帮了老猪忙，老猪给他介绍了不少客人，他的名声逐渐传出去，这才稍微好一些。

能说出来的苦，总归不那么苦，真正的苦，是无法言说的。

向葵也没有继续问，只是忽然突发奇想："你在巷子里四年，难道都没有见过我吗？"

贺敬抿了抿唇，只点了点头，不知道他的意思是说见过还是没有见过。

向葵还想再问，贺敬已经起身："你要赶不及上晚自习，我送你回学校。"

她没法再问下去，想了想，也没有什么好问的，她庆幸是现在才遇上他，在她已经成年之后。

有些遇见大概是天注定的，没有早一步晚一步，只有刚刚好。

她和他的遇见，大概就是所谓的刚刚好。

向葵和贺敬来到修车铺外，老猪已经见怪不怪，随口说道："你们最近倒是走得近。"

向葵嘿嘿笑着点头："是呀，贺叔叔要去医院照顾小达达，正好送我去学校啦，你说他是不是大好人？"说着她冲贺敬眨眨眼睛。

听到这话，老猪连忙应："那是，阿敬人不是好，是太好了，那你们快去，章达那小子该饿着了！"

向葵坐上贺敬的后座，还冲老猪摆摆手："朱叔叔，再见啦！"说完毫无顾忌地搂住贺敬的腰，闷声笑。

路上遇到红灯，贺敬忽然转头问她："你叫我叔叔，又让章达叫你阿姨？"

向葵坦然自若："你是不是不喜欢我叫你叔叔呀？"

"你喜欢叫就叫。"

"那要叫你哥哥吗？好哥哥？情哥哥？"她又开始不正经。

贺敬不看她，专心看着前面的红灯。

向葵最喜欢他正经又开不起玩笑容易脸红害羞的样子，暗爽了一会儿之后问他："对了，说起来，章达叫你叔叔，是你的侄子吗？"

她隐约听到他嗯了一声，她便又问："你还有哥哥？"

向葵没有听到答案，因为绿灯亮起，贺敬已经将车开了出去，摩托车的噪音很大，她不知道是他没听到还是他回答了她没有听到。

有些问题因为一时兴起而问，其实并不是一定要得到答案。

等到了学校门口，向葵已经将这件事情忘得一干二净，只是有些舍不得和他分别。

她想要抱抱，可这是在学校门口，他一脸肃然地拒绝："快进去，要赶不及。"

她一脸不开心，噢了一声，背过身走两步，又跑回去，见没有人，匆匆抱了抱他，拉着他的衣角问他："等我高考之后，你空一天时间，我们去约会好不好？"

约会。

向葵在此之前从来不觉得这是一个这么美妙的词语，但只要想到是和他在一起，心里的泡泡都要冒出来。

"好不好？"她朝他撒娇，"就一天，只要一天就好啦！"

他点头，眼里带着温暖的笑意，伸手轻轻抚抚她的头发："好。"

她便像是得了天底下最好的宝藏，喜悦都溢在脸上："我就知道你最好啦！那我们说好了哦。”说着还拉过他的手，“拉钩上吊，一百年，不许变！”

她放下他的手，匆匆转身跑走，跑了两步又回头，她一脸灿烂的笑容，比夕阳更加美丽温暖，能融化人的心：“你路上小心。”

王安惠也在寝室里，看她进来后一脸笑容地收拾东西，忍不住问她：“是章达叔叔送你过来的？我在校门口看到了。”

向葵动作一顿，随后点头：“嗯，我正好遇见他，他去医院看章达，就把我送来了。”

“你们的关系好像很好。”她说，听不出是什么意味。

“大概吧。他人好嘛。”说着，向葵忍不住笑了下。

王安惠“嗯”了一声：“章达怎么样了？手术做了吗？没事吗？”她绕了一圈只想问这一句，问出口便有些惶惶，生怕听到什么不好的消息。

向葵和她说了章达的情况：“说是暂时不能做手术了，估摸着下周能出院，得休养一段时间再考虑做手术的事情。”

王安惠许久之后才应声：“他没事就好了。”

“你怎么不去医院看看他？”

她笑，有些苦涩：“不用了，知道他没事就好了。”

向葵其实并不能理解王安惠的想法，大概是她自己一向活得恣意，想要的就努力去得到，不想要就绝对不会恋恋不舍。

可她没有多说什么，只是拍了拍王安惠的肩膀。

每个人都有自己的活法，每个人的活法都值得被尊重。

大约是有了动力，向葵觉得高考前的时间过得格外快，一不留神就已经到了高考的前一天。

向佩佩连她今年是不是高三都不知道，更别说知道她高考是哪一天了。

高考前有两天时间可以回家调整，向葵不想回家，便直接去了贺敬家里。她终于得以享受一下高考生的待遇了，贺敬见她过来，还特地去菜场多买了一些菜，然后把她推进房间让她好好学习。

向葵从房门后露出一个脑袋："老师还让我们劳逸结合呢，我吃完饭再用功好不好呀？"

她无辜地眨眨眼睛，贺敬便只能妥协。

他做晚饭，向葵便和章达在外面玩五子棋。每一次都是向葵赢，她得意扬扬，章达差点被她气哭，扔了棋子不肯再和她玩，叫着去找贺敬了。

向葵跟过去看章达和贺敬告状，冲着回过头来的章达做了个鬼脸，看他一脸想哭的样子笑得前俯后仰。

贺敬瞪她一眼，倒也不是责备。

原来这样没什么大事的小日子也会这样幸福，她已经上了瘾，舍不得放开手。

当然高考生也有高考生的坏处。

向葵拉着贺敬的手，满脸不舍："真的不和我一起睡吗？我一个人睡不着的。"

贺敬绷着脸毫不留情："你要高考了！"

"后天才高考呢！而且我又没说要做什么，难道你对你的自制力一点都不自信？”

贺敬才不被她哄骗：“说什么都没用，早点睡，明天再复习。”

向葵眼睁睁看着贺敬把她的手拨开，而后关上了门。

向葵抓着头发轻叫一声，猛地躺到他的床上，抱着被子深吸一口气，鼻间满满全是他的味道，可她现在已经开始不满足了。

向葵死活睡不着，在床上翻来覆去两个小时还没有半点睡意，终于忍不住猛地弹跳起来，小心翼翼地开门来到了隔壁章达的房门口。

她伸手握住门把手，他没锁门，她顺利地进去。

她已经适应黑暗，能清楚地看到床铺的位置，她轻手轻脚走过去，找到贺敬所在的那一边蹲下来。

他工作量大，晚上向来睡很好，她这样进来竟然也没有吵醒他。

她有心想叫醒他，可又不舍得扰他清梦，想了想干脆直接上床躺到了他的怀里。

贺敬已经习惯怀里多一个温软的身体，她如蛇一般钻进来竟也没有惊醒他，反而将她搂了搂紧，下意识在她发间吻了下。

夏日的夜晚很热，贺敬家没有空调，只有一台老旧的落地电风扇。风带着热度，吹在身上也不见得有多凉快。窗户开着，风将窗帘吹起一个角，带来些莫名的诡异感。

向葵将视线收回来，也不嫌热，整个人缩在他比一般人都要烫一些的怀里，深深嗅他身上的味道，迟迟没有来临的睡意在这会儿终于光临，她缓缓闭上眼睛，不知不觉就睡了过去。

贺敬一向醒得早，起来之后运动一下洗个澡才算是开始新的一天。

怀里有软软的触感，贺敬还以为是章达靠过来了，眼睛还闭着就想推开，结果耳边传来一阵熟悉的嘤咛声，他整个人顿时惊醒，蓦地坐起来，难以置信地看着躺在一旁的向葵。

向葵原本枕着他的胳膊，他收回去，她的脑袋就磕了一下，迷迷糊糊地睁开眼睛：“怎么了？”

“你怎么在这里？”他说，下意识看了一眼另外一边的章达，好在章达睡得熟，没有发现她的存在。

向葵打了个哈欠：“我走过来的呀。”

答非所问。

贺敬不敢再让她留在这里：“起来，回去睡。”

她耍赖：“那你抱我过去。”说着张开手臂，朝他抛一个眉眼，大有他不抱她，她就留在这里不出去的意思。

怕章达醒来，贺敬也不和她多闹，起身，长腿越过她下了床，直接将她打横抱起就往外走。

向葵靠在他的怀里，抬手搂住他的脖子，整个人都依偎着他。他的怀抱是她永远都不会厌倦的地方，她想她大概再也找不到像他这样一个怀抱，能让她全心依赖，让她欢喜。

隐约中似乎听到他和章达说话，一个声音清亮，一个声音喑哑，一切都显得那样琐碎又甜蜜，幸福得像是梦境。

如果这场梦，永远都不要醒，那就好了。

高考的最后一天气温降了几度，原本灼热的太阳不知道躲到哪里去了，天空乌云密布，不一会儿就下起了绵绵密密的小雨。干燥的沥青路面逐渐被洇湿，而后积起了小小的水潭。

不知哪里传来刺耳的铃声，原本安静的校园瞬间喧嚣，小水潭被一双又一双的鞋子踩过，路上是一个个笑着叫着的十八岁。

向葵是最后一个从考场出来的，站在门口，看着绵密细碎的小雨，她深深吸一口气。有灰尘的味道，有泥土的味道，有青草的味道，还有，自由的味道。

王安惠拿了放在教室外的包，过来问她："一起回去吗？"

向葵摇摇头："你先走吧。"

王安惠应了一声，又忍不住问："你考得怎么样？"

"还行吧。"向葵笑了笑，"你也别想太多了，不管好还是坏，都已经结束了。"

王安惠看着那一场久旱之后的细雨，轻轻地说："是啊，都已经结束了。"

这场考试是某些人新的开始，却是某些人的结束。

向葵的东西在考试前都已经拿了回去，这会儿她也不用再回寝室，直接拿了包就大步走向校门口。

这场雨突如其来，大多数人都没有带伞。雨不大，路上随处可见奔跑着的学生。她慢慢地走，雨水逐渐打湿她的衣衫，她却毫不在意。

校门口那么多人，向葵一眼就看到了站在角落的他。

他好像是去剪了头发，头发又和她刚遇到他时那样，短短刺刺的仿佛板刷。他今天没有穿那件蓝色的工作服，白色的 T 恤和黑色的裤子穿在身上，显得比平时年轻了不少。

他也在那么多冲出来的学生中找到她，大步走上来拿伞撑在她的头顶：“衣服都湿了，冷不冷？”

向葵仰头看他，黑色的大伞将雨水隔开，她扬起笑脸，点头：“冷，你心疼了吗？”

他拿她没有办法，将她扯近一点，伸出胳膊搂她的肩膀：“我们回去。”

她说好。

回的是那个幸福的家。

会有昏黄的灯光和热烫的饭菜等着她。

世界上再没有一句话比“我们回去”来得更温暖。

贺敬依旧骑着那辆破旧的摩托车，他先上去，将雨披披在身上，她坐上去后，直接掀开雨披钻进去搂住他的腰，都看不出来后面还有一个人，她被遮得严严实实的。

贺敬怕她淋到雨，忍不住问：“有雨吗？”

她听得不是很清楚：“什么？”

他又重复一遍，提高了些声音。

她便笑：“没有，很好，走吧，我们回去。”

摩托车启动，风便大了起来。向葵一手揪紧雨披的一角，雨便吹不进来。雨披里面昏昏暗暗什么都看不到，唯一看得到的就是他的背脊，这样宽阔又厚实。

他明明什么都没有，可她却觉得他什么都有了。

车子照旧是停在老猪的车棚里，老猪不知为何不在，门关得紧实。

贺敬替她理了理被雨淋过有些毛糙的头发，手忽然握成了拳。

他忽然没有动作，表情又有些僵硬。她意识到了，握住他成拳的手，感觉有些莫名地问：“怎么了？”

他似是无力：“我应该给你更好的生活。”

向葵让他的拳头松下来，她亲亲他的掌心：“什么样才是好的生活，你问过我吗？”

他看着她，她也抬头看着他，说：“对我来说，有你的生活就是好的生活，我喜欢你用摩托车载我，也喜欢你身上的木头的味道，并不是我喜欢摩托车或者木头，是因为我喜欢你，所以我喜欢你带给我的一切生活。”

他深深地望着她，仿佛要将她看穿。

她便歪着头笑起来：“是不是觉得我很好，特别好，世界上再也没有比我更好的女孩子？”

他笑了笑，轻皱的眉心终于松开，喉间发出一阵声响，他说是。

她拉着他的手来到她的脸颊上：“那你就要更爱我一点。”

他没有说话，只是抬手将她紧紧地搂在怀里，他鼻尖萦绕着她发间清幽的香味，这是他这辈子都无法忘记的味道。

他想，她大概永远都不会明白，他有多爱她。

雨下得小了点，向葵便不肯撑伞，在前面倒着走，他怕她摔跤，上前叫她：“不要玩，摔了怎么办？”

“你会扶我呀！”她笑。

他无奈，脸上有了一丝笑意，却忽然收敛，定定地看着前面不说话。

向葵的笑也顿了顿，顺着他的视线转身去看。

向佩佩穿一身深红色的短袖旗袍，正站在门口定定地看着他们，一贯笑着的脸上没什么表情，倒是有些阴冷。

向葵不过看一眼就收回视线，并不打算理会。

可是向佩佩叫她了：“向葵，过来。”

她像是笃定向葵会回家，转身大步回屋去，头都没回一下。

向葵不理她，直接搂住贺敬的手臂就想和他回去：“你今天晚上要给我做什么好吃的？”

贺敬的脚步却没有动作：“向葵，你回家。”

向葵的笑容还在唇边：“我不想回去，我想和你在一起。”

“向葵，别闹脾气，她是你妈妈。”他像是看着一个吵闹不听话的孩子。

“对，她是我妈妈。”向葵格外冷静，“可是我这辈子最恨的就是不能换一个妈妈！她除了把我生下来，究竟为我做过什么？养而不育，这就是妈妈吗？她大概不知道我几岁，也不知道我今天刚刚高考结束，更加不会关心我考得怎么样，这样的妈妈，我从来都不想要！”

“向葵……”他的声音有些无力。

“对不起。”向葵低下头，“我不该和你发脾气，我只是不想见到她。”

贺敬走近一步，大手扶住她的后脑勺，一带，她便落入他的怀抱，他低声说：“不管怎么样，她都是你的妈妈，你先回去，和她好好说话。”

向葵闷闷应了一声，揪住他的衣襟：“可是我饿了，我想吃你做的饭菜。”

他用手梳理她的头发：“我会等你，会做你喜欢吃的，不放葱。”

向葵到底还是回了家，向佩佩坐在堂屋里，一言不发，脸上也没有半点笑容。

向葵站在一旁，不说话也不坐下，两人就这样僵持着。

向佩佩先出声，打破一室的寂静："那个男人是谁？"

"你不是看到了吗？还问什么？"

"因为我不相信。"

"你不相信也得相信，我爱他，我会和他在一起，一辈子。"她说，斩钉截铁。

"我不允许！"向佩佩拍着桌子站起来，声音尖利，"你有没有脑子？你说不会过我这样的日子，看看你选的男人，又老又穷，这就是你说的，和我不一样的日子？"

"你凭什么不允许？凭你是我的妈妈？那你除了把我生下来之外还做过什么？对，我不想过像你一样的日子，身边的男人换了一个又一个，我看着都觉得想吐。他是不年轻，他是没钱，可是他和那些男人不一样，就算是过得很辛苦又怎么样？那是我选的，我愿意。"

向佩佩有一丝站不住，扶住桌子才堪堪站稳，眼神定了定："他是那个傻子的哑巴叔叔？"

"他不是哑巴！"

"你真的是昏了头！爱情？什么是爱情？你以为有了爱情就能有一切？不要犯蠢！"向佩佩恨声，"你以为男人的爱情能持续多久？有了新欢，旧爱就能随手扔在一边。"

"那是你认识的男人，不是他。"向葵丝毫不退让，"我已经做好了决定，我也没有征求你的意见，这是我的生活，我过成什么样子都不需要你担心，也不用你关心。"

她转身要走。

“我是你妈妈！”向佩佩尖声叫，“我不关心你关心谁！”

向葵的步子顿了顿：“那你以前怎么不关心我呢？在我需要你关心的时候。”她的眼眶有些湿热，可她忍住了，坚定地踏出了步子，一步一步走出了这个房子。身后传来了仿佛是一阵凳子打翻的声音，但她没有回头。

踏出大门后，她的脚步变得更快，几乎是跑着来到了贺敬家门前。

门开着，里面有更多味道，木头的淡淡味道、油漆的刺鼻味，还有晚餐的香味，她深吸一口气，一直忍着的眼泪在这一刻怎么都忍不住。

她冲进去，跑进厨房。他听到声音转过身来看她，还来不及叫她，她已经猛地撞进他的怀抱，狠狠搂住他的腰。

“贺敬……”她叫他，带着哭音。

“我在。”他应声，“我在。”他放下手里的铲子，将火关掉，而后张开手臂将她搂住，“向葵，我在这里。”

“真好，我还有你，真好。”她胡乱地说着，“我只有你，你知道吗？这个世界上我什么都没有，我只有你，只有你对我好，只有你爱我，你不要扔下我，千万不要扔下我……”

她语无伦次，他便一遍又一遍地应：“好，我不会，我不会扔下你。”他亲吻她的发顶，亲吻她的额角，而后捧住她的脸，吻她泪湿的双眼，吻她湿漉漉的颊，吻她的唇，唇舌间咸咸涩涩的，都是她的眼泪。

可是，向葵，你知道吗？在这个世界上，不只是你只有我，我也只有你，我又怎么会扔下你？

这么大的世界，我们居然只有彼此，多么美妙又多么孤独。

·第七章·

时光苟延残喘，无可奈何

向葵哭了许久，便在贺敬怀里腻了多久。

章达已经饿了，跑到厨房里看，结果被向葵一个眼神给吓得跑了出去，他摸摸自己扁扁平平的肚子，也有点想哭。

贺敬再一次擦去她的眼泪：“不饿吗？吃好了再哭？”

向葵忽然笑出声音来：“你以为我是泪娃娃，眼泪说来就来？”

贺敬总算看到她的笑脸，舒出一口气：“去洗脸，菜还没好。”

她哑着嗓音哦了一声，乖乖走开。

看着她小小的背影，贺敬轻叹一声，这才回头重新开了火。

等向葵洗好脸回来，贺敬已经在做最后一道菜。

这大概是向葵认识贺敬以来吃到的最丰盛的一顿晚饭，大大小小的盘子摆满了整张桌子，他尝了尝汤的味道，看到她来了，说：“饿了吗？你先坐下来吃吧。”

向葵却不坐下来，走到他背后，额头抵在他的背脊上：“贺敬，你怎么这么好？”

大概也就你觉得我这么好。

贺敬只说：“你考试太辛苦，应该补一补。”

向葵觉得眼泪又要落下来，好不容易才忍住，抬手蹭了蹭眼眶边的湿润，说：“要是我每天都考试就好了。”她笑。

贺敬将汤倒出来放到桌上，拿筷子敲敲碗的边缘，章达便跑了进来。

见到这满满一桌子菜，章达也愣了一下，然后掩饰不住满脸的喜色，向葵嘲笑他：“馋不死你。”

章达仿佛听不懂，只是嘿嘿地笑。

三人已经习惯一起吃饭，贺敬和章达的速度放慢，向葵吃得快一些，最后三个人一起放下了筷子。

向葵有些心疼剩下的菜：“还有那么多呢，现在天气这么热，根本放不了。你下次别做这么多了，浪费钱。”

刚刚还想每天都考试，这会儿又在心疼钱，世界上没有比她更矛盾的女人，他却这样喜欢她的矛盾：“没关系，放冰箱明天还能吃一顿。”

向葵歪着头看他，他被她看得有些不好意思，侧过脸：“怎么了？”

“你怎么什么都会做？你说别的女人是不是都眼瞎了？”

贺敬无奈：“不会做就要饿死。”

“那你做得比别人好。”向葵绝对不承认她是被爱情冲昏了头脑。

章达看看他们，忽然也点头：“叔叔好，叔叔好。”

向葵笑出声来："你看，小达达也这样说。"

贺敬还有工作要做，章达让向葵陪他玩，她用五子棋秒杀他几次之后，他就恨恨地背过身不理她，自己玩去了。

向葵坐在一旁看贺敬工作，他工作的样子她无论如何都看不厌。看他做出某个动作，她忽然笑，叫他："你知道吗？那天晚上我第一次见到你，你就这样在锯木头，我明明就站在那里，你却看不到我。"

贺敬的动作顿了顿，没有说话。

"我就想，你的眼睛是不是瞎啦，我长这么好看站在那里你都不看，我就想走了。"向葵看着院子，那夜的场景还清晰得仿若发生在昨天，"结果你忽然就看我了。"

贺敬又看她一眼，和那夜的眼神很像，却又不一样，大概是多了一丝宠爱。

"你相信一见钟情吗？"向葵扯他的衣袖，"我觉得，我对你就是一见钟情。"

在感情上，向葵向来都是这样直白，从来都不会将话闷在心里，他对这样的她又爱又恨，只能抬手摸摸她的脸。

"你说，你长得也不是那么好看，还那么老，又没有钱，我怎么就对你一见钟情了呢？缘分是不是一件很奇妙的事情？"她笑得那样清澈，像他家乡门口的那条小溪，澄澈得能见到水底的石子和小鱼。

"上天大概是派你来拯救我的。"她握住他的手，用力捏了捏，"它知道我过得不好呢，就让你到我身边来了。"

时间已经不早，向葵一点都没有回去的意思。贺敬将工作收尾，收拾好地上的东西，见她百无聊赖地趴在桌子上玩螺丝钉，便将手覆在她的背脊上，轻声问她："你，不回去了吗？"

"回哪里？"她无意识问道。

"你家。"

"你赶我走吗？"向葵终于将注意力从螺丝钉上挪走，直起腰转身看他。

"不是，只是，你妈妈会不会担心？"

"她才不会担心，我成天都不在家也不见她有多担心我。"向葵不想多说，"我不想回家，我刚刚和她吵架了。"

"因为我。"他说的是陈述句，不是疑问句。

向葵想说不是因为你，可她还是点头了："是因为你，不过你只是导火索而已，我和她之间本来就有问题，和你没有关系。"

贺敬自然明白向佩佩的不满意，如若他有一个女儿，也不放心将她交给一个比她大那么多还一无所有的男人。多么可笑，偏偏他现在就是这样一个人。

"她，也是为了你好。我本来……"贺敬的话没有说完，向葵便捂住他的嘴巴。

"她是自以为是地为我好，什么是最好的，我自己最清楚，你难道不清楚？不要乱想，你说过的，不会扔下我。"她的眼中又泛起了雾气。

贺敬叹了一口气，握住她的手说好。

向葵先去洗澡，洗好澡出来贺敬却不在房间，她刚想出去找他，就在被子上看到了几个各有模样动作的小老虎。她愣了愣，跑过去坐在床上将那些小老虎都搂在怀里，一个个看过去。

和最初的小老虎差不多大小，都没有涂漆，可是表面已经磨得很光滑，一点都不扎手。

向葵满心欣喜，她原本以为他忘记了，没想到会是这样一个惊喜。

贺敬开门进来，她听到声音便仰起脸看他，声音带了些哽咽："贺敬……"

贺敬坐在一旁，问她："喜欢吗？我背着章达偷偷做的。"

她又扑哧一声笑出来："章达看到肯定要和我抢了，我要把它们都藏好！"

贺敬看着她把小老虎一个个藏进抽屉里，忍不住失笑，她一直以为自己已经长大，其实分明这样孩子气。

可他偏偏这样喜欢她的孩子气。

向葵第二天一早回了一趟家，把自己的行李收拾打包，收拾好之后她抬头，一眼看到了倚在门口的向佩佩。

向佩佩不知道在门口待了多久，脸上依旧没什么表情，淡淡地看着她，仿佛在看着一个陌生人。

向葵从她身边走过时，向佩佩终于出声："你决定了？要去跟着那个男人吃苦？"

"我早就决定好了。"

"那个男人能给你什么？除了那所谓的爱情？向葵，你现在是昏了头，以后就知道现在自己有多蠢，可到了那个时候，就回不来了。"

向葵回身看她："他能给我他的所有。我没有昏头，我很清醒，比任何时候都清醒。不管怎么样，我谢谢你生下我，所以我才能遇见他。"

向葵转身要走，向佩佩终于不再冷静，尖叫着："向葵，你要是敢走，就再也不要回这个家！"

她脚步不停："好。"

"向葵！"向佩佩顿了顿，"今天是你生日。"

向葵轻笑一声："你记错了，是明天。"

六月的天气就是这样，昨天分明还阴阴沉沉下着小雨，今天已经艳阳高照。

向葵走出那扇木门，下意识仰头。阳光那样刺眼，她快睁不开眼睛。再回头，那个生活了十八年的家仿佛笼罩在一片朦胧中，怎么看，都看不分明。

她终于迈开步子，一步一步走向她的选择，她从不曾这样确信自己的选择没有错。

贺敬不在家，向葵将东西拿到了二楼，打开他的衣柜将自己的衣服一件件放进去。

原本空荡荡的衣柜很快就被塞满，她站开一步，看着自己的杰作，格外满意。她又去了洗手间，将自己的牙刷放到贺敬的牙刷杯里，她特意将两个牙刷头靠近，而后笑得不能自抑。

高考之后，向葵完全空了下来，干脆趁着贺敬不在将家里打扫了一遍，她从来都没有这样勤快过。

贺敬中午回来做午饭的时候，她正系着围裙在拖地。地上湿漉漉的都是水，她还不小心碰到脚上，白嫩嫩的脚沾了泥，她懊恼地拿纸巾擦擦脚，这才继续。

像是有心灵感应一般，她忽然抬起头来，就看到了贺敬站在门口，她笑着抹一把额头上的汗："你回来啦！"就像是一个等待丈夫归家的妻子。

她在贺敬面前夸自己："我是不是特别贤惠？"

贺敬看着地上的一块块水渍，点头："嗯。"

"那我们明天去约会吧。"她说，"就明天！好不好？"

贺敬嗯了一声，替她擦去脸上的汗："好，明天。你要去哪里？"

"嗯，看电影？逛街？"向葵歪着脑袋想，她也没有正儿八经地约会过，哪里知道可以做什么，最后她甩甩头，"都可以啊，只要和你在一起。"

贺敬晚上就看到了衣柜里满满当当的衣服，愣了愣之后问她："你回去过了？"

"嗯。"她靠在床上玩手机，"你不会赶我出去吧，我已经没地方可以去了。"

贺敬转身来到她面前："你们又吵架了？"

"算吧？"向葵放下手机，抬脚去踩他，"一定要说她吗？"

贺敬握住她小巧的脚丫，挪开，坐在床边："你们是亲人。"

向葵也坐起来，脸上的笑容逐渐收敛："你知道吗？我真的非常非常讨厌向佩佩。我讨厌她明明可以活得好一点却偏偏要自甘堕落，我也想当她是亲人，也想相信她有苦衷，可是没有。我求过她，不要再这样活，可她不愿意，她宁愿堕落，你让我还要怎样去喜欢她？你知道学校里的人都

叫我什么吗？婊子。因为她是，所以我也得是。我真的是恨透了她。”

贺敬捧住她的脸，过了一会儿他将她带到自己怀里，没有再说什么。

“你不要赶我走，我没有地方可以去了，我真的只有你了，贺敬。”

贺敬嗯了一声：“我怎么会赶你走？”

向葵一直不肯睡，一直缠着贺敬，贺敬被她闹得将她压在身下想收拾她一顿，结果她捏着贺敬的耳朵笑：“我今天来‘大姨妈’了呢！贺叔叔。”

他咬牙切齿，起身去卫生间洗冷水澡。

贺敬从卫生间出来的时候整个人都凉了一圈，正好听到向葵放在床头柜上的手机响起来。

向葵拿过手机按掉，而后将贺敬拉过来。

“电话？”

向葵摇摇头：“闹钟。”

贺敬有些莫名，看看时间，马上就要零点，刚想说话，她已经凑上来吻住了他。

他好不容易退开些许：“不要再惹火。”

向葵果真不再和他闹，拉着他躺下来，靠进他的怀里：“晚安，贺叔叔。”

她今晚的确有些莫名其妙，不过她总是这样不按常理出牌，他早就已经习惯，他低头，深深嗅她发间的清香，而后也说：“晚安。”

第二天贺敬刚醒，向葵也睁开了眼睛。贺敬让她再睡一会儿，她不肯：“你不是要去运动？我和你一起去。”

“你不是不方便？”

向葵差点忘了这茬：“那我在一旁看着你运动。”不等贺敬拒绝，她就找出运动服穿上了，才说，“我只是想和你在一起。”

贺敬便无法拒绝，和她一起出门。

向葵实在是没有想到，贺敬所谓的运动居然是去山上跑步。

这片都是荒山，没有什么路，上下格外艰难。向葵站在山脚看了一眼，就摇头放弃：“我在这里等你，你慢慢去。”

贺敬自然也不想她受累，让她好好待着便上山了。

她有些无聊，原本想和贺敬在一起的，没想到出来了还是一个人，她蹲在一旁拔了一会儿杂草，又拿出手机搜索第一次约会应该干什么。

她原本想去和他一起看电影，可搜索出来第一条就说千万不能去看电影。

那约会还能干什么？

向葵纠结到贺敬下山都没有得出一个结论，低着头懊恼地点着手机屏幕。

眼前忽然出现一双熟悉的脚，她微怔，抬头，首先进入眼帘的是一束不知名的花。白色的小小花瓣点缀在绿叶里，娇小可爱还带着点点清香。

贺敬握着花似是有点尴尬：“野花而已，你喜欢吗？”

她伸手接过：“当然喜欢啦，这么漂亮。”她低头闻了闻，“好香。”她的笑容那么美，比世上最娇艳的花还要美。

两人头一次约会，向葵格外郑重，把衣柜里的衣服全都拿了出来一件一件往身上比，最后瘫倒在床上的一大堆衣服里：“你都不给我提意见。”

他有些无奈："你穿什么都好看。"

她笑着，终于选了一件买回来却从没穿过的白色连衣裙："好看吗？"她在他面前转了个圈，裙摆便在空中飞扬起来，阳光洒在上面，仿佛柔软的云团那样好看。

"好看。"贺敬一边替她收拾衣服一边说，语气格外真挚。

向葵看他忙碌的身影，问："我们去干什么呢？"

贺敬没有回头："你喜欢什么？"

"你。"她没有丝毫犹疑，脱口而出，顿了顿，她凑上去抱他，"难道我们一天都不出门？"

贺敬知道她在开玩笑："你之前不是说去看电影？想看什么电影？"

"你喜欢看吗？"她想到网上的说法，有些犹豫。

"你喜欢就好。"

向葵忽然觉得自己有些好笑，点点头："好，那我们去看电影，走吧！"

向葵往常也不喜欢看电影，之前倒也有过男朋友请她看电影的时候，只是那些男朋友不过是借着看电影的机会对她动手动脚，她后来就不喜欢去了。

再次来到电影院，向葵觉得一切都有些陌生。

正值暑假，电影院上映的电影不少，许多宣传电影的易拉宝立在门口，贺敬以为她会选爱情片，没想到她却是选了一部动作片。

她抢先一步想要买票，贺敬一把握住她的手："我来。"

"看个电影嘛，你分那么清楚干什么？"

"那就我来。"他说。

向葵有些无奈，却还是打开了包，然后叫他等一下，之后她把准考证拿出来："可以打折的吧？"

离电影开场还有一段时间，贺敬让她找个地方坐着，自己则是学着别人的模样去买了爆米花和可乐，拿过来坐在她身边。

向葵拿了个爆米花往空中一抛，嘴巴一张就接到了。这时，身边的男人声音严肃地说："以后钱的事情不要和我争，我说过，我没你想的那么没用。"

向葵撇撇嘴："谁说我觉得你没用了？"

"那你就不要和我抢付账。"

向葵哼了两声应下来。

这部动作片口碑差到不行，他们一进放映室才发现里面根本没几个人，加上他们也凑不满十个人，而向葵选了最末尾的位置，周围空空荡荡，一个人都没有。

"这部电影是不是不好看？"贺敬也发觉了。

向葵还点头："是啊，大家都说特别难看。"

"那要不要换一部？"贺敬说着就想站起来。

向葵一把将他拉得坐下来，凑过去低声说："谁说看电影就真的要看电影的呀？"

贺敬怔了怔，一脸的无奈。

电影果然很无聊，向葵坚持了五分钟实在坚持不下去，只能转头看贺敬，没想到贺敬居然全神贯注地看着大屏幕，她有些好奇，也跟着看了一会儿，果然，还是不好看。

她便干脆靠在椅背上看贺敬，贺敬终于发现她的视线，看她一眼，悄声问："怎么不看？"

"你比电影好看多了啊！"她笑。

她说的也不完全是假话，电影的男主角长得实在一般，又没有什么演技，整个画面简直就像车祸现场。贺敬长得不算帅，普普通通平平凡凡的五官凑成一张脸，但十分耐看。

她干脆起身在他的脸颊上亲了一下，他一颤，怀里捧着的爆米花都抖落了一些。

她捂着唇笑起来。

贺敬对着这么难看的电影居然还看完了，推推一旁睡着的向葵，她打了个哈欠，身上披着的衣服便滑下来："怎么了？"她睁眼一瞧，电影放完了。

她声音含糊："好看吗？"

他忽然说："你比较好看。"

她愣一下，而后笑："我们大概真的应该在家里待一整天的。"

看完电影又吃了午饭，两人又无处可去了。向葵平常的活动大约就是逛街，可她有点不想和贺敬一起逛，怕他又为她花钱。

所以她问他："平常你喜欢去哪里？"

"嗯？"

"最常去哪里？"

"木材市场？"他说。

向葵便拍板决定："那我们去木材市场吧！"

贺敬原本想带她去别的地方，可她那样坚持，最后只好真的去了木材市场。

这个地方贺敬常来，他大部分工作都是替私人做家具，所以需要来这里挑选便宜优质的木材。

他的家具卖得不错，也有许多人家愿意和他定做。除了价格公道工艺不错之外，木材也好，不像有些木工以次充好。

贺敬和她介绍这些看起来都长得一样的木头，最后还买了一堆木材，走出去的时候他才恍然意识到今天和往日不同，他去看向葵的神色，怕她觉得不耐烦。

没想到向葵兴致勃勃的："你看，那个是柞木，那个是水曲柳？对不对？"见他点头，她兴奋地笑，"看来我很有天赋。"

贺敬搂了她的肩膀，忽然有种想吻她的冲动，可这里人来人往，他忍住了。直到回到房间，刚关上门他就猛地将她压在门板上，不管不顾地吻了上去。

她好不容易才找回呼吸，喘着气笑。

他低着头调整呼吸，叫她："向葵……"

"怎么了？"向葵有些莫名其妙。

"向葵。"他又叫她一声，而后在她抬头的瞬间再次吻上她的唇。

他中了无药可解的毒，只有她才能缓解他的毒性。

向葵总是把东西乱扔，包包拉链开着她就把包放到一旁，包倒下去之后里面的东西就全都散了一地，贺敬替她一一收好，没想到正好看到她的身份证。

向葵身份证上的照片很青涩，大概是因为好几年前拍的关系，毕竟她那时应该才十四五岁。他的视线扫过她的出生年月日，突然浑身都僵住了。

贺敬想到昨天半夜的闹钟，想到她的那个吻，想到她一定要今天出去约会，他长长叹了一口气，她总有各种方式来让他心疼。

向葵洗好澡出来，房间里一个人都没有，她下去转一圈也没见到，便坐在楼下的八仙桌旁等着。

八仙桌昨天被她擦得干干净净，一点灰尘都没有，她趴上去，玩了一会儿手机就有些困，歪着脑袋睡了过去。

耳边似乎是贺敬在轻声叫她，她揉着眼睛睁开来，便被眼前的火点吓了一跳，定睛看去，才发现居然是一个小蛋糕，蛋糕上面插着一支蜡烛，烛火随着风摇晃，似乎随时都可能熄灭。

“贺敬……”她难以置信地转头看他。

他额发有些湿，微微喘着：“太晚了，只有这个。”顿了顿，“向葵，恭喜你又长大一岁。”

向葵的视线又落在明明灭灭的烛火上，蜡烛好像有了分身，变成了好几个，她又揉了揉眼睛，闭上眼默默许愿最后吹灭蜡烛。

她的声音有些哽咽，问他：“你知道我许了什么愿望吗？”

他不让她说：“说了就不会灵验。”

她便真的不说，只是摸着他的脸吻上去。眼泪明明是咸咸涩涩的，她却觉得满满的甜蜜，不会再有人，像他对她那样好。

所以她只是希望，她能快一点长大，他能慢一点变老。

没过多久，高考成绩出来了。向葵考得格外好，是她入学之后考得最好的一次。她知道这个成绩考J大绝对没有问题，晚点才知道，她竟是安城的高考文科状元。

贺敬得知成绩之后比她还要高兴。

不知为何她反倒有些郁郁寡欢，与他的开心形成鲜明对比，她问他：“你舍得我吗？舍得我去那么远的地方吗？你是不是把我送走，然后就不要我了？”

贺敬的笑容有一瞬间的凝滞，过了一会儿才说：“向葵，那是你的未来，你值得更好的未来。”

“我会想你的，我能经常回来吗？”

“好。”他说，将她拥入怀里。

向葵想问问王安惠考得怎么样，可她不接电话。隔天去了学校才知道王安惠考得很差，她知道自己的安慰一点用都没有，只会让她觉得碍眼，便没有去找她。

班主任看到她显然很开心：“你这次J大稳稳的了，向葵，恭喜你。”

向葵嗯了一声，居然没有意料之中的欣喜。

填志愿那天，贺敬陪向葵一起去网吧，贺敬看着她第一志愿填了J大，这才松一口气，他也对她说：“恭喜你，向葵。”

所以向葵想，这大概是值得恭喜的吧？

填完志愿，贺敬说要庆祝一下，两人难得地在外面吃了一顿。

贺敬想请她吃一顿好的，带她去了高级西餐厅。向葵却站在门口死活不肯进去，抱着贺敬的胳膊摇头：“我不要吃这个，我不喜欢吃牛排，不喜欢吃西餐，我最喜欢你做的饭。”

“向葵，你这样会让我觉得我很无能。”贺敬无奈地看她，“我没你想象中的那么穷，一顿饭还是吃得起的。”

向葵还是摇头：“你是不是给我庆祝？那就得吃我想吃的是不是？”

贺敬到底还是没能拗过向葵，两人去了一家韩国料理店，向葵笑嘻嘻地烤着肉：“比起牛排，我更喜欢吃烤肉。”

贺敬接过向葵手中的夹子和剪刀，真的是拿她无可奈何。

向葵还想喝酒，贺敬死活都拦不住她，在她撒娇耍宝之下，到底还是喝了两杯，她酒量一般，不过两杯酒还不至于让她喝醉，只不过脸却不知为什么红得厉害。

她没喝醉，却故意耍酒疯，回去的路上一直缠着要他背，要他抱。

他一脸宠溺地顺着她，只不过到了巷子附近便不肯离她太近。

这会儿天还没黑，来来往往的人太多，贺敬到底很在乎，不愿意让人发现他们的关系。

向葵怎么会不知道，抓着他的衣服仰着头看他：“我没关系的啊，被他们知道就知道好了，那又怎么样呢？”

“可是我有关系。”贺敬低头看她，认真肃然，“我不希望你因为我的关系，被人指指点点。”

“其实我都习惯啦。”向葵笑，“我有向佩佩那样的妈妈，你以为我没有感受过别人的指指点点吗？”

贺敬想说话，向葵已经踮起脚，抬手抱住他的胳膊，脸颊就贴在他的脖颈处，轻轻柔柔地蹭了蹭。

胳膊却猛地被他捏住，她满脸诧异，他已经把她从怀里拉了出来，她不明所以，还要往他怀里赖，他却抓住她的肩膀不让她靠近，只是静静地望着一个方向。

她回身看过去，巷子口那里有一个身影。

向葵认得，那是王安惠的妈妈。

她回头看一眼贺敬，贺敬已经往后退了两步，和她隔着一段距离。

向葵咬咬唇，想往他那边走，他却冲她摇头，动作幅度很小，她却看得很清楚。

她知道他怕的是什么，可她不知道该说什么才能让他安心，只能笑了笑，转身先往巷子里走了过去。

王安惠的妈妈见她走近，扔了手里的垃圾，匆匆跑走了。

贺敬回到家后没见到向葵，去了楼上才发现她背对着门躺在床上，一动也不动，像是睡着了。

可贺敬知道她没睡着。

他走过去在床边坐下，轻声叫她："向葵。"

向葵轻应一声，却没回过身。

"我只是担心……"

他话没能说完，向葵蓦地坐起来，冲进他的怀里，将脸紧紧地埋在他的胸口："可是我也说了，我不在乎。"

贺敬缓缓地抚了抚她的后背："好在你马上就能去J大。"

向葵在他怀里蹭了蹭："你就不希望我留在安城吗？"

"去J大更好。"贺敬停了一会儿之后，一字一顿地说。

向葵便没有再说什么。

向葵起床的时候贺敬不在，大约已经出去工作，她想收拾一下，却发现贺敬把一切都整理得井井有条，根本没有她的用武之地。

她在桌边呆坐了一会儿，起身走出去。

向葵远远地就看见巷子口围了一堆人不晓得在说什么，她向来也不怎么在意旁人，径直走过去，只那些原本细细碎碎说着什么的声音，在她走近时却蓦然停了下来。

静到让人可怕。

围在一起的都是些四五十岁的阿姨，自然也有王安惠的妈妈，这会儿她们都偷偷地瞧着她。

她淡淡瞥一眼就走了过去，刚走远两步，身后便又传来一阵说话声。

七嘴八舌，声音不大，又很杂乱，她听不清楚她们说的是什么。

但不用听清楚她都知道和她有关，这些年闲言碎语太多，她早就已经习惯了。

她们要说，那就让她们去说好了。

章达总偷偷地找王安惠玩，向葵一直都知道。

但他今天却回来得格外早，回来之后便坐在门口的小凳子上不说话，头垂得很低，整个人沮丧得厉害。

向葵闲得无聊，靠在一旁的木头堆上，抬脚踢了踢他的腿："怎么了？"

章达哼一声，别过头不理她。

向葵撇撇嘴："不说就算了，懒得理你。"

她这就要走，章达又没忍住，拉住她的衣角："找不到惠惠。"

向葵停下来："她妈又不让她出门了？"

"不知道。"章达瘪着嘴，"找不到她。"

“你喜欢她吗？”向葵蹲下来，捧着脸笑嘻嘻地问他。

章达愣着，似乎是不懂什么叫作喜欢。

“唔……”向葵和他解释，“就像是我喜欢你叔叔那样，就是……比你喜欢你叔叔更多。”

章达笑：“我喜欢惠惠啊。”

向葵捏了捏他的脸，叫他：“小傻子。”说着又拉他站起来，“走吧，我带你去找她。”

章达便开开心心地站起来，跟在向葵身后蹦蹦跳跳地走出去。

两人从巷子最里面走出去，遥遥地便看到贺敬正从巷子口走进来。向葵一下子把章达抛诸脑后，跳起来朝他招手：“贺敬贺敬！”

贺敬听到声音，抬起头来，原本淡漠平静的脸上便缓缓露出一个笑来。

向葵咬着唇笑，快步走过去，走了两步又顿了顿。

有两个中年女人凑在一起说话，声音不大却让人难以忽视。

她们在说贺敬，说他看起来老老实实，没想到也会勾引小姑娘，说他知人知面不知心，谁知道他到底是个怎么样的人，话越说越难听。

章达就站在她身后，也听到了，有些不明所以，小声问向葵：“她们在说叔叔吗？”

向葵没回答他，贺敬不知道什么时候已经走近，想叫她，却正好看到了旁人，声音就哽在了喉咙里。

向葵看了他一眼，转身，站在那两个嚼舌根的女人面前：“你们说的不对。”

那两人看到向葵神情肃然，心知惹不起，便想走，可向葵没让她们走：

“我说了，你们说的不对。”

“什么对不对的，不知道你在说什么。”

“就是就是。”

贺敬知道她想干什么，叫她，她却没理，径自说：“不是他勾引我，是我勾引他。”

那两个女人互看一眼，表情奇怪。

“是我喜欢他，一直缠着他。可是那又怎么样？他是男人我是女人，我们在一起，有什么不对吗？”

贺敬又叫她一声：“向葵。”声音里带了凛然。

向葵明白他有些生气了，也不再继续说下去，转身气呼呼地往里走。

章达看着贺敬追上去，看看他们，又看看那两个面面相觑的女人，呆呆地愣了一会儿，急忙追着贺敬他们走了回去。

向葵在生气。

她表现得很明显。

贺敬拉她：“其实你没必要和她们说那些话，让她们议论我就好……”

“所以已经很久了是吗？你一直没有和我说？”向葵问，“我被她们说没有关系，可你不行，你没有错，你怎么……”

“你就有错吗？”贺敬抬手理了理她的头发，“向葵，不要想着什么都揽在自己身上。”

向葵抬手抱住他的脖子，脸在他脖颈处蹭了蹭：“可是我就是不喜欢她们随便议论你，要不我们搬走吧？”

贺敬说：“你已经快要去J大，这个时候搬什么？”

向葵想说什么，又没说，只问："那你呢？"

"我会等你回来。"

向葵从他怀里退出来，看着他的眼睛，看了许久，却最终还是什么都没说。

他从来都不曾说过，如果她去J大的话，那他们怎么办。

她以为他或许会和她一起去J市。

可他说，他会等她回来。

她那么不舍得和他分开，那他呢？

向葵在七月下旬收到了录取通知书。

当初报志愿的时候她填的地址是向佩佩的家，所以向佩佩打电话给她，让她去拿。

向葵只能回家一趟，这是自她那日离开之后第一次回去，说不上有什么感受。

向佩佩就坐在堂屋里，手里拿着红彤彤的录取通知书，她低着头，看不清是什么表情。

向葵走过去，想把通知书拿过来，没想到向佩佩忽然起身，而后"啪"的一声，向葵的脸被打得歪到一边。

她捂着自己发烫的左边脸颊，难以置信地看着向佩佩。

向佩佩将录取通知书扔在她的脸上，尖利的角刺到她的眼角，疼得她的眼泪瞬间就下来了。

向佩佩深吸几口气："为了他，你连未来都不要了？你当初是怎么说的？绝对不会留在安城，那这通知书是怎么回事？你为什么会被安大录取！你的分数明明就可以上J大！”

向葵蹲下身，将因为刺激而来的眼泪抹去，而后把录取通知书拿在手里，红着眼睛看她：“这就是我选择的未来。”

“他这样的男人，能给你什么未来？说不定他从来就没想过要给你一个未来！你这样一个年轻漂亮的女孩子，他不要白不要，你以为他真的会对你负责？不过是玩玩而已，玩腻了还不是扔到一边？你真的是昏了头，昏了头！我不能让你再这样下去，你的人生都会被他毁掉！”向佩佩叫着，“我要去找他，我要去和他说！”

向葵的瞳孔有一瞬间的震颤，很快反应过来，挡住向佩佩的去路：“不要去找他。我说了，这是我自己的人生，无论我选择什么，我都是在充分考虑之后做出的决定。你以前没有管过我，请你现在也不要管我！”

“向葵！你真的疯了吗？他到底有什么好？”

“他什么都好，只是你看不到。”向葵说，“所以你不要找他，你去找他，我就真的不认你这个妈妈。所以，请你，求你，不要去找他。”

向葵第一次对她说求，居然是为了那个不知所谓的男人。

向佩佩像是浑身被抽走了力气一般，扶着桌子缓缓坐下，声音也苍老了好几岁般沙哑：“好，好，好，你走，你想怎样就怎样，反正我不管你，也管不了你了。”

向葵拿着录取通知书回到贺敬那里。

贺敬不在家，他一早去了木材市场，这会儿大概也应该快回来了，她坐下来，这才将通知书打开。

向葵同学，经审核，你被录取到安城大学外国语学院英语专业……

真的是尘埃落定了。

向葵刚想把通知书收好，就听到外面传来声响，是贺敬回来了。

章达不知道从哪里跑出来，抢了她的通知书玩。她怕被贺敬看到，忙找章达要回来，他哪里肯，两人闹了一会儿，录取通知书就这么刚巧，落在了贺敬的脚边。

贺敬早就问过她什么时候能收到通知书，每次她都含糊其辞，这会儿她越发心虚。

贺敬低头，一眼就看到了通知书的封面，上面硕大的几个字："安城大学"。

他立刻将通知书捡起来，翻开来看一眼，接着难以置信地看向离他几步远的向葵。

向葵不敢动作，呆呆地站在原地，想说些什么，可又不知道该说些什么，最后她只是咬咬唇，低下了头。

贺敬猛地上前两步，一把抓过她纤细的手腕将她连拖带拽地拉到二楼的房间。房门砰的一声关上，他拿着录取通知书问她，声音比平时更哑了几分："为什么是安大？为什么不是J大？"

"分数不够吧。"她状似无意地说。

"你知道不是这个原因。"

向葵的脚尖在地上画着圈，白色的鞋子很快就沾上一层灰，她好像有几天没有拖地了，她想。

"向葵。"他又叫她。

向葵终于抬头看他："对，是我改的志愿。安大的领导来找过我，说如果我能去那边，我会有一大笔奖金，我的学费也不用担心，每个学期还会有奖学金。我去J大不会有这么好的待遇，去哪里上大学不是上？我只能选择对我而言更好的。你为什么希望我去J大？是不是因为J大很远？你其实一点都没有舍不得我，你希望我走得远远的，为什么？贺敬，我不明白，为什么？”

她一字一字说得掷地有声，眼睛紧紧地盯着他，她多怕听到不想听到的答案。

他从未对她说过爱，她不介意并不代表她不在意，他这样一个劲地把她往外面推，她还能怎么想？

“我希望你有更好的未来。”他说，却率先移开了眼神，不敢和她对视。

“可是我说过，有你的未来才是更好的未来！”向葵上前一步，非要他看着她，“贺敬，是的，那些都不是最主要的原因，我只是为了你，我是为了你才留在安城的。如果你怕巷子里的人说我，那我们可以搬出去啊！所以你还要把我推开吗？还要把我推得那么远吗？”

“你还小，根本不知道什么才是更好的。”

“我不小了！我都已经过了十九岁的生日！”向葵叫，“你不要总是把我当成小孩子。贺敬，其实你是不是从来都没有想过和我的未来？”

贺敬没有说话。

哪怕只有一个字也好，哪怕是骗她也好，他否认了该有多好。

可他没有，他只是看着她，一言不发。

“我说过，贺敬，我爱你，我想和你一起走下去，你为什么就不相信呢？”向葵的眼眶不知道什么时候红了，她不想让他看到，便移开了视线，“你呢？你到底有没有爱过我？还是你觉得，反正我自己送上门，你又何必拒之于千里？”

贺敬想，他该去抱一抱她的，可是他没有抬起手来，只是任由她转身开门离开。

她的录取通知书还在他这里，他又翻开看了一遍，知道已经无法再改变，他有些懊恼地坐在床上，双手抱头，将脸埋在臂间。

从不曾这样无力。

其实向葵说的不对，他不是不相信她，他是不相信他自己。

可是她不明白，至少现在，她还不明白。

向葵一连几天都没有回来，贺敬不知道她去了哪里，打她电话她也不接。

他忽然觉得这样也好，其实已经比他以为的要久了点，他早就学会把每一天当作最后一天，所以也谈不上多失落。

贺敬将当初向葵拿行李过来的箱子打开，把她放在衣柜里的衣服又一件一件拿出来，满满当当的衣柜又逐渐变得空荡，仿佛一直都是那样，从不曾变过。

他刚将箱子合拢，还没拉上拉链，就听到楼梯上传来一阵踩踏声。他起身，还没出去看，向葵已经冲了进来，她将身子靠在房门上，看过来的眼神有些恍惚。

“你喝酒了。”贺敬说。

向葵笑了笑，白皙的脸庞有些红，她涂了厚厚的眼线和殷红的嘴唇，他有那么一个瞬间没能认出她来：“是啊，我喝酒了，那又怎么样？”

贺敬走过去想扶她，被她闪开，他叹一声：“你先睡一会儿。”

向葵晃着身体靠向他，而后抬脸，她的双唇猩红，看不出本来的颜色：

“你是不是也看轻我？觉得我不管在谁面前都是一样的？”

“你喝醉了。”他说。

“我没有喝醉，我很清醒。你一直都是这样想的对吧？所以你怕我真的缠上你，怕我让你负责我的下半辈子，所以才迫不及待地赶我走，对不对？”向葵笑了笑，“瞧，你把我的衣服都已经收拾好了，是不是又要有人搬进来了？”

“向葵，你喝醉了，先去休息。”他想扶她上床，她忽然笑靥如花，只是笑着笑着，眼泪就落下来，落在他抓着她的手上。

“向葵……”他想擦去她的眼泪，她别过头不让他碰。

“我也不是非你不可，我还那么年轻，什么样的未来没有？”向葵猩红的唇扬起一个弧度，她那张嘴能说出最好听的话，也能说最伤人的话。

向葵搬走了，在半夜，在贺敬还没有醒来的时候。

贺敬意识清醒之后第一反应就是去摸床的另一半，没有想象中的温软，冰凉彻骨。

他猛地坐起来。空空荡荡的床，空空荡荡的衣柜，空空荡荡的房间。他终于明白，向葵是真的走了。

这场美梦，几个月就消散。

他笑了笑，下意识地打开了床头柜的抽屉。抽屉里面那几个小老虎，她一个都没有带走，好端端地或坐或立，一副娇憨可掬的样子。

他重新将抽屉合拢，苦笑一声。

是真的，结束了。

向葵没有回家，学校也没有开学，但她在学校附近找了一个短租房住下了。房租不贵，她负担得起，更何况安城大学为了招揽她给了一大笔奖金，贵一些的房子她也租得起。

原本的目标烟消云散，向葵一时之间甚至不知道该干什么。

她已经连续一个礼拜去酒吧喝酒，似乎只有喝醉了，心里才会好受一些。她也搞不懂自己，不过就是一个男人，如向佩佩所说，还是个没钱又老的男人，还从未想过和她的未来，又有哪里值得她喜欢的？

她又喝得烂醉，趁着还有一丝清醒意识起身要走，肩膀上忽然多出一只手臂，她一愣，回身去看。

并不认识。

男人有些年纪了，凑上来，身上也是酒气："一个人？我也是，要不要换个场子继续玩？"

向葵想都不想直接握住他的手臂，一个用力，直接将那个男人来了个过肩摔。

她小时候没人管，再加上母亲的身份，总是被人欺负，因此她年纪稍微大些的时候便去学了各种防身术，再加上她本来力气就不小，倒是鲜少有人能吃到她的豆腐。

男人等反应过来自己被个小姑娘给摔了的时候，向葵已经走到了门口，周围一堆人在看他的笑话，他猛地起身冲上去，抓她的手臂："给你脸不要脸！"

男人还有同伴，这会儿都过来，将向葵围在中间。

向葵深吸一口气，整个人稍微醒了些，盘算着打赢这些男人的概率的时候，有人走了上来："她是我的人。"

是刘其祥。

刘其祥在这个圈子里还是有些名气的，谁不知道刘家大少爷、二少爷的名号？知道他们的都得绕着走。

被向葵过肩摔的男人不认识刘其祥，还想发作，旁边有人拦住他："你连刘家二少爷都不认识？活腻了？走了，今天认栽吧。"

众人一一退开，向葵也甩开刘其祥搭过来的胳膊："放开我？"声音却有些无力。

"你这是在，买醉？"刘其祥难以置信，"向葵，真的是你？"

"不是我，那你还上来干什么？"向葵瞥都没瞥他一眼，想走。

刘其祥走两步追上她："你这样怎么像失恋了？"

他戳中她的痛处，她便像是母狮子一样爆发了："谁失恋了？你才失恋了呢！"

刘其祥摸摸鼻子："我是失恋了，不是被你甩的吗？"

向葵哼一声，不想理他，只想回去睡觉。

刘其祥好不容易遇见她，死活不让她走："向葵，听说你也进了安大，我也在安大，是不是很巧？还有，我失恋了，你也失恋了，要不，我们就再凑一对，怎么样？"

向葵忽然正色看他："刘其祥，你喜欢我？"

他点头："你不是说废话？"

"为什么喜欢我？"

刘其祥一时语噎，为什么喜欢？还能是为什么，长得漂亮性格泼辣，正好对了他的胃口呗。只是，他有点不敢说。

向葵似乎也没有真的想要他的答案，继续问："那你会喜欢我多久？"

他连忙表忠心："当然是很久很久。"

"会是一辈子吗？"向葵问，"你会愿意喜欢我一辈子？照顾我一辈子吗？"

刘其祥下意识地没有在第一时间作答。

他是喜欢她，也想和她在一起，可是他从来没有想过一辈子，他家里是绝对不会让他娶这样一个女人的，他也以为她从来都没有想过永远。

向葵忍不住笑了下："看来男人都是一样的。"

都一样不会想到未来。

她以为他会是个例外，可其实都是一样的。

"向葵，你怎么了？"刘其祥不解，"你以前不是这个样子的。"

"嗯，我变了，这样的我，你还喜欢？"

"喜欢。"刘其祥点头，"怎样的你都喜欢，可是结婚这件事情，不是我说了算，你知道，我……"

向葵踢他一脚："谁要和你结婚！"

开学前向葵回了一趟家，天气变冷，她当初出来的时候没把衣服全都拿走。

向佩佩不在，不知道去了哪里，也幸好她不在，向葵也不知道和她遇见了该说些什么。

只是实在太可笑，前一刻她还在她面前信誓旦旦贺敬和别人不一样，后一秒就发现原来他和别人一样，也从未想过负责她的一辈子。

就像刘其祥说的那样，从前她不是那样的。她得过且过，从不曾想过未来，遇见他，她才变了，变得想要有一个温暖幸福的一辈子。

既然他不想给，那她也就不要了。

她以前不会觉得可惜，现在也不会。

离开的时候路过王安惠家，她便给王安惠打了个电话。之前一直都是无人接听，这次干脆是空号了。她挂断电话，心里有些不安。

自从高考之后，她就再也没见过王安惠，她思来想去还是去敲了王安惠家的门。

好一会儿，里面才传来拖鞋踢踏的声音，门嘎吱一声被打开，露出的是王安惠母亲那张憔悴的脸，她看到向葵，并没有什么好脸色："你来干什么？"

"王安惠在家吗？"

"不在不在。"她有些不耐烦，想要关门。

向葵挡住："那她去哪里了？我打她电话打不通。"

王安惠母亲哼一声："还能去哪里？考得不好上不了大学，就只能出去打工了，哪像你，听说去了安大还有奖金拿？我们家惠惠当然是没办法和你比的。"

说完，她将门砰的一声关住。

向葵无话可说。

向葵又失去了她唯一的朋友。

向葵的大学生活正式开始了。

四人一个寝室，除了向葵以外都是从外地来的，性格都不错，向葵身上不再带着向佩佩女儿的标签，终于可以去交新的朋友。

她当初是为了贺敬才选择的安大，可她没有后悔，毕竟安大英语专业的确不错，而且安大能给她的帮助也更多。

向葵终于可以像个普通的女生，有三五个好友，整天教室、寝室、食堂三点一线，那样平凡她却觉得幸福，这是她期盼已久的日子。

那夜她对贺敬说了那样的话，可之后却没有再找过他，仿佛他这个人从此在她的人生中消失，或者，根本从未出现过一样。

忘了他，忘了那段日子，她的生活也过得很好，至少有条不紊，还格外平静。

当然，如果没有刘其祥总是隔三岔五地来找她的话。

一开始追她的男生还不少，自从刘其祥出现后，整个系的人都知道外语系的系花向葵有了主，还是刘家的二少爷，哪里还有人敢觊觎？当然也有个别不信邪的，毫无例外，结果都是伤筋动骨一百天。

刘其祥没脑子，只会动用武力。

向葵有些后悔那个醉酒的夜晚问刘其祥的那些话，让刘其祥误会他还有机会，一直不肯放弃，让她简直烦不胜烦。

好在不久之后刘其祥的哥哥去了别的城市，据说混得风生水起，刘其祥被逼着跟过去学做生意，向葵这才轻松许多。

·第八章·

走上一生只为拥抱你

不知不觉又入了冬，几个冬天过去，向葵也终于来到了自己曾经梦想的J大。她读了J大的研究生，第一次来到学校的时候她觉得特别神奇，原以为永远都不会踏入这所学校了，然而有时候人生就是这么难以预料。

她住的是四人寝室，室友们来自全国各地，大家熟起来很快，向葵很喜欢现在这样和以前截然不同的生活。

如果她没有总是梦到贺敬的话。

向葵一向习惯起早出去运动，就算早上一二节都没课，她也会出去运动。所以早上没课的时候，她便会给寝室里其他三个起不来的懒鬼带早餐。那三个人感恩戴德，就差没把她供着了。

向葵手里提着那些给室友带的早餐回寝室，她特意跑回来的，就怕早餐冷了。走到门口的时候她下意识看了看手里的早餐，还冒着热气。

她拿出钥匙想开门进去，只是手被冻得有些僵，钥匙不小心掉在了地上。她蹲下身去捡，忽然听到里面传来声音。

“你说真的？不会吧，一点都看不出来啊。”

“人不可貌相呗，她在我们面前装得像啊，我们还以为她是好学生呢。”

“向葵不是那种人吧？人家不还是安城的高考状元吗？”

“听说是色诱了导师，所以才能来J大念研究生。”

“不会吧，我不信。”

“我也不想信啊，可那是会计系的朋友告诉我的，她和向葵以前一个学校念的高中，她风评可差了，不知道交过多少男朋友。”

“看不出来啊。”

“不是也有人说向葵上次英语演讲比赛拿第一名是因为勾引了评委吗？”

“可她看起来不像是那种人啊。”

“出来卖的难道还在面前挂块牌子？我们就是太蠢了，所以才被她骗了这么久！”

向葵深吸一口气，捡起钥匙开门。门开的一瞬间，里面顿时鸦雀无声。

她大步走进去，将早餐放在桌上。寝室里的三个人都窝在床上，仿佛刚刚一切都没有发生。

向葵也想当作什么都没有发生，可是她做不到，以前做不到，现在也做不到。

“出来卖的的确会在面前挂块牌子，不然谁知道她是卖的？”向葵说，声音不大，可是很沉，“你们看到了我色诱老师？看到了我勾引评委？对，我曾经是交过很多男朋友，那又怎么样？交过很多男朋友的我就罪不可恕？”

“可是大家都这么说，我们也不想信的，可他们……”

向葵笑了两声：“那你们就信好了，就当我是那种人好了。”她转身打算出去，还是忍不住回去，将桌上的那几袋子早餐全都扔进了垃圾桶，扑通一声。

你看，就是这么可笑，她以为会有新的开始，却原来不过是轮回而已。

她永远都没办法从那个旋涡里出来，挣扎又挣扎，可那又有什么用处？

结束？从来都没有这么轻易的结束。

向葵浑身难受，头一次想要逃课，可她无处可去，只能在路边随意地走。忽然看到一家酒店，她下意识地进去，开房，等反应过来的时候她已经坐在那张大床上。

床单是雪白的，被子和枕头也是雪白的。

她拿出手机发了个短信，而后去浴室洗澡。

浴室里有浴缸，她放了整整一缸的热水，光着身子在里面坐了许久，直到听到敲门声响起。

她起身跨步出来，拿过浴袍披在身上就往外走。

门打开，屋外是贺敬，依旧是那张平静的脸，淡淡的表情。几年没见，他却和之前没有任何变化。

她有些诧异，她以为贺敬在安城，以为那不过是她随意发的短信而已。

他怎么会来？怎么会突然出现在这里？

他想说什么，可是什么都来不及说，就已经被向葵拉住衣襟扯了进去。门在他的身后关上，她踮起脚吻了上去。

吻到他的那一刻她才知道，她有多么想念他，她想念他的眉眼，想念他唇瓣的温度，想念他的一切，再没有一个人能让她的身体燃烧。

他却忽然握住她的肩膀让她离开："向葵。"

向葵笑得漫不经心。

"出了什么事？"

"你怎么会在J市？"

"出了什么事？"他反问。

"哪有什么事？"他不回答她的问题，她也没有继续问，只是耸耸肩，一脸的无谓，"发错短信了。"

他和她一起坐在床边，又问："发生了什么事？"

向葵没有回答，挣开他的手，背对着他躺下："你很烦，给我走。"

"我不相信你是发错短信，也不相信你没有事情，四年了，你第一次找我。"贺敬说，"向葵，你有事。"

"或许刚刚有，但是现在已经没有了。"向葵将头埋在被子里，声音闷闷的，"我现在不想看见你，你走。"

贺敬轻叹一声，起身："那我走了。"

她紧闭着眼睛。

等听到房间门被关上的声音，她才缓缓睁开眼睛，看着门口的方向。

房间里还有他的味道，那么浓烈而具有侵略性，是她习惯又喜欢的味道，她深深吸了一口气，多想赖在他的怀里不出来。

她翻了个身，将脸埋在枕头里，眼角有明显的湿热。

向葵想睡一下，可是睡不着，翻来覆去好一会儿，终于起身又去冲了个澡，打算离开。

她打开房门，却被门口的人影吓了一跳，后退一步之后就骂出声来：“你门神啊！站在这里吓人？”

原本靠在门边墙上的贺敬站直身体，轻声说：“我送你回去。”

“不用。”她大步走开。

贺敬跟上去，在她身后一步的位置跟着。

前面不远处正好有酒店工作人员在打扫客房，过道上放着清洁用品的推车，原本就不宽敞的走廊显得更加狭窄。

向葵不小心被车绊了一下，整个人往前扑过去，好在走廊上铺着暗红色的地毯，着地的膝盖倒也不痛。

跟在身后的贺敬却瞬间冲了上来：“你没事吧？”

向葵甩开他的手：“别碰我！”

“向葵。”他叫她，“你不要闹了。”

“我闹？贺敬，我没有撒泼耍赖留你，你可以走。”向葵起身，“是你非要等我，别忘了，我们现在是陌生人。”

她大步走开，贺敬只得无奈地跟在她身后。

房间里走出一个瘦弱的女孩身影，她穿着酒店统一的清洁工的服装，看着两人逐渐走远的背影，满眼的难以置信。

“王安惠。”房间里还在打扫的中年妇女叫了一声，“你在看什么呢？

快把洁厕剂拿过来。”

王安惠应了一声，找到洁厕剂，匆匆走了进去，她的手颤抖着将洁厕剂递过去，听到带她的阿姨说：“听到刚才那姑娘说的话没有？我看和你差不多年纪，泼的呀，现在的小姑娘都成什么样子了，啧。”

王安惠没有说什么，内线手机忽然响起来，她连忙擦擦手接起来：“喂？啊对，不用了吧，好吧，我马上就过去。”

“怎么了？”

“我昨天收拾房间的时候捡到一枚戒指交上去了，戒指的主人来拿戒指，说一定要当面谢谢我。”王安惠搓着手，有些紧张。

阿姨笑了两声，拍拍她的胳膊：“那可是好事儿啊，你快去，别让贵人等着，记得好好说话。”

王安惠“哎”了一声，走了出去。

站在会客室的门外，王安惠下意识理了一下自己的头发，这才轻轻地敲敲门。

里面传来一个低沉的男声：“进来。”

她推门进去，只有沙发上坐着一个男人，背对着她，她只能看到那人吹得一丝不苟的头发和穿着西装的宽阔肩膀。

她咽了咽口水，绕过沙发走到了他面前，不敢抬头：“您好，刘先生。”

他“嗯”了一声，忽然说：“你把头抬起来。”

“啊？”她有些意外，磨磨蹭蹭好一会儿才将脸抬起来，眼眸终于对上沙发上的男人，一时间她愣住了，这大概是她这辈子见过最好看的男人。

大约三十岁的样子，一身剪裁得当格外服贴的西装，皮鞋锃亮锃亮的，一看就很贵，整个人打理得非常清爽干净。他双手交叉着放在交叠着的腿上，眼睛微抬。王安惠想，这一定是个有钱的好看男人。

“你捡了我的戒指？”

“嗯，拾金不昧是我们应该做的。”她的声音有些打战。

“是吗？”他声音里似乎带着笑意，说，“过来。”

她愣怔了一下，却没有违逆他的意思，乖乖上前。

他说：“把手伸出来。”

她便将手伸出去，掌心忽然多出一阵凉意。一枚硕大的钻石戒指，在水晶灯的光亮下闪着刺眼的光芒，每一个女人都无法抗拒。

他说：“给你了，你要不要？”

王安惠对上他的视线，有些莫名又有些激动。

你说这个世界上为什么这样不公平？有人和她一样贫穷就有人那样富贵显赫？

向葵在学校外租了个房子，没有再回寝室住，还把所有的东西都搬了出来。

室友看着她收拾都没有说话，等到她走出这个门，她才听到里面传来一阵议论声，夹杂着她的名字，但她一点都不关心，也一点都不在意。

她的房子租的长期，一室一厅，在二楼。是个老房子，但保养得还好，家具电器都齐全，价格也公道，她看了一眼就租了下来。等收拾好坐在床上，她才有一种尘埃落定的感觉。

现在开始，往后的日子都是她一个人的。

向葵找了一份工作，兼职的发传单，也不是想挣钱，就是想感受一下挣钱的难。做了一天她就不想做了，可第二天她又去了。在冬日刺骨的寒风中，伸出细白的手，露出灿烂又僵硬的笑容，她发现其实也并不怎么难。

她的传单发得算快，可别人都投机取巧，趁着店主看不到就偷偷扔垃圾桶，因而最后剩下的人便只有她。

还有最后几张，她发完就能领钱。

刘其祥不知道什么时候来的，她还没反应过来已经被他拽着胳膊走出很远。

他气得额头上都有了汗，指着她这一身店家发的毛茸茸的衣服骂："你怎么来J市了？这是什么鬼东西？你缺钱不会找我？明知道我也在J市。"

向葵还真不知道他之前居然就是来了J市，有点头疼，也不想理他，只冷眼瞧他："你的钱是你的，我赚的钱是我自己的，我什么样子和你有什么关系？！"

"你真的是疯了！"刘其祥叫，"为了那个莫名其妙的男人，你怎么变成这个样子！"

"我乐意！"向葵甩开他的手，"我还要去工作，不要再烦我。"

"向葵！要是我知道那个人是谁，我绝对不会放过他！"他叫嚷着。

向葵回身看他一眼："你敢！我先废了你！"

向葵终于发完最后几张传单，换下衣服要走，没想到刘其祥还等在外面，还要跟着她。

她瞪他，他还理直气壮："你突然来J大，又搬出寝室，我还不知道你住哪里，我要跟你过去。"

向葵根本甩不掉他，来到小区楼下，见他还要跟上去，她终于忍不住：“刘其祥你有病啊！”

刘其祥还点头：“对啊我有病，你来治我。”

“我又不是医生！”向葵瞪他，“有病去医院……”

她的声音忽然弱了下去，在刘其祥的身后停下来一辆破旧的蓝色卡车，卡车的副驾驶上下来一个人，看到他，她便忽然忘了自己要说什么。

刘其祥下意识地回头循着她的视线看了一眼，嗤一声：“你住的什么地方？”

向葵终于找回神志：“还不滚？”

刘其祥哼：“那我下次再来找你。”

他转身要走，正好章达笑嘻嘻地下了车，挡住他的路，刘其祥心气不顺，一把将他推开：“挡什么路！”

章达“哇”的一下哭起来，抱着他的腿：“坏人，你打我！”

“神经病！”刘其祥又踹他一脚，见他这副样子，忽然说，“哦，原来是个傻子。”

向葵想上前，可她忍住了。等刘其祥彻底消失在她的视线外，她这才走了几步，来到正将章达扶起来的贺敬面前：“你怎么在这里？”

向葵听到自己的声音，一如既往地冷淡无情。真好，她想，她都已经能做到喜怒不形于色了。

贺敬看着她，似是有些无措，大概也没想到会直接撞见她，一时间不知道该如何解释。

倒是章达，眼泪一抹，脸上已经有了笑：“阿姨……”

向葵一怔，冷声：“叫我姐姐。”

章达呆呆地看着她，有些莫名，疑惑地转头去看贺敬，或许他是想要一个解释，可贺敬自己也不知道这个解释应该是怎样的。

贺敬摸了摸他的脑袋：“去车上。”

章达有些不乐意，可他一向很听贺敬的话，乖乖转身跑去车上坐下。

向葵将视线收回来，又问一句：“你怎么在这里？贺敬。”

“听说J市医院条件更好，之前章达身体一直不好，手术拖到了现在也没做，索性我们干脆就来J市了。医院就在附近，住这里方便来回照顾他。”贺敬一板一眼地回答。

“有离医院更近而且更便宜的房子，贺敬，你不要说你不知道。”向葵不给他任何逃避的机会，“你敢说你不是因为我才过来的？”

贺敬的瞳孔有些许颤动，想要说话，但驾驶座上的司机已经下来叫他：“可以搬东西了吗？”

向葵眼看着贺敬将他们的东西全都搬进了她对面的房子里，她靠在门框上一言不发，直到只剩下贺敬搬着最后一个床头柜上来的时候，才上前：“贺敬，你最好给我解释一下，这究竟是什么情况？千万别跟我说是什么巧合。”

“如果你不想看到我，我可以搬走。”他说，将手里的东西放下，“向葵，你应该知道，我对你并没有恶意。”

“是啊，你对我没有恶意。”向葵冷笑一声，“那你是为了什么？怎么？难不成是要和我复合？”

“如果你想这样认为的话。”贺敬是打定主意了不解释。

向葵看着他就心烦意乱，转身开门回家，而后将房门砰的一声用力关上，把与他有关的一切都隔绝在外。

她背靠着门，大口喘气，心跳还有些不正常，她想自己大概是疯了，才会过了这么久依旧对他念念不忘。

可是怎么办？他的脸，他的声音，他的一切都像是有魔力，她想装作不在意，可却骗不了自己的心。

她喜欢他，可她不愿意再将自己的尊严丢在地上任别人踩踏。她深深地呼吸，向葵，你醒醒，不要再陷下去。

向葵住的老房子，隔音效果并不好，所以她在家都能听到对面房间里章达的声音，有好几次她都想冲过去，好不容易才忍住。

她在第二天出门去上学的时候遇到了同样出门的贺敬，两人在楼梯上狭路相逢，都没有动作。

是贺敬先说话，用他惯常低沉沙哑的声音："你怎么不住在学校？"

"你在管我？"她笑了，"向佩佩都不管我。"

他略一沉默："要送你去学校吗？"

"这算是什么？示好吗？你就不怕我再缠上你，要你负责我的下半辈子？"向葵依旧笑着，朝他走了一步，差一点就要贴上他的身体，"你忘了吗？你曾经把我往外推，希望我走得越远越好。"

"向葵，我是希望你有更好的未来。"他的声音更低沉了。

"是啊，那个更好的未来里没有你，不是吗？"她往后退一步，冷笑一声，"那你现在，又来干什么？"

贺敬只能叫她："向葵……"

向葵不去看他，转身走下楼梯。

贺敬能听到她的鞋跟踩在楼梯上，一声一声都那样明确而愤怒，他知道其实她在恨他。

从最开始认识她的时候他就知道，她是如此爱憎分明的一个人，所有的情绪从来不会憋在心里，想什么就说什么，坦荡得让人自惭形秽。

总有那么些事情，不是三言两语就能说清楚的，也或者，是根本无法用言语说清楚的。

章达去医院的那天向葵遇到他了，在楼梯间。

因为之前的相处，章达对她已然放下戒心，可大概是上次见面时候并不愉快，所以见到向葵的时候章达有些想和她说话，又有些不敢的样子。

向葵瞥了一眼等在前面的贺敬，轻轻踢了一下章达的腿："你要去医院了？"

章达便笑起来，用力点头："对呀，我这次真的要变聪明了！"

"那恭喜你了。"见章达那副样子，她忍不住多说一句，"别越变越蠢了。"

章达好像没听懂，只是嘿嘿地笑。

向葵叹一声，低声说，用他听不到的声音："其实你这样也挺好的，有时候，我也想变成你这个样子，什么都不用管，只要笑着就好了。"

章达有些疑惑地看着她，她抬手像贺敬曾经做的那样，手蹭了蹭他额前的头发，嘴巴张了张，最终什么话都没有说。

其实她想问章达，想问他还记不记得王安惠，那个在巷子口陪他玩耍的女孩子，可她忽然觉得问与不问又有什么区别，章达什么都不懂，他记得不记得又有什么意义。

向葵知道学校里关于她的议论依旧没有停止，她早就学会无视别人的闲言闲语，听久了感觉其实和蚊子的嗡嗡叫声并没有什么区别。

她最近迷上了打工，可以消耗她课余的所有时间让她没有精力想别的事情，又有工资可以拿，她大概已经做遍了所有可以兼职的领域，还挺自得其乐。

这次她尝试的是皮鞋专柜的销售员，不过去了一下厕所回来，就听到专柜有顾客在叫嚷，老资历的销售员低着头不断认错。

向葵下意识地看向那个顾客，名牌连衣裙外搭名牌的风衣，胳膊上挎着一只名牌的包，她的视线往上，一头微卷的长发下，是一张格外熟悉却又格外陌生的脸。

“王安惠？”向葵低声轻叫。

骂人的声音顿时消失，那个顾客缓缓转头，在看到向葵的瞬间就背过身去，而后便大步跑开。

向葵又叫一声，大步冲了上去：“王安惠……”只是看到那张脸的瞬间，她忽然不知道该说些什么。

说什么？

你为什么在这里？

你怎么变成这样？

到底发生了什么？

无论是哪一句话，都显得那样无力。

向葵只是又叫了一声她的名字：“王安惠。”

王安惠一直闪烁的双眼终于对上她的，之后露出一个似笑非笑的表情：

“向葵，这么巧。”

专柜附近就是一家咖啡馆，两人面对面坐着，向葵看着王安惠熟悉又自然地点单，不由得低头笑了笑。

王安惠将视线转回来：“那时候听说你没去J大反而去了安大，没想到你到底还是到这里来了。”

“那时候安大给了奖金，就没去。现在……有机会就来了。”

“那时候，不是因为章达叔叔吗？”

向葵蓦地抬起头来，看她。

王安惠只是笑了下，像是看透了一切那样笑了下。

咖啡已经上来，她端起来浅浅抿了一口，又皱眉，“你说，咖啡到底有什么好喝的？又苦又涩。”

向葵要的是橙汁，喝一口：“我们不喜欢，总有人喜欢的吧。”

“对啊，你说得真对。”王安惠笑，“你是不是很想知道我为什么会变成这样？别人都怎么说的，麻雀变凤凰？”

“我的确有些好奇，可是如果你不想说，我不会逼你。只是，我希望你知道自己在做什么。你还记得吗？我说过，我们是朋友。”

“朋友，朋友……”王安惠重复了两遍，“你说，是不是也就只有你，才把我当成朋友？”

两人都不知道该说什么话，一时沉默了下来。

王安惠的手机铃声忽然响起来，她接了，声音温柔动听：“我在外面，好，我马上回去。”

电话的那头是个男人。

没有什么是一成不变的，爱情如是，友情亦如是，积年累月，曾经以为的理所应当就变成了尴尬沉默。

离开的时候两人都不言不语。

王安惠已经走开了两步，向葵又追了上去：“章达，章达在医院，应该已经做好手术了，你有空可以去看看他。”

“是吗？”她笑了笑，笑得比以往任何时候都好看，“可惜我应该没有空。”

向葵看着有车停在她面前，看着司机下来替她开车门，看着她坐进去，看着她坐的豪车消失在眼前，忽然想，是不是有一天，提起贺敬，她也能像王安惠那样，露出一个笑容，仿佛毫不在意呢？

她不知道，因为她不是王安惠，她也不是那个未来的自己。

向葵的兼职结束时已经十点，她踩着高跟鞋匆匆赶上去小区门口的最后一班公交车，终于在十一点之前回到了小区。

因为年代久远，小区里的安保并不完善，连路灯也坏了不少，不知道从什么时候开始，向葵听到了身后有脚步声，很轻却很稳，一步一步地跟在她身后，她停他就停，她走他就走。

向葵的警觉性一向很强，有点风吹草动她就能发现，更何况这样明显的跟踪。

一开始她以为是贺敬，可仔细听了脚步声她就知道不是，而后便有些懊恼，她居然还这样清楚记得他的每一个细节，真是出息了！

她已经缓步走到楼下，因为不确定他手里会不会有武器，所以她不敢贸然动手，但家门外她藏了一把斧子，大概会对她有利一些，她脑子里转过一圈，抬脚往上走去。

尖细的鞋跟在楼梯上发出刺耳的声音，在寂静的楼梯间格外清晰。她加快速度，身后的那人跟得越发近，她已经来到最后两级阶梯，惯常被扭到的那只脚在此时居然没站稳，她来不及扶住扶手，眼看就要摔下去。

腰上忽然多了一只手臂，她看着眼前骤然出现的男人，刚刚混乱的脑中此刻空白一片，任由他将自己搂进了怀里。

她的脸埋在熟悉的胸口，他身上强烈的味道充斥她的鼻尖，他粗重的呼吸声就在她的头顶，一股不浓不重的烟味萦绕周围，她差点就要落泪，恍惚间她听到身后有脚步声在逐渐离开。

瞬间，整个人都放松下来。她有些站不稳，要不是他搂着她，她几乎就要瘫倒在地。

贺敬的大掌在她的背上轻拍："没事，我在这里。"

向葵抬眼看他，楼道里的灯坏了，暗得让人什么都看不清，可是黑暗仿佛能让人的胆子变得无比大。她踮起那只没有扭到的脚，双手搂住他的脖子，将他拉下来，随后将自己的唇送了上去。

他有一瞬间的僵硬，随后便随着她动作。

短暂分离后，她喘着气问他："你那里还是我那里？"

"你那里。"他的气息也不稳。

她从包里掏出钥匙，将门打开。两人搂着，跌跌撞撞进去。身后是门关上的声音，他们亲吻拥抱，像是从来都没有分开过。

空调还没有开，房间里格外冰凉，他们却似乎感觉不到，身体灼热得能滴出汗来，紧贴的身体是黏腻的，她咬着他的脖子："贺敬，你分明就放不下我！"

贺敬在月光下看她红肿的双眸，一言不发，只是重新吻住她的唇，封锁她的一切言语。

窗户分明关紧了，可呼啸的风声依旧此起彼伏，吵得人难以安眠。

贺敬粗糙的掌心抚着她的背脊，哑声道：“以后别这么晚回来。”

向葵不理他，忽然决定最后一搏，她问：“贺敬，我只问你一句，也只问你这一次，你就当我给你最后一次机会，你究竟还愿不愿意和我在一起？从此以后，我们的未来就联系在一起，我的未来就是你的未来，你愿不愿意？”

贺敬没有出声，鬼一样寂静。向葵忽然觉得心慌，不敢看他。

“向葵，你并不知道，我的未来是怎么样的。”

“那你就说给我听。”向葵说，“你只要给我一个答案，如果你不愿意，我不会再纠缠你，我没有那么毫无尊严。”

贺敬抬手理了理她凌乱的头发：“你知道你的未来会多光辉明亮……”

向葵撑着他的胸膛抬起上半身，看他的眼睛：“我不知道。你总把你以为的一切强加在我身上，可是你以为的就真的好？你根本就不知道我想要的是什么，你怎么知道什么对我才是真的好！”

他握她的手，缓缓放在自己脖颈处的伤疤上：“我做过手术，喉癌的手术。”

她的手一下子僵住了，一动都不能动。

“很有可能会复发。”贺敬说，“你说我不知道，不，向葵，是你不知道。”

向葵的神志终于逐渐清醒，她僵硬的手指重新柔软，指腹在他那道伤疤上轻轻抚过，而后探身上前，以吻代替手指，一寸一寸，温柔又轻盈地吻过他曾经的伤痛。

“那又怎么样？”向葵说，声音里带着似哭非哭的沙哑，“所以，贺敬，你在怕什么？”

我怕你陷得太深，我却要早早地离你而去。

原本就不过是一场没有结果的爱情，他从来都没有奢求太多，她那个美好的未来，他不愿意也不想让它变得不美好。

所以就当是梦一场，梦醒了，一切就都结束了。

可似乎，这场梦，醒醒睡睡，他早已分不清楚梦里梦外。

什么是真实，什么又是虚幻？

他以为自己足够清醒，可爱情里，又有哪个人能真的清醒？都是一样浑浑噩噩，不分是非。

向葵将脸埋在贺敬的脸边，似乎有湿意在他的脸颊处蔓延：“贺敬，我很怕死，我怕自己死，也怕别人死，可是我不会因为死亡而放弃我想做的一切事情。”

如果死亡终究会来临，为什么我们不活得更加恣意？

“如果你是真的为我好，如果你心里真的有我。”向葵叫他的名字，“贺敬，我什么都不怕了，你怕什么？”

贺敬抬手，抚她湿漉漉的脸颊：“向葵，你知道你在说什么吗？”

“我一直都很清醒，不管是以前还是现在。贺敬，那个并不确切的死亡，比我更重要吗？”

贺敬侧过头，亲吻她的眼睛：“你会后悔。”

“不试过你怎么知道我会不会后悔？”向葵狠狠地骂，“胆小鬼！贺敬，你连爱我都不敢！你是个彻头彻尾的胆小鬼！”她蓦地抬起上半身，“反正我说了就给你这一次机会，你要还是不要？不要，那我走，学校有和澳洲学校交换生的名额，我会去那里，这辈子都不回来了。”

贺敬没有说话，向葵握紧了拳，明明很生气，却忍不住笑出声来：“好，既然如此，那我就走，走得越远越好，走得让你永远都找不到我……”

她转身要走，脚底还没碰到地面，手臂已经被人抓住，背后贴上一个炙热的胸膛，她浑身僵住，耳边有一道声音：“向葵，不要走。你说得对，我是胆小鬼，我是彻头彻尾的胆小鬼，所以我连爱你都不敢……”

向葵猛地回过身，额头抵着他的，眼泪在眼眶里打转：“那现在呢？你敢了吗？”

他吻住她的唇，仿佛要将她的灵魂都摄取：“向葵，你不知道，我的后顾之忧，从来都只有你而已。”

他独身一人，从不担心生死，也从未害怕过死亡，直到遇到她，他才后悔自己的生命有那么多的变数，才后悔自己没有一个健康的身体。

她这样年轻健康，而他却仿佛垂垂暮年的老人，数着自己过活，生怕哪一天睡着就再也醒不过来。

这样的他，又如何配得上她？

可是，或许，配不配得上这种话，不能由他说了算，毕竟感情是两个人之间的事情。

屋外是呼啸刺骨的寒风，屋内的空调已经关掉，可贺敬的身体就像是天然的暖炉，窝在他的怀里，向葵只觉得热。

已到半夜了，向葵却睡不着，用手指在他胸膛上胡乱地画。

他握住她乱动的手："不早了，睡觉。"

她扭了扭身体，和他靠得更紧："我睡不着，你睡得着吗？"

怎么可能？

他在她看不到的地方扬了扬唇，拍拍她的肩膀："你明天还要上学。"

"好吧。"她终于乖乖躺好，"对了，章达怎么样了？"

"昨天刚做完手术，很成功，只是不知道什么时候能醒过来。"

向葵应一声："你找了看护？"

"嗯，我没办法时时刻刻守在他身边。"

"那你钱还够吗？"向葵说完就后悔，"好好好，我知道，我不该质疑一个男人赚钱的能力。可是你现在在哪边工作？"

"我有和工作室方面合作。"

向葵伸手捏住他的手臂，咬牙切齿："我再问你一遍，你搬到这里来是不是为了我？"

他吃痛，倒吸一口气，好一会儿才闷声说："向葵，我不放心你。"

"既然不放心我，就像现在这样，陪在我身边。"顿了顿，似乎想到什么，她又加一句，"其实我没你想象的那么脆弱，就算你没在我身边的时候，我也过得很好，非常好。"说着又觉得不对，不禁有些懊恼。

贺敬吻她的额头："我明白，你想说的，我都明白。"

其实你不明白，向葵想，她想要永永远远和他在一起，想要他平安健康不会生病，可是这些话她不敢说，他身上的担子已经够重，她又何必让他疲惫？

前一天晚上睡得太晚，向葵早上是被贺敬摇醒的。匆匆忙忙洗脸刷牙，还是贺敬开了摩托车送她去学校。

到学校门口她匆匆跳下来，又跑回去踮起脚在他脸颊上亲一下，这才要跑开。

贺敬一把拉住她的手臂，见她不解地回头看，他皱了皱眉："不要跑，你脚扭伤了还没好。"

刚刚太急差点忘了，他一说她才觉出扭伤的地方还有些隐隐作痛，心里不禁有些甜意，点点头："好，你路上也小心。"

她匆匆赶到教室，刚刚坐下就响起了上课铃声，不由得吐出一口气，而后笑，这运气。

学校的确有澳洲交换生名额，班主任还特地叫她去办公室询问她的意愿，原本她觉得并无不可，如今却有些犹豫："老师，我想再考虑一下。"

"嗯，反正还有时间，你好好考虑一下，我觉得这是一个好机会，尤其对你来说。向葵，我知道你是个好孩子，学校里闲言碎语很多，我也听到了不少，你……"

向葵笑了下，她头一次感受到别人传达来的善意，原来是这种感觉："我没事的，从小到大这种传闻从来都不缺，如果我在意，大概活不到现在了。老师，谢谢你。"

或许，她想，要是她能早一点遇见这样的老师，她的人生也会不同。

下午只有两节课，向葵今天正好没有兼职，她知道这个时间贺敬不会在家，便想去医院探望章达。

医院离学校很近，走路过去也不过十五分钟的路程，当然前提是她没有被刘其祥围追堵截的话。

她显然低估了刘其祥对她的热情，一下课，老师都还没出教室，刘其祥就已经冲了进来，坐在她旁边，笑眯眯地看她："你是不是要做兼职？我给你介绍一个怎么样？"

"什么？"她一边收拾东西一边说话，根本没有把他的话放在心上。

"陪我啊。"刘其祥笑，"保证比你做过的任何兼职都要值钱，怎么样？"

"陪你干什么？睡觉？"她冷笑一声。

"当然，如果你愿意的话……"

她抬手，在刘其祥头上猛地一推，"你真当我是出来卖的？"

"不是，向葵，你知道我不是这个意思……"

向葵已经站起身走开，刘其祥追了上去："我当然知道你不是这样的人啦，我就是开个玩笑嘛，别生气。"

他就跟在她身边，陪着她一起往外走，嘴里也始终说个不停："对了，你知道吗？我哥最近有了个新欢，特别会讨他欢心，我见过一次，总觉得她眼熟。"

"怎么？你也看上了？要不要和你哥去抢女人？"

刘其祥讪讪一笑："我哥还不得宰了我。"

"那你就不怕我宰了你？"向葵停下步伐，"可以不要再跟着我了吗？"

"那我明天去接你上学，听说你今天差点迟到，现在这么冷……"

"停！"向葵忍住骂脏话的欲望，"住嘴！你敢去试试看！我就搬家！"

好不容易才摆脱刘其祥，向葵走到医院，问到了章达的病房，坐电梯上三楼。

电梯门阖上的瞬间，她隐约看到有个熟悉的身影在门外一闪而过，她笑了一声，大概是看错了吧。

章达还没有醒过来，病房里连看护都不在。她推门进去，看到病床上的章达，原本总是笑呵呵的他这会儿一动不动地躺着，头上裹着厚厚的一层纱布。

病房里除了加湿器的扑哧声之外便再也没有别的声响，安静得有些可怕。她找了张椅子坐下来，一眼就看到病床旁放着一篮子新鲜水果，还没有拆过，应该是有人刚刚送过来的。

向葵想到刚刚在电梯里看到的那个一闪而过的身影。

向葵轻轻扯唇，她把话说得那么绝，其实心里还是放不下吗？放不下这个第一次在她心里留下异样情愫的少年。

其实陷入感情里的人都一样吧，以为可以决绝地斩断和过往的一切联系，可是那些刻骨的记忆依旧留在心底，是永远都无法割舍的。

看护不知道去了哪里，一直都没有回来，她无事可做便拿出手机玩了一会儿，听到有人推门，她回头。

进来的是一个三十几岁的女人，穿得很朴素，头发不长，扎在脑后，尽管素颜依旧可以看得出她很漂亮。

她皱眉："你就是护工？怎么离开这么久？要是病人有什么事怎么办？"

女人似是一愣，随后微微低头，似是应了一声。

向葵哼一声，看到她手里的热水瓶，起身拿过来，给自己倒了杯水，清了清嗓子说：“以后别走开这么久。”

女人点头，收拾了一下病房，又看了一下章达的状态，随后找了个离她最远的地方坐着。

两个女人在一个病房里沉默不语，向葵想继续玩手机，忽然听到女人轻声问她：“你是向葵？”

向葵愣了一下：“贺敬和你说起过我？”

女人没说话。

“你，不是护工？”向葵抬眼看她，不知为何她觉得她这张脸有些眼熟，却又说不上来在哪里见过。

“嗯。”她终于多说了几个字，“我是章达的姐姐，我叫章正芝。”

向葵一时之间不知道该怎么回话，沉默了一会儿才闷声说：“不好意思，刚刚不知道你是……”

“没关系，你也是关心小达。”

向葵觉得自己有些犯糊涂了，贺敬是章达的叔叔，可章达却有一个这么大的姐姐，她犹豫许久，到底出声问道：“你和贺敬，是亲戚？”

“我们……”她顿了顿，“是朋友。”

向葵只觉脑中有一道光闪过，她想她应该明白了些什么，心下有些不是滋味，却隐忍不发，只是笑了笑：“是吗？”

寥寥几语过后，两人之间越发尴尬，仿佛连呼吸声都放轻了一般。

向葵研究了一会儿章达的五官，她说怎么刚刚觉得章正芝眼熟，原来是和章达长得像，也怪不得王安惠对章达念念不忘，章达其实长得很不错，当初她还思考过呢，怎么贺敬就和章达一丁点都不像，一张脸普通得放到人群里都认不出来。

她将视线移开，透过窗户往外看去。窗户有些脏，明显可见雨水干了的痕迹，一块一块的斑斑点点，让人浑身不舒服。

窗外是一棵很大的银杏树，树叶几乎掉光了，只有一根枯枝上仅剩了几片叶子摇摇欲坠，忽然一阵大风刮过，最后几片叶子也随着寒风在空中荡荡悠悠地消失在她的视线里。她忽然想起了最后一片常春藤叶的故事，莫名地笑了下。

她的笑声在寂静的病房里这样明显，章正芝下意识地看了她一眼。

真年轻，真漂亮。

除了这六个字，章正芝好像无法再用别的形容词来形容她。

正当好的年纪，她的每一处都美好得让人自惭形秽。

章正芝低头，正好看到自己扭着放在一起的双手，有些泛黄，皮肤并不那么粗糙却满是年龄的痕迹。

她比贺敬年轻两岁，不过三十出头，却像是四十几岁的女人，沧桑得无法入眼。

她原本就低着的头，垂得越发低了。

门口的走廊终于传来了脚步声，向葵瞬间就听出来，起身。贺敬正好推门进来，在看到向葵的时候微微一愣："你来了？"

"嗯。"她应了一声，大步迎上去，拉着他的手。他应该刚刚工作完过来，衣服上虽然没有木屑但闻得出浓厚的木头味道，手洗得干净，可头发里有一两片木屑，她踮起脚，用另一只手替他掸去，而后笑了笑，"我等你很久了。"

贺敬嗯了一声，微微抬眼，就看到了章正芝。原本坐在角落的章正芝已经站了起来，双手拘束地握在一起，尴尬地冲他笑了一下。

贺敬握住向葵的手往里面走了走，想要介绍，向葵先说出口：“我们已经认识了，章姐姐说是章达的姐姐，对吧？你怎么也不提前和我说一声，害我把她当成护工了呢。”她不好意思地吐吐舌头，瞪他一眼。

贺敬下意识地摸摸她的头顶：“是我没想周全。”

向葵拿过自己的水杯递给他：“要不要喝口水？”也不管他有没有应，直接将杯沿送到了他的唇边，看他喝一口才收回来。

“你吃过晚饭没？”贺敬问她，“饿不饿？”

向葵连连点头：“我下午直接到医院来了，什么都没吃就喝了点水，饿死了，你陪我去吃东西好不好？”

她用一双小鹿般水灵灵的眼睛看着他，他怎么会说不好，起身带她走。临走前，贺敬想和章正芝说话，向葵已经抢先：“章姐姐，章达麻烦你啦，你也没吃吧？我们等会儿给你带回来！”说着拉贺敬出去，不让他有时间可以回头。

等病房门关上，向葵脸上的笑瞬间收拢，抱着贺敬胳膊的手也松了开来，她大步往前走，头也不回。

贺敬有些莫名其妙，看着她的背影沉默了一秒之后才拔腿跟了上去。

女人可真是一个奇怪的生物。

·第九章·

大梦初醒荒唐了这一生

向葵真的没有一丁点等贺敬的意思，进了电梯之后就直接按关门的按钮，还好贺敬走得快，趁电梯门还没关上的时候拦住了，才能跟进去。

电梯里还有别人，向葵双手抱胸侧对着他，一脸的冷淡，和刚刚那样笑容满面的人判若两人。

贺敬不习惯在这么多人面前做过于亲密的举动，他犹豫了下，站到她身边，轻轻碰她的肩膀，没想到她却扭了扭身体躲开他，看都不看他一眼。

已经有人将他当作骚扰分子，奇怪的眼神都扫射过来，贺敬只能按兵不动。

电梯终于到一楼，向葵快步出去，贺敬追上去抓她的手："向葵，如果我做错了什么，你……"

向葵真的停了下来，抬眸看他："那你说，你做错了什么？"

“正芝的事情，不是我刻意不和你说，原本我以为……”他顿了顿，“本来打算今天和你说的。”

“马后炮谁不会放？”她哼一声，“正芝？你叫我还叫向葵呢，怎么轮到她就叫正芝了！”

贺敬被她堵了堵：“好，这件事情是我错，可我和她早就没有任何关系。”

“早就？”向葵心里头犯堵，“那就是早前有关系咯？”

“向葵……”他的声音有些无力，“我已经三十多……”

是。

向葵明白，贺敬已经三十多，在她错过的这么多年里，他怎么可能没有任何感情生活？她很明白，可就是忍不住嫉妒。

嫉妒他叫那个女人正芝，嫉妒那个女人比他更早认识他……

向葵咬着唇不说话，眉心微蹙。

贺敬抬手，指尖触上她的眉心：“是我不对，你不要生气，我和她的确已经没有任何关系。”

向葵拉住他的手，张大嘴狠狠咬了一口。深深的牙印，差一点就要见血。她哼一声：“我饿了。”

贺敬说好：“你想吃什么？”

向葵看到医院门口对面的麻辣烫，手一指：“吃那个。”

向葵一贯吃得少，这会儿更是一根一根地挑着碗里的粉丝，一点胃口都没有。

贺敬看着她这个样子，忍不住说：“如果不喜欢，我们换一家。”

“你什么时候这样不勤俭了？”向葵瞥他一眼，“不怕浪费了？”

贺敬知道她心里还有气，见她继续一小口一小口地吃着，轻声叫她：“向葵。”

向葵放下筷子：“那你和那个女人到底是什么关系？章达又是怎么回事？”

这说来其实大概是一个格外普通的故事，只是因为男主成了贺敬，所以向葵才觉得一点都不普通了。

贺敬和章正芝是同一个地方的，父母都是朋友，因而早早就订下了亲事，大概就是所谓的青梅竹马。

算起来还有点像封建时候的盲婚哑嫁，毕竟两人平时也走得不近，不过就是父母之间的约定而已。可年轻男女之间的感情有个突破点便能很快地发展起来，有了约定后，两人便时常见面，不知不觉就有了些许感情。

为什么用些许这个词，因为贺敬在向葵的逼问之下说的是并不反感，也没说特别喜欢对方。

总而言之两人那会儿常常在一起，那时候的章达也还是个聪明的小男生。有一次，两人带了章达一起出去玩，结果章达却被车子撞了，脑袋还受了损伤，变成了现在这个样子。

不知道是不是因为愧疚，贺敬因而待章达格外好。

快到结婚的年纪,贺敬却入伍了,结果没几年就退伍了,因为得了喉癌。

他没回去，只是让家里人去退了婚。等贺敬病好后回家，他才得知章正芝也一个人离开了，从此没有音信。不过她曾经给家里汇过大笔的钱，说要给贺敬治病的。

恢复好之后，贺敬带着章达走出了小城。直到章达做手术的前夕，贺敬才偶然遇到了章正芝，所以她才会出现在章达的病房里。

向葵看着贺敬，问："她一个女人，怎么能赚到那么多钱？"

"她不说。"贺敬喝了口水，这个故事说长不长，说短不短，他不习惯说话，说了这么多话，他喉间已经有些痛。

向葵也没有再问，一个女人能有什么来路能这么短的时间赚到那么多钱？她就算不问也心知肚明。

"你们那时候的婚约已经不作数了？"

"早就退了。"他说，"向葵。从她离开那一年开始，我们就没有再联系过，就算是原本有过一些感情，到现在也早就没有了。"

向葵哼了一声，其实她能理解他的这一段，毕竟章正芝是因为他才离开的，而原本她可能过上平淡幸福的小日子，现如今看，她过得并不是特别好，他觉得对不起她也是应该的。

只是想得通是一回事，心里有没有疙瘩又是另外一回事。

向葵又拿起筷子要吃，贺敬连忙拉住她，把她的碗挪到了自己这边："冷了，你别吃，再去买一份吧。"

向葵咬咬唇："我不想吃这个了，你也别吃，冷的伤胃。"

贺敬一向不会这么浪费，可是浪费总比生病要好，便也将筷子放下："出去吧，我们去吃点别的。"

向葵酸酸地说："是不是怕你的正芝饿着了？"

贺敬有些无奈："向葵。"

"哎呀我随口说说都不行了？"向葵哼，"走了，我想喝粥。"

两人最终在隔壁的粥店喝了点粥又吃了两笼生煎，还给章正芝打包了一份，这才往医院走。

向葵挽着贺敬的手臂，快到医院的时候她低声说：“你的以前我没有参与，我就算再怎么嫉妒也没有办法，可是贺敬，你的以后只能有我一个人。”

贺敬的步子一顿，向葵还在说：“你不知道我多嫉妒她，嫉妒她那么早就认识你……”

话还没说完，她就落入一个温暖的怀抱。她微微愣怔片刻，才抬手从他的外套里环住他紧窄的腰，将脸在他胸口蹭了蹭。

“好。”贺敬说，“我的以后，只会有你一个人。”

向葵抱着贺敬的胳膊进病房，一直坐着的章正芝瞬间起身，似是不知道该用什么表情面对，最终尴尬地笑了笑。

向葵将贺敬手里的东西拿过去送到章正芝面前：“快吃吧，你肯定饿坏啦，等会儿就冷了。”

章正芝应了一声，接过东西放下之后便说：“阿敬，你和向葵先回去吧，这里有我就够了。”

贺敬知道现在章正芝和向葵大概都不自在，便应下来：“好，那有什么事记得打我电话。”

章正芝点头：“好，你们回去吧。”

贺敬和向葵离开，章正芝起身走到窗边往外看去，正好可以看到住院楼门口的场景，没一会儿，两人的身影就出现了。

一个高大一个娇小，依偎在一起的画面是那样和谐又美好。

走到路灯下，她忽然拉住他的衣领，踮起脚吻在他的唇上，而后笑着跑开。他无奈地摇头笑笑，连忙大步追上去。他们就这样渐行渐远，逐渐看不到任何身影。

章正芝垂眸，手上忽然落了一点热烫，她用手指抹去，而后笑了笑，转过身来。

打开放在一旁的塑料袋子，粥已经有些凉，她一口一口往嘴里送，满满的都是苦涩。

她忽然想起前段时间刚和贺敬重逢的时候，她问他是不是还是一个人，他在沉默了一秒之后说："不是，我爱上了一个小姑娘。"

他说那个小姑娘那么年轻漂亮，那么大胆坦诚，那么独一无二，那么无法抗拒，他说那个小姑娘叫向葵。

他说起她的名字的时候唇边带着浅浅的笑容："可是我不能耽误她。"

章正芝忽然想：如果她那时候回去了，是不是一切就都会不一样呢？

向葵第二天一早没课，贺敬以为她有课，将她推醒。

她有些懊恼，抬脚踹了踹他："我早上没课！"

她便被他重新塞回了被子里，角角落落都掖好，这才起身。

等他走了，向葵却没了半点睡意，在被子里翻来覆去，最终还是坐起来，套上厚睡衣从被子里出来，从抽屉里拿了那个小铁盒就跑回了床上。

没了贺敬的被窝里很快就凉了，重新躺进去的她打了个哆嗦，才颤抖着打开了那个冰凉的铁盒子。

里面是她这些年存下来的钱，也有之前四年安大的奖学金，她平常节俭，再加上一直在打工，那笔钱都没怎么动过，倒是已经有不少。

她一张张拿出来数了两遍，一共五万多一点点，她拿出其中的五万放好，铁盒子便空了，她笑着拍拍盒子：“等着，我会慢慢把你填满的，别担心。”

去学校之前向葵先去了一趟医院，章正芝在，看到她进来有些意外：“你怎么来了？”

“我早上没课，来看看章达。”她说着走到病床旁，“贺敬对章达真的很好啊。”

“嗯，要不是阿敬，小达这手术还不知道做不做得成。”章正芝叹一声，“他自己也过得不容易。”

向葵应了一声，从包里把那沓钱拿了出来递给章正芝。

向葵把钱用纸袋装着，章正芝不明所以，打开看一眼便问：“这是干什么？”

“贺敬把以前的事情都和我说了，我不知道你当初给了多少钱，这里是五万，要是不够的话，我……”

章正芝愣了愣，不明白向葵是什么意思：“什么？”

“你当初给贺敬做手术的钱。”

章正芝反应过来，连忙把钱递回去：“阿敬把当初的事情都和你说了？可是你肯定是误会了，阿敬没用我的钱做手术，那笔钱他一直存着，前些日子还特意还给我了。”

向葵有些意外，因为那些事情贺敬其实并没有说清楚，只说他做了手术，说章正芝曾汇钱给家里，她便有了自然而然的联想，那当初贺敬手术的钱是哪里来的？

她没有说话，章正芝以为她在生气，便补充一句："我和阿敬，早就没关系了。"

"可是你喜欢他，而且还很喜欢他，不是吗？"

"我……"

"你不用否认，这没什么可丢脸的。感情本来就不能控制。"

章正芝笑了笑，有些无奈，她竟然还不如一个小姑娘看得开："你为什么会喜欢阿敬？你年轻漂亮，可是阿敬……"

"他比任何人都要好。"向葵打断她，"在你的眼里是这样，那在我的眼里也是这样。感情不但不能控制，也总是没有理由，不是吗？"

"等小达好了，我和他就离开这里，回家去。你放心，我会离阿敬远一点，我也希望他能幸福。"即使他的幸福，不是和她。

她知道，早在当初离开那个小城的时候，她就失去了和他一起幸福的资格，或许有心酸难过，可这就是她的命运。

章达第二天就醒了，虽然没了以前的傻气，可是却什么都不记得了，医生说是因为手术的关系。

向葵不知道，如果王安惠知道章达忘了一切，应该是庆幸还是伤心。

虽然是周末，向葵还是和贺敬一起起床了，她晚点要去打工，非要先送贺敬下楼。

贺敬拿她没办法，拿了一件厚棉袄让她穿上，这才允许她出门。

在楼道里他连连叮嘱她要多穿点出门，中午要吃饱一些，晚上不要太晚回家，晚了一定要和他打电话。她歪着头听，最后实在是忍不住，一把搂住他的脖子将唇送上去，咬他的下唇："知道了，唠叨的老头子！"

他瞪她一眼。

她便干脆跳到他身上，搂着他的头吻了好几下：“我知道啦，真的知道啦，你别担心我。”

“嗯，你下来，我得走了。”

她在他身上扭来扭去就是不下去：“有本事你扔我下来呀。”

他拍她小巧的臀，她哈哈大笑，不料眼角余光却忽然看到一个熟悉的身影，笑容不由得一僵，她转头去看。

楼道外站着一个僵直的身影，穿着笔挺的藏蓝色羊绒大衣，头发往后梳着，露出光亮的额头，他手里还捧着一束玫瑰，那束玫瑰花就在她的视线下落在了地上。

殷红的玫瑰上洒满了水珠，清澈的水珠从玫瑰花瓣上一一落下，与灰尘融为一体，白色的包装纸一下子就染上一层灰色的土。

向葵将视线收回来，从贺敬身上下来，笑容又扬起来：“你快去吧，等会儿就迟到了。”

贺敬并不记得刘其祥，也没有怎么怀疑，应一声：“你快上去。”

看着贺敬开车走远，向葵这才转身往楼上走，视线自始至终都没有落到刘其祥身上。

向葵走得很快，刘其祥走得更快，他从玫瑰上踩过，花瓣被踩得不成样子，他在向葵开门的同时扯住了她的胳膊，一把将她扯得转过身来：“就是他？你口中的男朋友？是他？那个一无是处的老男人？”

向葵甩开他的手：“谁允许你这么说他？你怎么知道他一无是处？他比你强多了！”

“就这么一个男人？居然让你昏了头？你看中他什么？你疯了吗？我有什么比不上他的！你说！”刘其祥抓住她的胳膊，声音大得让她头疼。

“他哪里都比你强！”

“住嘴！向葵！”

“他是没钱，他是年纪大，你有钱有势，你年轻，但又有什么用？刘其祥，我不爱你，我从来都不爱你。可是我爱他。”她笑，“刘其祥，你说，你又比他强在哪里？”

向葵的笑容，曾经是他最喜欢，最想看到的，可现在，他恨不得撕开她的笑，撕开她的脸，撕开一切!

刘其祥猛地将她推进屋去，不管不顾地吻上去：“你不爱我，你不让我碰你，那我就要碰你！”

男人和女人的力气原本就有差异，以前是刘其祥有意无意地让着她，这会儿他发起狠来，她竟然一时之间没办法推开他。

她一步两步往后退，竟被他压在了沙发上，他坐在她的腿上，一手制住她的双手，另一只手狠狠地扯她的衣服。

“刘其祥！你放手！”她怒道。

刘其祥此时红了眼睛，什么都听不到，耳朵里只有她刚刚的话，她说她爱那个男人，爱那个一丁点都比不上自己的男人!

他的力气越发大，她最里面的衬衣被扯开，露出胸衣包裹着雪白柔嫩，这画面让他口干舌燥，他后悔没有早点这么干，如果他早点这么干，他想，向葵大概早就是他的了。

刘其祥俯下身来，想去吻她的唇。她侧过头不让他碰，他哼一声，咬上她的前胸。白嫩嫩的肌肤上有了一丝血痕，简直让人浑身颤抖。

他脱自己的衣服，稍微放松了对她的钳制。向葵偷偷看他一眼，一咬牙，猛地抬起腿，用膝盖重重地踢向他的重要部位，见他哼叫一声翻倒在地，她起身再度抬脚狠狠踹过去。

刘其祥捂着下身痛叫。

向葵匆匆捂住自己被他撕开的衣服就往外跑，她没有别的地方可去，出了门就进了对面贺敬的房子。

贺敬一早就把钥匙给她了，不过今天以前她都没有去过。等把门关好，找了件他的衣服套上，她才算是有了安全感。

没一会儿，她听到隔壁刘其祥骂骂咧咧的声音，还有他用力下楼的脚步声，知道他总算走了，她才舒出一口气。又等了一会儿，她开门回到自己的房间，处理了一下胸上的伤口，换了衣服，若无其事地去做兼职。

楼道外的那束落在地上的玫瑰花已经被保洁员收走了，只留几片残破的被人踩烂，已经看不出本来的样子的玫瑰花瓣。

她迈步，从花瓣上踩了过去。

“滚！”刘其祥狠狠地将递过来的玻璃杯扔了出去，透明的碎片瞬间在角落里炸开，令人无处下脚。

他喘着气，咬牙切齿：“等下，你说那个人叫什么？贺敬？”

助理低着头，连忙回道：“是的二少爷，叫贺敬，以前一直在安城，最近才到 J 市来的，就是个木匠。”

刘其祥深吸一口气：“贺敬……贺敬……”

“怎么了？”刘其瑞皱着眉头走进来，看了一眼地板上到处都是的玻璃碎片和水渍，“又有哪个人惹你不高兴了？”

刘其祥看到哥哥，又委屈又生气：“哥，你帮我个忙好不好……”

向葵忙完学校的事情，看看时间，贺敬应该还在工作室，她便打算去医院看一看章达。

她去学校门口的公交站坐车，今天的公交车似乎来得特别慢，偏偏天逐渐阴下来，似乎是快要下雨的征兆。她跺了跺冰冷的脚，有些后悔没带雨伞，只能默默希望公交车快来。

70路从转弯处过来，她排队准备上车，口袋里的手机却忽然振动起来，她拿出来看一眼，是刘其祥打来的。

她直接挂断。

已经轮到她上车，刘其祥的电话又打来。

她呼出一口气，一边拿公交卡一边接电话：“你又想干什么？”

“对啊，我的确是想干些什么。”刘其祥在那头呵呵笑了两声，让人毛骨悚然，“你那个老男人，听说他跟了一个工作室？最近是不是活得挺滋润的？”

“刘其祥！”向葵顿了动作，公交车司机见她一脚踏上来又不动，忍不住催了一声。

向葵退回去，捂着手机说了声对不起。

“向葵！”刘其祥冷了声音，“怎么？舍不得了？我就想看你舍不得的样子。”

刘其祥总是跟在她身后耍赖，也是别人眼中没有本事的富二代，可向葵知道，刘其祥脾气暴躁，性格恶劣，如果他真的发起狠来，根本没有人拦得住他。

向葵没有再理他，直接挂了电话。

她好不容易才打通贺敬的电话，急忙问:“你在哪里？你工作室在哪里”

贺敬有些莫名，却还是说了地址：“快下雨了，你……”

电话已经被挂断了，他刚想把手机放回口袋，眼前却出现了几个人，看起来来者不善。他抿了抿唇，不作声。

他起身，往前走一步，静静地看着他们。

他们互相看一眼，便大步走上前来……

向葵刚坐上出租车，大雨便混合着几不可见的雪花落了下来，她打开窗户，溅了雨水到她脸上，冷得让她打了个哆嗦。

司机叫一声：“怎么把窗开了？雨要把座位打湿了。”

她哦了一声，将窗户关上：“大叔，你能开快点吗？我有急事。”

“哎小姑娘，不是我不想开快点，这下了大雨，路上滑，马上就是下班高峰期，出事故了怎么办？”

向葵深吸一口气，只能放弃。

贺敬所在的工作室在巷子里面，车子开不进去，司机只能停在外面，她下车的时候司机还说：“小姑娘，你没伞啊？一个人可小心点。”

雨那么大，她出了出租车大雨便劈头盖脸而来，她的头发衣服瞬间被淋得湿透。冬雨格外凉，她却仿佛感觉不到冷。

她跑得那么快，比以前所有的时候都要快。

穿过巷子，她终于看到贺敬所在的工作室，她一眼就认出外面地上的他，他在漫天冬雨里蹲在地上捡什么东西，这一幕令她差点就要落泪。

他似乎是感觉到了什么，缓缓抬起头来。

雨那么大，她眼睛都快睁不开，却仿佛透过层层雨帘看到他的眼睛，和她第一次见他的时候那么像。

她抿了抿唇，大步冲过去，狠狠地撞进了他的怀里。

贺敬闷哼一声，一手将她抱住，另外一只手挡在她的头顶，声音比任何时候都要沙哑："你怎么来了？"

她仰起头来看他的脸，看到了他眼角和唇边的青紫，连忙伸手去抚，可是快碰到又缩回来："有人来过了，对不对？"

贺敬拉着她回到工作室外的屋檐下，伸手将她脸上的雨水抹去："没事。"

她咬着唇，怨自己来得太晚："疼吗？还有哪里伤到了？我们去医院吧？"

贺敬捧她的脸："没事，我真的没事。"他让她看他的眼睛，亲吻她的额角，让她冷静下来，"向葵，我真的没事。"

向葵浑身都软下来，眼前有些朦胧："对不起，都是我，都是我不好，是因为我，你才……"

贺敬不让她再说下去："回去再说，你得赶紧洗个澡换衣服。"

贺敬让她在外面等着，自己进去同工作室的老板说话。

老板叹了一声，看一眼因为刚刚那场打架被毁得七零八落的半成品：

“不知道你在外面招惹了什么人，我原来觉得你工作认真，作品质量也好，才破格接受你的。要是今天这种事情再来一次，那我们的工作室还要不要再做下去？所以贺敬，你看，实在是不好意思，我们……”

贺敬点点头：“我明白，给你们添了麻烦，实在是抱歉。”

“别这么说，我们……哎……”

贺敬没再多说什么，转身拿了东西走人。向葵依旧等在门口，蹲着抱住自己的腿，微微颤抖。

贺敬将放在工作室的外套盖在她身上，扶着她起来：“走吧，我们回去。”

她的脸色有些苍白，嗯了一声，半靠在他身上。

贺敬撑伞带她走出巷子打车回去，让司机开了空调，而后将她搂在怀里：“还冷吗？”

向葵明明还在哆嗦，却笑着摇头：“还好，不冷了。”

司机从后视镜里看他们一眼，挑了挑眉，神色莫辨。

等到小区楼下，贺敬直接将她抱起来，上了楼，开了热水。好在热水来得快，浴室里很快就迷蒙一片。

贺敬替她脱了衣服，她站不住，他就抱着她在热水下冲。他伸手捋她脸上的发丝，看到她惨白的脸颊逐渐泛起红晕，这才松一口气。

向葵有了些意识，摸摸他眼角的伤，就要脱他的衣服。

他抵抗不过，任由她将他湿透的衣服全都褪去，露出身上青青紫紫的痕迹。

对贺敬来说，这点伤委实不算什么，不过是皮肉伤而已，休养几天便能恢复，向葵看到却一下子湿了眼眶："明明，明明那么多伤……"

"过两天就会不见。"贺敬有些不知道该怎么办，最后只有抬起她的下巴，吻住她颤抖的唇，温柔缱绻，"我没事，向葵，我真的没事。"

来了四个人，身手都不错，他也差点没打得过，他现在庆幸向葵是在他们走后才来，如果让她看到那些场景，她的眼泪大概早就停不下来。

他每次见到她落泪的样子，都心疼又自责。

贺敬将空调打得很高，让她靠在自己怀里，厚厚的被子盖了两层。

向葵闷闷的声音从被子里传来："其实我没有那么冷。"

"小心生病。"他说。

"好。"向葵乖乖应声，"你也是。"

贺敬并没有问她今天究竟是怎么回事，向葵却觉得不能再隐瞒下去，因为今天的事情有一次就会有第二次，因为她不知道刘其祥究竟还会做出什么事。

"对不起。都是因为我。"向葵亲了亲他的肩膀，声音沙哑，"是因为我，你才会……那个该死的刘其祥。你别担心，这件事情我会解决的，我不会再让他伤害你。"

贺敬胸口颤动："这句话，应该是我来对你说。"

她没有说话，想抱他抱得更紧一些，却又怕碰到他的伤处，只能不远不近地挨着他。

向葵太累，没一会儿就睡着了。

贺敬靠近些将她搂住，一闭眼就想起方才的那几个人。

如果他没有看错，最后那个出现在转角处，让那些打手离开的人，是他的旧识。

原本以为他早就和过去剥离得一干二净，直到看到那人，他才恍然意识到，有些事情有些人，永远都不会那么轻易就过去。

他低头亲一下向葵的额头，又松开她。然后，他从行李箱的最深处找出了一个老旧的手机，开机。

手机开机有响声，他连忙捂住，回身看一眼床上的向葵，生怕吵到她。

她却只是翻了个身，继续睡了过去。

贺敬轻手轻脚地出去，手机通讯录里一个号码都没有，他直接输入一串数字，拨过去。

嘟嘟声响了两次便被接起来，那头是个有些苍老的男声，带着难以置信："贺敬？"

贺敬垂了眉眼："是我……"

"你，还好吧？"他犹豫两秒，问。

贺敬轻应一声："我见到那个人了。"

"什么？"

"那年伤我的那个人，我见到了。"

"真的？"那头略震惊，随后稳下来，"你别冲动，那他……"

"我不知道他有没有认出我。"贺敬握着手机的力气逐渐变大，"如果是以前，我不会担心，可现在……"

"交给我。"他说，"你把知道的全都告诉我，我会处理。你已经退出，不用再管那些事。"

贺敬还想说点什么，却听到卧室门被打开的声音，他回身看到向葵揉着眼睛站在门口，就只说了句下次再联系之后便挂了电话，他将手机放回口袋，迎上去："怎么醒了？"

向葵哑着嗓子问一句："找不到你……你刚刚在打电话？出什么事了？"

他摇摇头说没有，搂着她回卧室："继续睡吧，什么事都没有。"

向葵觉得他不太像没事的样子，可他不说，她睡得迷迷糊糊的，也没什么精力再追问下去，靠在他怀里一下子就睡了过去，心里想着明天再问他，可真正到了明天，她反而忘得一干二净了。

向葵知道刘其祥没那么容易就解气。

周五下午她在学校，贺敬说要来接她。于是，她临走之前找导师说了她要放弃去澳洲的资格，刚走出校门，她一眼就看到了马路对面的贺敬。

只是向葵还来不及朝贺敬招手，一辆黑色的轿车忽然急刹车停在她面前。她一愣，很快反应过来，转身要走。车里却快步走下来两个穿正装的男人，他们挡在她面前。她根本抵抗不了，被左右钳制着送进了车里。

坐在副驾驶上的是刘其祥的助理，他回头看她一眼，平常总是带着笑意的声音此时格外冷淡："向小姐，二少请你过去一趟。"

"请？"她看了一眼自己左右胳膊上的两只手，冷笑一声。

"毕竟向小姐不再和以前一样，是二少手心里的宝贝了。"助理笑一声，"向小姐还是担心一下自己吧。二少，可不好对付。"

贺敬已经跑过来敲着车窗，向葵看了看他，之后收回眼神："助理先生，我和他说一声。毕竟你也不希望有人一直跟着，对不对？"

助理对她身边的两人使了个眼色，她双手终于找回自由，便伸手按开了车窗。

贺敬一脸急切，声音却格外冷静：“你们是谁，快放人。”

“贺敬。”她的声音十分平静，“有个朋友出了点事，我要去一下，你别担心。”

“真的，没事？”他不信。

“嗯，没事，你先去医院。我晚点会过去。”她柔声，“别担心，我真的没事。”

贺敬带着狐疑，她朝他眨眨眼睛，而后对助理说：“好了，我们走吧。”

车子开出去不久，助理忽然笑一声：“那位先生倒是好福气。”

向葵移开眼神，并不言语。

贺敬知道不对劲，回去开摩托车想追上去，却看到校门口有个熟悉的身影。他不由得停下来，摩托车的声音有点大，一下子吸引了那人的目光。那人一下子冲上来：“向葵呢？她在哪里！”

是向佩佩。

不知道她什么时候来的。

贺敬下了车：“她被人带走了。车牌号是 E29988，我正要追上去。”

向佩佩瞪他一眼，也不说话，在旁边招手拦了辆出租车便走了。

贺敬重新发动摩托车，猛地冲了出去。

车子进入了城中心的一个公寓。

公寓里一个人都没有，安静得仿佛鬼屋，助理送她进去之后就出去了。

向葵打量着周围，既来之则安之，在沙发上坐了下来。

卧室里传来声音，不一会儿，刘其祥披着睡衣走了出来，他绕过沙发走到向葵面前。她抬头，他抬手，一下子捏住她的下巴让她不能动弹。

向葵看着他，忽然笑了笑："刘其祥，不要让我更看不起你。"

"向葵。"他凑近，"我到底哪里比不上那个男人？他又老又穷，不过就是个木匠，我随便动根手指就能碾死他。"

"卑鄙。"

刘其祥往前一趋，将她压倒在沙发上，笑着靠近。

"信不信我再踹你一脚？"向葵仰着下巴，"刘其祥，我不怕你。"

刘其祥啐了一声，直起身："你不怕我？那我总能让你怕的！进来！"

刚刚钳制过向葵的两人将她抓起来直接绑在了椅子上，做完这一切，那两个人就离开了。屋里又只剩下刘其祥一人，他靠在沙发上，眯着眼睛看她："向葵，你说，我以前对你好不好？"

向葵冷嗤。

"我对你那么好，你就这么对我？"刘其祥咬牙切齿，"既然对你好你不要，那我不好过，你也别想好过！"

他起身，拿起茶几上的水果刀，用刀面在她脸上拍了拍："你最在意的应该是你这张脸？"说着，刀锋往下，从领口一划，她的毛衣直接被剖开，露出里面的衬衫，"还是这个身体？"

顿了顿，他把水果刀收回去。

"或者，是那个男人？你说，我要是把那个男人废了……"

向葵深吸一口气："不过是个男人，没了这个还有别的，刘其祥，你以为我会在意？"

刘其祥冷笑："是吗？那来一个我废一个！"

向葵不知道刘其祥到底想干什么，或许是享受着她无计可施的快感。他一直坐在沙发上，歪着头看她。等了好一会儿，他忽然起身，走到她面前，低头笑："我想到了，要怎么惩罚你了。你不是一直装贞洁烈女，碰都不让人碰吗？"

刘其祥直起身来，大叫一声："全都进来。"

连带着刘其祥的助理，一共进来五个人，齐齐站在刘其祥面前。

刘其祥手一指："把她的衣服脱了。"

众人一愣，却不敢无视刘其祥的命令，有人上前将她的外衣脱了。

刘其祥大吼："脱光！"

向葵平静地看他一眼："无耻。"

"我就无耻给你看！还不给我脱！"

那人有点犹豫，刘其祥一把推开他，直接上前亲自将她的衣服一下全撕开了。她胸口的伤口已经好得差不多，只留下一个浅浅的痕迹。刘其祥伸手，轻轻磨蹭了那个痕迹一会儿，蓦地将指尖掐了进去。好不容易快好的伤口又渗出血来。

她别开脸，闭着眼睛不去看。

裙子也被扯开，只有薄薄的丝袜还在，她咬着牙，不停地深呼吸，都是些苍蝇，她对自己说。

防盗门忽然被拍响，刘其祥的动作一顿，脸上是被打扰的怒气。

知道他这间公寓的没几个人，就算再不愿意，他还是让人去开门。

是贺敬，他站在门口，一眼就瞧见了椅子上的向葵，身侧的拳头猛地握紧，他冲进去来到向葵面前。

刘其祥叫了一声，那些人都过来围住他。

贺敬深吸一口气，脱下衣服遮在她身上，而后抬手捂住她的眼睛："闭上眼睛，不要看。"

向葵刚刚一直都没害怕，这会儿却有些怕起来："贺敬……"她低声叫。

"没事的，相信我。"

她点点头，说好："我相信你。"

贺敬的掌心离开她的双眼，但向葵没有睁开眼睛，她听到房间里一阵打斗声，有人闷哼的声音，有东西碎裂的声音……

她心脏跳得很急，她相信他，但是她还是害怕。

害怕他受伤，害怕他出事。

向葵感受到身前有一阵暖意，她叫："贺敬？"

他应声，伸手替她解开绳索："是我，睁眼吧。"

她睁开眼睛，一时之间没能适应房间里的光亮，过了一会儿视线才清楚。那些人包括刘其祥和那个助理，都被贺敬拿绳子绑了扔在地上。

贺敬也受了些伤，脸上有些青紫，但看起来不怎么严重。

她知道他力气大，但她不知道他居然这么能打。

向葵刚想说什么，门铃又响起来。贺敬去开门，最先冲进来的居然是一身旗袍的向佩佩，她在看到这一幕之后有些呆愣。

在她身后，有人拄着拐杖走进来。

被绑着躺在地上的刘其祥一愣，叫："爸……"

刘寅看了向葵一眼，将视线收回来看地上的刘其祥：“这是在干什么？！”

刘其祥声音委屈得厉害：“那个人，那个人打我，还把我绑了……”

刘寅一向不管刘其祥的私事，他哥刘其瑞私生活比他更加混乱，刘寅也从没说过一句话，刘其祥不明白这事儿怎么就惊动他了。

刘寅让跟在身后的黑衣男人去把刘其祥松了绑。

自由了的刘其祥气得要冲过去打贺敬，却被拦了下来：“爸，那个人都把我打成这样了！”

“你自己没用！”刘寅怒道，“居然绑小姑娘？还被人打成这样！这件事就这么过去了，她你不能动。”

“爸！”刘其祥难以置信，“为什么？为什么不让我动她？！”

“她是你妹妹！”刘寅拿拐杖打了一下他的腿，“亲的！”

“妹妹？”不仅是刘其祥不敢相信，连向葵都一脸惊讶地去看向佩佩。

贺敬注意到那个拦在刘其祥身前的黑衣男人，却微微侧过脸，不与他对视。

向葵一直以为自己的父亲要么是个负心汉，要么早早就死了，没想到他居然会是刘其祥的父亲。

刘寅和向佩佩要带她回刘家一趟，向葵就让贺敬先回去。

贺敬不放心，向葵却知道在这样的形势下，自己的确不会有什么危险，好不容易安抚好贺敬，这才跟着向佩佩离开。

她坐在富丽堂皇的房间里，看着向佩佩：“你不觉得你应该解释一下，这到底是怎么回事吗？还有，你什么时候来的J市？”

向佩佩没有看她，撇撇嘴："怎么？救了你你还没一句感激了？"

"所以我说到底是怎么回事？"向葵叫嚷，随后深吸一口气，冷静下来，"我有耐心等你慢慢说。"

"怎么？我不能来J市？安城的棚户区已经准备要拆迁了。"向佩佩说，"不识好人心。"

"你知道我说的不是这件事情！为什么刘其祥的爸爸会是我的爸爸？他说的都是真的吗？"

"真的真的！"向佩佩瞪她，"要不是有这层关系，你以为你的小命能保住？你知不知道刘其祥千方百计想要弄死你。"

向葵忽然笑了一声："既然我有这么有钱的老爸，你怎么不早点找他？"

向佩佩移开视线，把一旁的睡衣扔她脸上："哪有那么多话要问，去洗澡！"

向葵洗澡出来，向佩佩还在房间里，见她出来便走到她面前，将她胸前的扣子解开两颗检查，伤口还有点严重。

向佩佩不知道从哪里拿来医药箱，她从里面拿了碘酒给她消毒："真是没用，既然当初走了，那就让自己过得好一点，弄成现在这样算什么，还要我来给你擦屁股！"手里用了力，故意戳她的伤口。

向葵嘶地叫了一声："我又没让你来帮我。"

"好心没好报！看我下次还帮不帮你。"向佩佩哼了一声，"听说你学校有去澳洲交换生的名额，你班主任打我电话说你拒绝了，还让我劝劝你！你是不是又是为了那个老男人？趁这次和他断了，他有什么好的！他重要还是你的前程重要？我是你妈，我不可能不为了你好！"

向葵低头："他就是我的前程。向佩佩，你没有爱过，不懂我的感受。"

向佩佩差点把医药箱扔她脸上：“向葵，你才是，以后会后悔的！”

“后悔也是我的事情。向佩佩，如果你真的为了我好，就别再说这种话。我爱他，不是你以为的一时兴起。”

向佩佩有些懊恼又有些无力：“真是蠢！他能给你什么？”

“安全感。”她抬眼，一字一句地说，“钱，我可以自己赚，名？利？我根本不在乎，只有在他身边，我才觉得我是向葵，是个有血有肉的人，你根本不懂。”

向佩佩看着向葵的眼睛，那是一双和她年轻时候一模一样的眼睛，带着对爱情的向往，对未来的盼望，以为有了爱情就有了一切。

她怎么可能不懂？

正是因为她懂，她才不想让这个和她一样的女儿也经历那些她曾经经历过的。

可她们偏偏那么像，连不撞南墙不回头的性格都那么像，她还能怎么办？

向佩佩挪开视线，笑了一声：“算了，你想怎么样就怎么样吧，你的未来反正是你自己的，我也不能看着你多久。”

她这样说，向葵心里反倒有些别扭，她想要说些什么，可她们之间从来就不像普通的母女那样，别说“我爱你”这样的话，她们就连最普通的对话都显得有些艰难。

向葵张张嘴，最后只是咬着唇说一句：“谢谢你。”

向佩佩转过头，没有说话，起身出去了。

房间大得可以，依稀还有向佩佩身上那样浓重的香水味道，以前这曾经是她最讨厌的味道，这会儿她居然并没有那么厌恶。

这个房间大概比她家还要大，她笑了笑。这个世界一直都是这么不公平，以前她在天平的那端，现在来到了这端。

她忽然想到什么，去洗手间将衣服口袋里的手机拿出来。她之前设置了静音，又想知道到底是怎么回事也就没关注手机了，现在屏幕上显示着几个未接电话，全都是贺敬打来的。

她连忙打回去，一秒都不到，他就接了起来，只是声音哑得不像话："向葵，你没事吗？"

她忍不住湿了眼眶，明知道他看不到，她还是用力点头："我没事。"顿了顿，"贺敬，我想你了。"分明分开也没有多久，可她就是想他了。

那边沉默了几秒，再出声的时候声音更哑："向葵，我在外面。"

她意外，以为他方才已经先回家了，连忙说，"你等我！"

贺敬还想说话，向葵却挂了电话。

因为是在刘家客房，向葵没有任何可以换的衣服，就连身上的睡衣也是向佩佩临时让人给她买的，因此她直接将大衣披在身上就跑了出去。

向佩佩和刘寅在楼下客厅，看到向葵跑出去了，向佩佩起身追了两步："这么晚了你去哪里？"

"我不回来了。"她回了一声，跑得更快。

向佩佩暗骂一声，再转身又是添了笑，腻到刘寅身边："向葵就是这个性格，风风火火的。"

"和你年轻的时候很像。"刘寅说一句，"如果不是为了她，你想躲到什么时候去？"

向佩佩笑得温柔婉转：“您这话说得可真是，哪里是躲？我是不想给您添麻烦，以为您心里早就没我了，哪想到您还记着我呢。”

“难道不是记恨我把那个男人给……”

“这都是猴年马月的事情了，您怎么还记着呢？”向佩佩啐一声，“都一把年纪的人了。”

刘寅一把揽住她的肩膀，笑了两声：“要是你当年也这么听话，要什么我不给你？”

向佩佩把脸埋进他的怀里，唇角扬了扬，满满的都是讥诮。

贺敬真的就在门口，向葵遥遥地就看到了他的身影。仿佛是飞了许久的鸟儿终于找到落脚之处，她一下子松一口气，扬起笑容快步出去。

走近些，她才发现有个黑衣男人正站在贺敬面前。两人不知道在说些什么，贺敬一脸的肃然。

她皱了皱眉，加快了脚步。快走近的时候，却见那个黑衣人转身往回走了，她刚巧看到他的样子，是刚刚跟在刘寅身后的那个人。

此刻，他微挑着眉眼，唇角扬起一个笑，明明笑着却让人觉得有些可怕。

他见到向葵，表情一顿，收起笑容，恢复冰冷，目不斜视地越过向葵往前走。

她有些疑惑，可看到贺敬，便什么都顾不了了。她站在原地，看着贺敬走近她。很快，她便落入了一个格外温暖的怀抱。她深吸一口气，有浓重的烟味，不由得皱眉，抬头：“你不能抽烟……”她特地去网上查过，喉癌不能抽烟，虽然他已经做过手术，但抽烟太容易引起复发。

话还没说完，贺敬就低下头，用力地吻住她的唇。仿佛要将她生吞活剥一般，他的手臂勒在她的腰间，越来越用力。

他嘴里全是难闻的烟味，可是他发了狠，她根本躲不开，好不容易才离开一些，她喘着气骂：“谁让你抽烟的？臭死了！”

“好。”他的声音带着颤抖，右手还是搂着她的腰，左手却摸了摸自己汗湿过后有些发凉的脸。

她歪头蹭蹭他缺失的小拇指，忽然觉得拥有了全世界。

“贺敬。”她叫他。

他却仿佛没有听到，抬头看着远方，脸色一下子变得冷冰。

她感觉有些莫名，回身循着他的视线看过去。

是刚刚那个黑衣男人，此时他正站在刘家的大门口，远远地望着这边。

向葵问他：“你们认识吗？”

贺敬终于回过神：“不认识，我们回去吧。”

向葵却觉得没那么简单，只是来不及多想，先乖乖跟着他回去了。

直到回到家，贺敬依旧有些不正常，总有些恍神，她说的话他也像是没有听到。

向葵躺在贺敬的怀里，把这件事情掐头去尾顺便略去刘其祥想对她做的事情说了一遍，笑嘻嘻地同他开玩笑：“没想到吧？我居然有个那么有钱的爹。”

他却没有回答，只是抚了抚她的头发。

“你怎么了？一直心不在焉的？”

他只说没什么，哄她睡觉。

向葵睡了过去，但心里总是不安，睡一会儿便惊醒过来。他又不在身边，就像先前那一晚一样。

她揉揉眼睛，下床去找他。

她站在卧室门口，想开门，却听到客厅里他压抑着的声音：“再等一等，在没有十足的把握之前，我不能冒险。”

她蹙了眉，怀疑自己听错，打开门。他猛然转头看她，手里不知道放了什么东西，就像那晚一样。

他又迎上来：“怎么醒了？”

她又闻到浓重的烟味，有点不开心：“你又抽烟了。”

他愣了愣，没有说话。

“真的没事吗？贺敬，你很不对劲。”向葵忍不住问。

“没事！”他忽然拔高了声音，像是有些生气。他很难得这样说话，她惊了惊，有些不知所以。

他脸上的表情一直不怎么好，她反倒有些后悔了：“很晚了，睡吧。”不再提起。

·第十章·

南风喃，北海北，北海有墓碑

向葵又恢复了以前的正常生活，刘其祥没有再出现在她身边，向佩佩自那天之后就留在了刘家，也没有说过让她也回去的话，大概是怕她和刘其祥在家里遇见。

章达最近恢复得很好，尽管不记得之前的事情，但明显智力比以前高多了。医生诊断，他如今至少有十二岁少年的智力。

贺敬松了一口气，手术总算没有白做。

向葵没事的时候便会去陪陪章达，最近贺敬总是很忙，只有她一个人在，见章达总是偷偷看她便忍不住说：“我是不是长得很漂亮？”

章达愣了下，摸着脑袋上的纱布不好意思地笑了下：“嗯。”

“那你也不能喜欢我。”向葵瞪他一眼，“我是你叔叔的女朋友，以后我可是要和他结婚的。”

章达有些尴尬：“我知道。”

“知道就好。”向葵剥了个橘子给自己吃，刚吃了两口门就被推开了，她还以为是贺敬来了，回头去看，却看到是章正芝。

向葵撇撇嘴，继续大口吃橘子。

见姐弟俩开始说话，她便起身出去，结果她居然在门口看到了王安惠。

王安惠看到她便转身要走，向葵连忙追上去：“王安惠，既然来了，怎么不去看看他？”

“他挺好的，那就够了。”王安惠笑了笑，笑容却有些惨然，“听说他恢复得不错。”

“是不错，不过也把以前的事情全都忘光了。”

王安惠一愣，像是失落又像是解脱：“忘了好，记着干什么。能忘记多好，我也想忘记呢。”

“你，真的不去看看他？”

“不去了。我现在这个样子，又怎么见他？”她低头看自己的双手，以前的那些粗糙早就没了，此时她的双手白嫩光洁，全身上下都是名牌，和当初的王安惠完全不一样。

可是，她其实十分想念当初的那个自己，那个虽然贫穷，却拥有一颗炙热的心的自己。

向葵抿抿唇，不知道该说什么好。

王安惠摆手：“我就先走了，你，好好的。”

向葵来不及叫住她，眼看着她大步离开，不过一瞬间就失去了踪影。

向葵在医院等了会儿贺敬，却没等到人，给他打电话也没人接。

她放下手机，抓了一把头发，也不知道这几天贺敬忽然怎么了，忙到总是见不到人影。

时间已经不早，章正芝让她早些回去，毕竟她住的地方也不怎么安全。

向葵等不到贺敬，也就不多待，起身离开。

她走到医院大门附近的公交站坐车，等了许久都没等到公交，没办法，只好打开书包拿手机，结果翻找许久都没找到，这才恍然记起方才给落在病房了。

她匆匆往回走，走到病房门口刚想直接推门进去，却听见里面传来贺敬的声音。

向葵微怔，却下意识地停住了推门的动作。

因为章达在休息，他们说话声音不大，她听不清楚，只隐约听到几个字，其中就有她的名字。

她等不下去了，推门进去后，就看到病房里那两个人同时回头看她，表情都有些不自然。

她强装淡然："我忘拿手机了。贺敬你怎么过来了？我等了你很久都没等到你，本来还想先走呢。时间这么凑巧，我差点都要误会你是故意等我走了才来呢。"

贺敬的表情恢复正常，他轻轻应了一声："刚巧。"

倒是章正芝想解释的样子，只是被贺敬一个眼神止住了。

向葵没说话，安静了两秒之后笑出声来，直接拿了放在一旁的手机转身就走。

她听到章正芝对贺敬说："你还不快追？她肯定误会了。"

贺敬说什么她没有听到，但是他没有追出来。

向葵重新回到公交站，坐在长椅上，心想，如果公交车来之前他过来，那她就原谅他。

还不到五分钟公交车就来了，而应该追出来的贺敬却没来。

她回身望了一眼，也没有看到他。

晚上的公交车上依旧很多人，她站在后门处的角落里，扶着座椅靠背随着公交车摇来晃去。

她旁边座位的乘客刚好下车，她坐下，抬手就捂住了脸。

那天的事情已经过去很多天，她不是傻子，知道一切的不对劲都是从那天开始的。

但是她不明白，到底是为了什么。

明明都很好，一切都很好，他怎么忽然就变了呢?

回到家的时候已经不早，对面贺敬住的房子没有声响也没有灯光，他还没回来，不知道是在医院里还是已经在回来的路上了。

她拿出钥匙想开家里的门，想想又咽不下这口气，转身踢向贺敬家的门，只是她没想到那道门居然没关，她没怎么用力气地一踢，门就开了。

她一开始以为门是被自己踢坏了，还走过去想检查一下。灯一开，她便发现了不对劲。

贺敬家里一团乱，几乎所有东西都不在原位，椅子倒了一地，连被子床单也都在地上，像是刚刚被盗贼给洗劫了一般。

她吓得连忙报警，待了一会儿还是觉得不安全，连忙先回了隔壁自己的房子。

警察很快就过来，正在对她例行询问着。

贺敬回来了，看到这一幕便顿了脚步。

向葵本来打算好了再也不理他，这会儿却忍不住跑过去："有小偷来过了。"

贺敬皱了皱眉，探头看了眼自己的房间，忽然说："对不起，没有小偷或者强盗，房间是我自己弄乱的。"

一听警察的面色就有些不好，向葵也十分意外："怎么会……"

贺敬道歉许久，将警察送走。

向葵站在门口等着他，脸色不好。

贺敬上楼的步子有些沉重，走到这一层，便看到向葵在等他，他也没动，只是静静地看着她。

"不是你自己弄的对不对？"向葵问他。

"是。"贺敬说，"我之前在找东西。"

向葵不信，走近，抓着他的衣角，仰头看他："到底怎么了？到底发生了什么事情？"

"没有，什么事都没有。"他往后退一步，低头看她，表情是前所未有的肃然，"向葵，我有话想和你说。"

向葵忽然有不祥的预感，摇头："我还有事，先回去了。"

她匆匆转身回屋，只是关了门便没了力气。

他还什么都没说，她却像是预见了他会说什么。

她背靠着门滑坐在地，蜷起双腿，将脸埋下去，一动不动。。

贺敬慢慢地收拾东西，原本乱七八糟的房间逐渐恢复正常。他坐在床上，手里握着一张字条，还有那部旧手机。

手机铃声响起来，他接起，放在耳边却没有说话。

他看着字条上的字，那写着几个名字。

章达、章正芝，还有向葵。

他终于开口："秦队，我知道那些东西不能立刻把他们全送进去，如果我这时候拿出来，我身边的人怎么办？那么多的后顾之忧，我真的没办法。"

那头不知道说了什么，他说："等我一段时间，我会把一切事情都处理好。"

他挂了电话，也把字条团成一团紧紧握在手里。

他没有时间了。

贺敬晚上来到医院的时候，向葵居然也在。她正在和章达玩五子棋，笑得格外得意："哈哈，还是赢不过我！啧啧，手下败将！"

章达腼腆地笑，不敢看她。

贺敬看着她，仿佛看到不久前的他们——他会坐在她身后，这个时候可以揉揉她的脑袋。而她会回头看他一眼，眼睛弯弯地朝他笑——那场景美好得仿佛一幅画。

贺敬深吸一口气，想走，可刚往后退了一步，病床上的章达就看到了他，轻声叫叔叔。

"你姐姐呢？"

章达笑得很单纯："姐姐去买晚饭了，马上就回来。"

向葵脸上的笑僵了僵："我先走了，小达达你好好休息。"

章达不懂为什么向葵要走："不能不走吗？"

她摇摇头说对不起，说完就走。

贺敬让章达自己待着，追了出去："向葵，等一下。"

向葵不理她，走得更快，但到底是被追上："向葵。"

向葵不肯抬头，怕被他看到她红了的眼眶："什么事？"

"我有话想和你说。"

"我不想听。"

贺敬拉她的胳膊，想说什么，却忽然看到医生护士都跑了过来。他们闪到一边，让开过道。没想到，路过的有个护士口中正说着 205 病房。

那是章达的病房。

贺敬瞬间放开向葵，回身跑过去。

向葵愣怔，心里却想着章达在她走的时候还很正常，能出什么事？

她没回去，反而下了楼，走了出去又觉得别扭，干脆在楼下大厅里坐着。

贺敬赶回去的时候，章达已经被送去急救。他在急症室的门外见到了章正芝，她手攥在一起，浑身颤抖着不停地走来走去。

贺敬让她坐下："怎么了？他不是好好的？怎么忽然就……"

章正芝摇头说不知道。

她回去的时候刚刚遇到一个护士走出病房，对方说换了输液瓶，她道了谢进病房给章达准备吃的，章达还一直笑着看她，嘴里说着饿死了。

她不过去了趟洗手间洗碗筷，还没洗完便听到外面有重物落地的声音。她冲出来看，章达倒在了地上，歪着头浑身抽搐，白沫不停地从他唇边溢出来，眼睛微睁她却只能看到眼白。她叫他，他什么都听不到，什么都说不出来。

向葵等了一会儿，思来想去还是重新去了病房。病房里却没有人，向葵出来之后拉了个护士问，才知道章达居然被送去了急诊室。

她匆匆赶过去，在急症室外的长椅上看到了贺敬和章正芝。

他环抱着章正芝，正轻轻拍着她的后背。

他抬头，看到了她，却没有放手。

她在原地停了几秒，还是走上前去，声音颤抖："章达怎么了？"

章正芝反应过来，连忙从他怀里直起身，坐开一些，伸手擦了擦脸上的泪水。

向葵笑了下没说话，坐在他们对面的长椅上，静静地看着他们。

她看到贺敬的眼神，那样冷淡。她不明白，怎么都不明白，她到底做错了什么。

等待的时间总是过得这么慢，向葵看着手表，看着秒针走过一圈又一圈。

走廊上那么安静又那么嘈杂。

忽然有开门的声音，医生迈步走出来，他把口罩摘下来，脸色晦暗，面对他们期盼的目光无奈地摇头："对不起……"

章正芝猛地冲上去，抓他的衣领："不是说很好吗？不是说一切都很好吗？为什么，为什么会忽然变成这样？！为什么？！"

医生的眼镜被章正芝的动作弄得有些歪，整个人看起来十分狼狈，但他语气平静地解释道："之前的确恢复得很好，但他的恶化太突然，我们措手不及……"

章正芝颤了颤，眼前一阵阵发晕。贺敬冲上去，扶住她，让她半靠在自己怀里。

向葵的眼神从他们身上移开，转向急症室的门。

那扇开合的门仿佛是野兽大张的嘴，正将一切都吞噬进去。

所有人，都逃脱不了。

无一例外。

章达被送回了病房，章正芝趴在病床旁，死死地拽着章达依旧温热的手，贺敬站在她的身后。

章达还有呼吸，却一直没有醒来，也不知道还会不会醒过来。

向葵站在门口，看了一会儿后，转身开门离开。

她没想到贺敬会追出来，她回身看他，期待听到她想听的话。

可他没有。

他说对不起。

她便笑："对不起什么？"

他还是说对不起："我不能留她一个人。"

"所以你要让我一个人吗？"

他又说对不起。

她笑得更大声："所以你的意思是，要和我分手？"

他第四次说对不起。

她收了笑："我真的很讨厌听到你说对不起。贺敬，早知今日，你又何必给我希望。”

他又想说对不起，知道她不想听，干脆没有说话。

“好啊，那就分手吧。”她又笑起来，眼眶泛着红，却忍着没有落泪。

然后她转身，离开。

向葵照常去学校，照常打工，像是什么事都没有发生一样，她偷偷去医院看过章达，他还没醒，不过据说一天比一天好起来。

只是她没有见到贺敬回来，而在半个月之后的周末，一辆搬家车开过来，把他的东西全都收走了。

对面一下子变得空荡荡的，就像他从来都没有来过一样。

向葵，宁愿他没有来过。

一切都仿佛回到了正常生活，可向葵知道所有的都不正常，最不正常的就是她自己。

从学校出来，她去公交站坐车，又遇到了那辆黑色的车。

车上下来的人是那个跟在刘寅身后的黑衣男人。

如果不是他忽然又出现，她差点都要把自己和刘寅的关系忘得一干二净了。

他恭恭敬敬地请她上车，说是刘寅想见她。

她上了车，车子却不是开向刘寅郊区别墅的方向。

她跟着他去了公寓，等着她的人居然是刘其瑞。

向葵与刘其瑞几乎没有交集：“是你找我？”

“你是贺敬的女朋友？”

向葵抬眼看他，不知道他为什么会认识贺敬，却没有发问。

“倒是没想到，你和你那个母亲一样，挑的人都那么……”刘其瑞摇摇头，“可你看看你母亲，还不是回来找刘寅了？”

向葵不明白他在说什么：“你什么意思？你怎么会认识贺敬？”

“要认识总能认识。”

“我和贺敬已经分手了。”她说。

他站起来，笑了笑：“以前还聪明一些，现在倒是蠢得让人难以置信了。你知道他是什么人吗？”

向葵没有说话。

“看来你真的什么都不知道。”他坐回去，“你连他过去的底细都不知道就敢和他在一起，啧……”

“你到底想说什么？为什么把我叫过来？”向葵不想理他，“如果没有别的事情，我想回去了。”

黑衣男人拦住她。

她回身看向刘其瑞。

“不好意思得请你在这里多住几天。”刘其瑞起身走向门口，“放心，看在刘寅的面上，我不会伤害你。毕竟我们是兄妹，不是吗？”

等他们都离开了，她忽然意识到，自己是被关在了这里，手机刚刚也被他们带走了，她到门口，从猫眼往外看，有人守在门口，她出不去。

向葵不敢去卧室，坐在门口，仔细听着外面的一举一动。

她有些困，靠在门口便睡了过去，只是睡得不熟，隐约听到门外有声音便蓦然惊醒。

她又透过猫眼望出去，是那个黑衣男人在外面。

“在我通知你之前，不能让她出门。”

“不是说已经分手了？他还会因为她把东西拿出来吗？”

“他是什么样的人，你还不清楚吗？不过是障眼法而已。就像当年他死在我们面前一样。”

两人许久没有说话，最后是黑衣男人先开口：“他当年穷追不舍的样子我们都见到过，那些在他手里的东西，如果拿不回来，死的就是我们。”

向葵没有听懂，却隐约有了点想法。

或许贺敬的当年，除了喉癌还有别的事情，比如和刘其瑞有关。

外面重归静谧，她走到沙发边坐下，冷静下来思考这些日子以来发生的事情。

只是思绪一直很乱，无法将现有的线索串联起来。

外面又传来声音，似乎有女声，她又跑过去看，来的人居然是王安惠，她叫出声，门终于被打开。

王安惠进来，向葵不明白她为什么会出现在这里：“你怎么……”

她像是难以启齿，过了好一会儿，才开口说：“我听到刘其瑞说起你，所以过来看看。”

“刘其瑞……”她话刚出口便明白过来，就停住了话头。

王安惠笑了笑：“你不要看不起我。”

“我没有，从来没有。”向葵想到章达，想说，又不敢说。

“这件事情我也不是很清楚，只是正好听到他们说，好像是贺敬拿了他们的什么东西，所以才会关着你，想让贺敬把东西交出来。”王安惠说，“他们应该很早就认识了，你没有听贺敬说起过吗？他以前到底是什么人？”

向葵摇摇头，他什么都不和她说，所以她什么都不知道。

“刘其瑞不是什么好人，他什么事都做，可能是贺敬以前得罪过他。”王安惠安抚她，“别太担心，总会没事的。”

“我要出去。”向葵说，“安惠，我要出去。”

“可是……怎么出去？”

向葵犹豫下，说：“你最近去看过章达吗？”

“他怎么了？不是快好了吗？”

“不，不是很好，他病情忽然恶化，已经半个月了，一直没有醒。”

王安惠蓦地站起来，一脸难以置信。

“安惠，我要出去。”

“可是你怎么出去，那个人看得那么紧……”

向葵跑到门口看了眼外面的男人，在王安惠耳边说了几句话。

贺敬接到电话的时候正在医院，电话是刘其瑞打来的，对他说好久不见。

“你想干什么？”

“当年你不就是想找到我？现在，你终于找到我了，怎么？不开心？”他笑了两声，“我知道你手里有什么，你知不知道我手里有什么？”

贺敬沉默。

“你倒是挺有本事，能把向葵这种女人弄到手。”

“刘其瑞！”

“拿东西来换人。”他说，“给你一天时间。”

刘其瑞挂了电话很久，贺敬才终于回过神。他猛地起身冲出去，刚出医院的门却被人撞了满怀。

他低头去看，那么熟悉的身影。

“向葵？”

向葵抬头，笑：“怎么？不想见到我？”

“你不是……”

“刘其瑞是不是和你说了？他身边的人那么蠢，我和安惠用了点小计谋就逃出来了。”向葵说着回头看一眼，一直跟在身后的王安惠不见了。

贺敬想说话，向葵抬手捂住他的嘴：“我虽然不知道到底发生了什么，但我知道,你不是真的要分手是不是？是因为你和刘其瑞有什么过节吗？”

贺敬握住她的手腕，忍不住捏了捏她的手心：“我倒希望你不要这么聪明。”

向葵抿唇，低头看着两人相握的手：“贺敬，你看，你就算和我分手，他们还是会找上我。我没你想象的那么没用，你可不可以不要再放开我的手？我可以和你一起走下去的，无论发生什么事情。”

贺敬握着她的手更用力了一些：“如果不是我，你可以活得更轻松一些。”

“可我要的不是活得轻松，我要的，是和你在一起。”向葵抬手抱住他的腰，将脸埋在他的胸口，轻轻地蹭，“那些以前的事情，你可以不告诉我，我也并不想知道得那么清楚，我只希望未来再有任何事情，我都可以和你一起面对。”

贺敬长长地叹出一口气，终于抬手，抱住了她。

向葵扬起唇角，将他抱得更紧一些。

王安惠去见了章达，她到走廊拐角的时候，恰好看到章正芝出来，她便偷偷进了病房。

章达依旧没醒，躺在床上，眼睛紧闭，像只是睡着了一般。

她坐在一旁，握住了章达的手，他的手很温暖，跟以前没有什么两样。

“章达。”她轻轻叫他，“你会醒过来的对不对？”

她刚想松手，却忽然看到章达的小拇指动了动，她满脸惊喜地看向他的脸：“章达？”

他缓缓睁开眼睛，目光有些茫然。

王安惠起身想去叫医生，却听到门口有声响，还以为章正芝回来了。门却被不客气地推开，看到来人，她猛地起身。

“你……”

来人是刘其瑞身边的黑衣男人。

他扫了一眼病房，面无表情：“他们都不在？”

王安惠下意识地往后退了两步：“不在。”

“那就更好了。”他说着走近病床。

她快步走上去挡在病床前：“你想干什么？”

他忽然笑起来，“你真以为刘先生不知道？”

她看他，不说话。

“你不是喜欢这个傻子吗？”他说，“原本想留他一条命的，现在还是算了吧。”

王安惠看向章达。

他微眯着眼睛，很虚弱，嘴里轻声叫：“姐姐……”

“求你……”她哀哀地说，“求你……”

可他到底还是，一步一步走近。

贺敬和向葵回来的时候，王安惠站在窗口前。

向葵看一眼病床上的章达，他一如既往地睡着，便叫了声王安惠。

王安惠没应，而是蓦地一把将窗户打开，冷风便卷进了温暖的病房，向葵哆嗦了一下，有些莫名，不知道她想干什么。

王安惠的头发很长，风将她的头发吹了起来，在脑后绕在了一起，不知为何带着决绝的意味。

向葵看了眼贺敬，又看她。王安惠忽然回头看过来，向葵这才发现她的脸色异常苍白。向葵想说什么，可还没说出口，就听到她的声音。

她说：“对不起啊向葵。”

向葵没明白她为什么突然要说对不起。

王安惠忽然笑了一下，这个笑容十分美丽。向葵怔了怔，忽然意识到什么，随后大叫着扑上前去：“安惠……”

但来不及了。

向葵眼睁睁地看着她就这样从病房的窗口绝然地跳了下去，她却只扑到空无一人的窗口，双手紧紧地抓着窗沿，喘了一口气后她探出了身子。

王安惠如一个破布娃娃一样摔在地上，暗红色的血迹在她的身边蔓延。她仿佛能透过那么远的距离，看到她脸上的笑……

“不……”她倒抽了一口气，想跑下去，腿却一软，跌坐在地上站不起来：“为什么……”

耳边却传来贺敬的声音，他在叫章达的名字。章达看起来和以前一样，又好像不一样。

向葵手心按在地上，有什么刺痛她的掌心，她恍恍惚惚将手心里的东西拿起来看。

那是一个木头做的骰子，很精细，一看就是贺敬的手艺，一定是他给章达做的玩具。

向葵捏着那个骰子，怔怔的，耳边一直重复着王安惠跳下去之前说的那句话。

她说对不起。

医生和护士鱼贯而入，她听到医生说抱歉，接着宣布了章达的死亡时间。

向葵从来都没有想过，这个晚上她会这样近距离地接触到两次死亡。

向葵浑身僵硬，她张了张嘴，想要说话，可最后出口的却只是一声似哭非哭的叫声。

护士来收拾房间的时候，晚来的章正芝已经哭得晕了过去。

向葵不认命，红着眼睛，拉着护士不停地问："到底是为什么？他病情不是稳定下来了吗？"

护士被她缠得没办法，小声说："是你们自己惹了不该惹的人。"

向葵愣了愣，拉着护士的手松了。护士很快就跑了出去。

她好不容易回过神来，视线正好落在章正芝的脸上，她不知道什么时候醒了过来，呆呆的没有反应。

章达和王安惠的葬礼是一起办的，看着照片上两张年轻的面容，向葵没有哭，她只是恨。

她不相信一切都那么凑巧，可偏偏什么都查不到。

意外。

两个人的死亡都成了意外。

章达下葬之后，章正芝终于恢复了一些，贺敬让她暂时住在他后来租的房子里，那里离向葵的住处不远，自己则住在向葵那里。

浴室里传来哗哗的水声，贺敬正在洗澡。

向葵站在窗边，窗外漆黑一片，偶有几盏路灯亮着。她在玻璃上哈了一口气，而后拿手指在玻璃上画了个爱心，在里面写上自己和贺敬的名字，随后又伸手，张开手掌一把抹去。

如此反复。

贺敬不知道什么时候站到了她的身后，穿着 T 恤短裤，手臂一张，便从身后紧紧搂住了她。

她微微侧头，看到他上臂因为用力而偾起的肌肉，她忍不住抬手摸了摸。

贺敬握住她的肩膀将她翻转过来，她微微仰着头，看向他的眼睛，她忍不住抬起手来，指腹蹭过他的眼尾：“你有皱纹了。”

“嗯，我老了。”

向葵噘嘴：“我有吗？”

他也抬起手，抚过她白皙光滑的眼角，那么年轻有弹性，她的每一处都似乎写着她的年纪：“没有，你那么年轻。”

“怎么还没有？”向葵有些不开心，故意夸张地笑了笑，“网上说多笑笑，就会有皱纹了。”

她说得那样真挚又认真，贺敬眼神闪烁，蓦地低头，吻住她的唇。

睡前，贺敬倒了杯蜂蜜水给她，拍拍她的背脊，将被子拉起一些，拥着她一起躺下。

向葵有些迷迷糊糊，睡意逐渐袭来，她还要和他说话："贺敬，你说，你有没有骗过我？"

贺敬唔了一声，似乎说了什么。

她没有听清楚，又迷迷糊糊问一句。

他便吻了一下她的额头："睡吧。"顿了顿，叫她，"星星。"

她头一次听到他叫她星星，想笑，却不知道为什么，感觉她连笑的力气都没有了，整个人仿佛被无数双手往无尽深渊里拉，她却一点反抗的力气都没有……

向葵睡得那样熟，像是一个孩子，贺敬静静地看她的脸，抬手想要触碰她，却在相距一厘米的位置停顿。

他俯下身，嘴唇代替手指，轻轻吻在她的眼睛上。他停顿了许久才直起身来，而后他将她轻轻放在床上，把被子掖好，又替她理了理头发，这才缓缓起身。

他换好衣服，打开抽屉，一眼就看到写有向葵笔迹的信，他重新阖上抽屉，在她桌上的护肤品下压了一张字条。做完这一切，他又回头看了一眼。她睡得那么好，大概做了什么美梦，眉眼弯弯的，在轻轻地笑。

他的手逐渐握成拳，决绝地转身，大步往外走去。

他对她，说过谎，一共只有三次。

一次是刚刚，一次是他对她说起他的过去时，他隐瞒了那些可以不让她知道的苦痛。

还有，其实来到安城的第一天，贺敬就见到了向葵。

那天下着大雨，章达坐在他们巷子里的家里，而他正一趟一趟地来回搬东西。

他记得那是夏天，他的 T 恤在雨中被淋得湿透，紧紧地贴在身上，其实这样很难受，不过这样的难受，他以前当兵时在雨里泥地里早就已经习惯了。

他手里抱着一堆木头，经过她家的时候她正好从里面冲出来，直直地撞上了他。被撞得直接往后一坐，伞也落在了地上，她懊恼地叫了一声，仰起头来。

他就这样毫无预警地看到她的脸。

十三四岁的小姑娘那么可爱，头发因为被雨淋湿搭在脸上，她竭力地想要睁开眼睛，可是雨太大了，根本什么都看不清。他愣了一下，才放下木头帮她捡伞。她接过伞，也没有再看他，嘴里暗暗骂了一声就跑回去换衣服。

她就仿佛一只燕子，直直地飞入他的眼里、心底。

向葵醒来已经是第二天的中午，她猛地坐起来，脑袋疼得厉害，她揉着太阳穴轻哼一声，还有些无法反应过来，下意识侧头去看床的另一侧。

没有人。

她不知为何有些不好的预感，跳下床，跑出卧室在窄小的房子里转了一圈，连对面也不放过，只是都没看到贺敬的身影。

他从来不曾这样一声不吭地离开，她又跑回去，心脏仿佛打鼓，一声声却敲在她的脑海里，敲得她心慌意乱。

桌上放着她为数不多的护肤品，她咬着手指瞟了一眼，正巧就看到了压在乳液下面的字条，还有一部破旧的手机。她冲过去将字条抽出来，却无法抑制双手的颤抖。

向葵深吸两口气，这才打开字条。

贺敬的字并不好看，大概是因为不经常写字的关系，她还曾经嘲笑过他，那时他还有些不好意思。

现在，他那并不好看的字迹在白纸上模糊了一片，她瞪大了眼睛想看清楚，却发现根本看不清楚。

她抬手揉了揉眼睛，才发现眼里不知何时已经蓄满了泪。

"安城的房子还在，一定要回去。"

他在下面画了一颗小小的星星，旁边是一颗小小的爱心。

她抬手，用手背擦去眼角的泪，拿了手机就跑出去，

她一边打车一边打电话，她想打给刘其瑞，却发现没有他的号码，只能打给刘其祥。

铃声响了许久才有人接，传来的却不是刘其祥而是他助理的声音："你好，向小姐，二少大概没空接听你的电话。"

"他人呢？"她恶狠狠地问。

"正在急救。"

向葵一怔。

助理没有再说话，向葵和司机说了一声，换了目的地。

向葵赶到医院的时候，刘其祥的急救已经结束。助理正守在重症病房外面，看到向葵，嘴角扯了扯，表情不善。

“贺敬在哪里？贺敬在哪里？！”向葵仰着头，高声叫道。

“向小姐，这里是医院。请你注意一点。”助理冷声，“你口中的贺敬将二少刺伤，二少到现在还没有脱离危险，你觉得他会在哪里？”

向葵咬唇，转身匆匆离开。

章达和王安惠去世之后，向葵就知道这是刘其瑞干的，她明白贺敬也清楚，但她却不知道，他竟然知晓她的所有打算。

可他分明是去找刘其瑞，怎么会是刘其祥伤重入院？

贺敬在警察局，已经被关起来，目前无法探望。

向葵在警局门口看到了彷徨无措的章正芝：“你怎么会在这里？”

章正芝含着眼泪：“我去找阿敬，看到他出门，我……我知道害死小达的是那个男人。向葵，是我，我会和警察说，那人是我刺伤的，是我。”她连连拍着胸膛，“你别担心，阿敬很快就会被放出来的。”

向葵终于大致明白来龙去脉，可是章正芝说得毫无章法，她根本不知道现场到底发生了什么，贺敬怎么会伤了人，刘其祥又怎么会进了医院？

向葵无计可施，警局要求只有律师才能见当事人，她只能花钱请了个律师，她充当助理跟了进去，这才终于见到贺敬。

他们先到探望室，贺敬才被放进来，他的胡子没刮，看上去格外沧桑，眼睛微微垂着，直到坐下来也没有抬起眼睛。

这样的会面是被监视的，向葵多想叫他的名字，和他说话，可她什么都不能做，只能这样静静地看着他。

律师和他说话，他却不怎么回答。

向葵扯了扯律师的衣袖，满含泪水的眼睛哀求他。

她终于颤抖着叫他的名字："贺敬……"

只不过两个字就让她哽住了喉咙。

贺敬蓦地抬头，难以置信地看着向葵，嘴巴张张合合，最后却什么话都没有说出来，只是睁大的眼睛缓缓弯了一个弧度，似乎是朝她微笑。

他配合了不少，只是双眼紧紧地看着向葵，一瞬间都没有离开过。

"为什么？"她问。

"向葵，回安城，不要再留在这里。"

"为什么？"她又问。

"你明白，什么都比不上你重要。"

"为什么？"

"如果这样是最好的结果，那我愿意接受。"

律师的问题，他简单回答，却并没有否认自己伤人的事实，只是到底发生了什么，恐怕只有上帝才知道。

离开的时候向葵没有掉眼泪，还冲他笑了一下。

他依旧站在原地静静地看着她，那双曾经有过活力的眼睛此时又变得那样的孤寂。

向葵又一次看到他眼睛里的孤岛。

她忽然有些害怕，可门已经隔绝了她的视线，她再也没能看到他的眼睛。

律师又翻看了一下资料，无奈地说："这个官司的胜诉率实在太低，而且被害者那方坚持要严惩，根本没有调解的可能，你看……"

向葵沉默了一会儿："我知道，我有消息再找你。"

她迫不得已去了一趟刘家。

刘家格外安静，楼下连一个人都没有。

她缓缓上楼，还没走到二层就听到一声鞭响，伴随着男人沙哑的骂声。她心口一钝，循着那个声音走去。

最终停在向佩佩的房间外。

鞭响没有停止，男人的叫骂声也越发大声，而向佩佩低低的闷哼声显得那样可怜。

向葵几乎是下意识地冲了进去。

向佩佩缩在大床的角落，单薄的衣服被打得凌乱，身上血痕一道又一道。刘寅穿得很整齐，站在床边，此时淡淡地瞥她一眼："怎么这么没规矩！这里你也能随便进？"

"你凭什么打她？"向葵咬着牙，"她是人，不是你的宠物！"

"宠物？玩具而已。"刘寅冷笑一声，"我要你们是看得起你们！要是不肯留，那就都给我滚！大的小的都不是什么好东西！"

"滚就滚！谁稀罕你！"向葵冷声，随手扯了件衣服披在向佩佩身上，拉着她就想走。

向佩佩却不动。

向葵难以置信地回头看了她一眼，咬唇，又松开：“你要留在这里就留。”

向佩佩将身上的衣服脱下来扔在了地上，自己从衣柜里取出一件最普通的外套穿上，这才走到向葵身边，握住她的手：“我们走。”

向葵扯了扯唇，反握回去，和她一起大步离开。

刘寅还在骂着什么，可她们都已经听不到了。

向葵第一次看到向佩佩这样笑，仿佛十八岁的少女，那么明亮又清澈，她似乎从她脸上看到了自己的影子。

走出刘家的大门，向葵问她：“你后悔吗？”

向佩佩又笑了笑：“如果我会后悔，我会那么多年都留在安城的巷子里？”

向葵知晓她当初是为了自己才回到刘家，听她这样说，一时之间便不知道该说什么。

向佩佩捏了捏她的脸，呵着笑了两声：“你这是什么表情？我还是更习惯你对我大呼小叫。”

向葵哼了哼，没有理她，率先大步往前走。

向佩佩将衣服裹紧了一些，却不小心碰到伤口，她不由得哆嗦了下，随后快步追上去，问：“你过来有事？”

向葵的步子一顿：“没事，什么事情都没有。”

刘其祥已经醒过来了，他和刘其瑞都咬紧了不肯放过贺敬。

向葵没去找刘其瑞，刘其瑞也不见她。

她想或许她已经没有了任何利用价值，或许那些所谓的在贺敬手上的东西已经被他们拿到了，或许早就被销毁了，总之，贺敬应该威胁不到他们了。

所以他们不用再理她。

向葵最后一次见到贺敬，是在审判席上。

贺敬站在那里，眼睛微微低垂着，如同她第一次见到他时那样。

审判的时候向佩佩陪她一起去了，就坐在她的身边。

贺敬被判了六年，刘其祥不满，只是听说再上诉也不会有更好的结果便放弃了。

审判结束，贺敬要被押送离开了，他终于缓缓抬起了眸子。

他分明一直低着头，却在抬眼望出去的第一时间就找到了向葵。

他的目光透过那么多时间和人，来到她的身上，带着眷恋不舍。

她笑了下，缓缓张口，无声地说了三个字。

他一怔，慢慢摇头。

她的视线从未那样坚定过，直勾勾地看着他。

他便只能无奈，那双眼静静地看她，有无尽的岁月和宠爱。

他微微张嘴，同样无声地说了两个字。

她的眼睛里忽然就盈满了泪水。

他转身，消失在她的视线外。

她的笑容缓缓收敛，眼前一黑，耳边传来向佩佩的惊叫，她却没办法做出任何反应。

这大概是一个好梦，因为在梦里，贺敬温柔地叫她星星。

她缓缓地睁开眼睛，眼前满满的都是白色，她怔怔地望着雪白的天花板，眨了眨眼睛。

那不是梦。

贺敬真的叫了她星星。

隔了那么多人，无声地叫她。

“向葵。”耳旁有声音，她好不容易寻回意识，转头看去。

是向佩佩。

向佩佩看着她，许久，叹了一口气。

向葵休学了一年，回到了那个她生活了十八年的巷子。

原本这边都要拆了，只是有钉子户就是不肯走，拆迁的日子便一日又一日地往后延期。

她在家里休息了两个月，时间慢慢到了炎热的夏日。

向佩佩劝她出去走走，她无处可去，最后来到老猪的修车铺，坐在一旁怔怔地望着老猪店里那些无主的自行车。

当初她离开巷子之后，向佩佩就把她那辆破车扔给老猪了，她以为还能再找回来的，可是好像不是每样东西，都能在失去之后还能找回来。

老猪正好修完一辆破了轮胎的摩托车，过来找她搭话：“有什么想要的吗？”

“那辆自行车呢？”她问，声音很轻。

老猪愣了好一会儿，最终回忆起来：“噢，你说那辆破车？前段时间当废铁卖了，我以为你们不要了呢……”

“大概，是不要了吧。”向葵笑了下，慢慢起身，“没事。”

见她要走，老猪连忙叫住她：“对了，你和阿敬不是挺熟？他搬走之后，我有挺久没有见到他了，你知道他现在在哪里吗？”

贺敬在安城并没有几个朋友，基本没有人知晓他最近的情况。

向葵抿了抿唇，说：“他很好。”说着，她下意识地抚了抚自己的小腹，轻轻笑了笑，“我们都很好。”

巷子深处曾经是贺敬的家。

向葵原以为她把钥匙弄丢了，却在无意间从抽屉里找到。她觉得自己仿佛是着了魔，分明知道他不会在，她还是无法让自己停下脚步。

她一步一步地往巷子最深处走去。

不知不觉便想起她头一次见到他的那个晚上，路还是那条路，可一切都已经变了样。

那个任她欺负的傻傻的男生不见了，那个她一见钟情的男人还没有回来。

那扇大门关着。

里面安静得没有一点声音。

向葵颤抖着抬起手，将钥匙插进去。

咔嚓一声，门打开了。

她下意识地屏住了呼吸，推开了门。

里面并没有别人生活的痕迹，院子里杂草丛生，现出一片寂寥孤凄，她竟有些分不清楚这到底是不是曾经的那个院子。

里面的大门关着，她踩过乱糟糟的杂草，视线所及的每一处都那么熟悉。

这个角落曾经堆放着许许多多各种各样的木料，他曾经在这里修过车，那个雨夜她在这里被他不小心推倒在地……

她终于走到屋檐下，钥匙依旧可以打开门。

这里没有别人住进来。

她伸手推门。

大概是因为太久没人打扫过，门一开，便有漫天的灰尘扑面而来。

她掩住脸，侧头，等了好一会儿才走进去。

向葵以为里面会是空空荡荡的，可事实上并没有，屋子里放满了东西，不知道都是些什么，全部用白布遮了起来，正中间是一个床架子，应该是一个还未完工的床。

她将灯打开，而后扯下一块又一块白布，那些被掩藏的物品慢慢地露出了真容。

都是做好的家具。

有桌椅，有衣柜，有化妆台，有床头柜……

向葵心口一震，她抬手抚过桌面，感觉到了一阵粗糙，她低头仔细看，发现角落里刻着东西。

是一枝向日葵和一颗星星。

所有的家具上，全都有一模一样的标记。

连那张还未做完的床的床头，也有。

有些标记比较隐蔽，可是仔细找，却绝对能找到。

这些全都是他为她做的。

在她毫不知情的情况下，在她毫不知道的时间里。

向葵坐在他给她做的椅子上，双手捂住眼睛，很快就感到有眼泪从指缝渗出来。

贺敬，你要送给我的床都还没有做完。

所以，你怎么能让我不要等你？

那日在法庭上。

向葵无声地张嘴，说的那三个字，无非就是，我等你。

不过是六年，贺敬，我等得起。

·番外·

你也会遇到一个他

向葵把没人住的旧房子上上下下里里外外全都收拾了一遍，把那些已经蒙了一层灰的家具全都擦拭了一遍。

而后坐在那张还未做完的床上，轻轻抚着床头刻着的那枝向日葵和星星，笑起来，笑着笑着，又落下了眼泪。

她想她到底还是恨他的，所以自从审判之后，她便未曾去看过他。

她在惩罚他，也在惩罚自己。

她知道他想保护她，可这样的保护，她不想要。

而那些坏人，为什么偏偏就没有办法受到惩罚?

向葵握拳，刚想收回手，却发现床头有些异样。

她研究了许久,忽然发现角落有个按钮,一按,有一个小抽屉就出来了。

她去看，里面是一个 U 盘。

向葵猛地起身，忽然意识到了这是什么，她匆匆回家，在箱子的隔层里找到了那部贺敬留下来的旧手机。

里面就一个号码。

她犹豫着，拨了出去。

电话很快就接通，那头却没有说话。

“你是谁？”她问。

“这是，贺敬的手机？”

“是，我是贺敬的女朋友。”

“我是贺敬以前的上司。”

秦绍是贺敬以前的直属上司，原本在西南地方任职，也是后来才转到安城的。

向葵和他约了见面。

秦绍没想到自称是贺敬女朋友的，居然是一个看起来这么年轻的小姑娘。

“贺敬的女朋友？”

向葵点头：“我叫向葵。”

秦绍问她喝不喝咖啡，她摇头说不用，要了杯橙汁。

他笑：“我以为女孩子都喜欢喝咖啡。”

“我以前也经常喝。”向葵喝了一口橙汁，说。

“贺敬呢？他现在在哪里？”秦绍许久没和贺敬联系，根本不知道他到底发生了什么，当初他一意孤行不愿意立刻拿出证据，他也明白贺敬的顾虑，所以一直在等，可没想到，他却没有再接到他的任何消息。

向葵抿抿唇反问，“贺敬当年的喉癌的手术，秦叔叔，是不是你帮忙的？”

“那些事情，他都告诉你了？”

她摇头：“没有，他什么都没说。秦叔叔，你能告诉我吗？贺敬以前是什么样的人？”

贺敬以前是什么样的人？

贺敬以前是阳光却傲气的男孩，是坚韧又隐忍的军人，也是一名最优秀的警察。

他有他的理想，有他的追求，认定一件事就不会放手。

他最后追查的是一件走私案，收集了一些证据却无论如何都找不到幕后主使，因为一次行动被发现而意外受伤，然后便被查出了喉癌。

他当时追查的那些人已经开始针对贺敬，秦绍便干脆让贺敬假死离开了。

而后就是回到家乡，来到安城，遇到她。

向葵从钱包里拿出之前找到的U盘：“我想，这大概就是贺敬想要给你的东西。”

秦绍难以置信地看着她。

“秦叔叔，”向葵又叫他，然后递给他一张字条，“这是贺敬现在在的地方，我相信你，相信你可以帮他的。”顿了顿，又问，“那些人，到底能不能受到应该有的惩罚？”

“会的。”他说得坚定。

“是吗？”向葵忽然笑了笑：“你知道吗？贺敬他真的很讨厌。”

他那么讨厌，让她恨他，却又忍不住爱他。

她不想爱他，可有时候，爱，不由自主。

你也会遇到一个他，爱上他，与任何条件无关，

就是这么突如其来，无法预料。

——全文完——